U0633733

比尔狗访谈

爱 与 死

比尔狗 —— 著

中国社会科学出版社

图书在版编目（CIP）数据

爱与死：比尔狗访谈/比尔狗著.—北京：中国社会科学出版社，
2018.9（2019.1 重印）

ISBN 978 - 7 - 5203 - 2721 - 3

Ⅰ.①爱…　Ⅱ.①比…　Ⅲ.①访问记—作品集—中国—当代
Ⅳ.①I253

中国版本图书馆 CIP 数据核字（2018）第 140680 号

出 版 人	赵剑英
责任编辑	李炳青
责任校对	李　莉
责任印制	李寡寡

出　　版	中国社会科学出版社
社　　址	北京鼓楼西大街甲 158 号
邮　　编	100720
网　　址	http://www.csspw.cn
发 行 部	010 - 84083685
门 市 部	010 - 84029450
经　　销	新华书店及其他书店

印　　刷	北京明恒达印务有限公司
装　　订	廊坊市广阳区广增装订厂
版　　次	2018 年 9 月第 1 版
印　　次	2019 年 1 月第 2 次印刷

开　　本	880×1230　1/32
印　　张	10
插　　页	2
字　　数	301 千字
定　　价	49.00 元

凡购买中国社会科学出版社图书,如有质量问题请与本社营销中心联系调换
电话:010 - 84083683

为什么我们谈这些?

2016 年开始, 比尔狗小组就 "死亡与爱情" 的话题做了一系列访谈——

为什么我们要谈论死亡和爱情? 因为前者被过度回避, 后者被肆意渲染。 当代人的最大恐惧和最多困扰由此而来。

恐惧笼罩着我们的生活, 因为我们不会面对, 我们只能回避, 我们回避的主要方式就是欲望的狂欢, 其中之一就是对情欲的任意歪曲和包装, 于是, 爱情一方面成为当代人的准宗教, 一方面又成为人们内心深处藏污纳垢之所。

在这种氛围里, 我们被过度损耗, 下场悲惨, 我们的办法竟然是佯装不知。

到了该直面的时候了, 或者, 到了该轻松下来的时候了。

就让我们从谈论开始。

目录

曹寇： 你必然是死， 但你使劲在活

年轻不考虑死亡

比尔狗　你是 1977 年出生的吧？

曹　寇　对。

比尔狗　就是现在还没结过婚？

曹　寇　不是现在没结过婚，就是从没结过婚。

比尔狗　那你有结婚的打算吗？

曹　寇　谈不上有什么打算，就是说，目前没想过我得结婚，但我
　　　　　也不拒绝婚姻，我也不是什么独身主义者。

比尔狗　不是有意拒绝婚姻是吗？

曹　寇　对，对，我一点不拒绝婚姻，我觉得儿孙绕膝那种感觉也
　　　　　挺好的。

比尔狗　你是还不知道婚姻的厉害。

曹　寇　对，对。

比尔狗　你结了婚，就有很多所谓责任，最简单的，对于我们这种
　　　　　人来说，结婚就意味着你肯定不能随便谈恋爱了。

曹　寇　但关键是我好像对谈恋爱兴趣也不大。你说到责任，我以
　　　　　前还真想过这事，我觉得我从小读书也没费过力，也没有

像人家特刻苦那种，就是读书也没有责任，对自己家，我在家是最小的嘛，对整个家庭也谈不上说有什么责任。后来就跟女人交往，好像也没表现出对人家负什么责任，所以我觉得是不是该结个婚生个孩子，尝试一把什么叫责任。

比尔狗　是是，所以说责任本身是一个特虚的东西，结婚其实没什么需要负的责任，多数都是强加的，包括自我强加。最近你在北京待了有两三个月了吧？

曹　寇　三个月。

比尔狗　有人说北京那地儿没法写东西，比如南京的顾前老师，说北京太闹，你觉得呢？

曹　寇　我觉得这个不存在，我在北京这三个月，除了跟人家弄那个电影，我也写过两个小说吧，我以前在广州待过一年多，在那儿还写了一部长篇呢，我觉得没什么问题。写作，顾老师指的可能是大环境，写作本身的环境不就一个房间一台电脑的事嘛，再有个卫生间可以随时上个厕所，有个茶壶烧水，写作真正面对的就这点事。狗子你写作，对环境、地域，有要求吗？

比尔狗　有吧，但是这要求有时是很奇怪的，我以前为了写作，曾躲在过各种荒地儿，什么崇明岛那种地儿，都没什么人。

曹　寇　管用吗？

比尔狗　不管用，哈哈，完全反作用，一个字儿也写不出来。相反，我觉得约稿是一个很重要的东西，你有一定的约稿，你对写作环境似乎就没那么多要求，其实就是一个桌子，一个电脑，以前我都用笔和纸，那就更没要求，随便找个地儿就可以写。

曹　寇　比如说，有个人现在判了死刑，明天拉去枪决，让他最后留下遗言，他肯定哗哗哗地直接在那儿写了，他不挑纸，不挑笔，什么都不挑，是不是？

比尔狗　截稿的压力跟那个判死刑意思差不多，必须得交了。

曹　寇　有点那个意思吧。因为都是利益嘛，你马上要执行死刑了，你要留下东西，这是你留下的一个符号啊，其实也是利益；你约稿也是利益嘛，有稿费在那儿呢，是吧？

比尔狗　那你会在意死亡这个事吗？或者对死亡会有恐惧吗？

曹　寇　当然了，当然了，目前啊，有点怕死，特别怕死。早些年我从来没想过会死这个事，最近这些年确实想到了，可能跟年龄稍长有关吧。而且我们看的各种书，里面有个核心就是谈生死啊，是吧，比如说道家说长生，但是它本身就是关于死的问题，否则它谈什么长生啊，那么佛家也是这样，谈什么轮回或者成佛，都是跟死有关的。死还是挺可怕的吧。

比尔狗　那为什么年轻的时候不想这个事呢？是认为可能离死亡还远？

曹　寇　远，所以不考虑嘛，年龄稍长会不同。有一次我在家看书，看得正来劲，狗子打电话，说他到南京了，我们喝酒去，我把书就放在那儿了，然后我在路上走的时候，突然一辆车从我身边呼啸而去，差点就把我撞了，然后我想到的第一个问题就是，假如我死了，那本书我还扣在桌上，那到底会发生什么？是吧，是不是我死了，我家人就把它合上，然后插到其他书中去了？我想到这些画面，觉得死亡有点瘆人，是吧。

比尔狗 那就是说，其实你还是特别在意自己死后的世界，你死后留给世界什么样的东西，你还是非常在意这个事的。

曹　寇 不是，我假想的是那个，就比如说我死了，我的魂魄还在，我看到的那些个我死后的场景，我总是想象这些画面。

比尔狗 或者是不是说在意你还有好多事没干，死了之后，哪些事还没干？

曹　寇 那倒也没有。我觉得比如说我现在猝死了，我也没什么遗憾。因为你干了什么，我觉得也不是很重要啊。你说托尔斯泰那么伟大，说不定哪天也可能就不伟大了，他能到底有什么意思呢，好像也没什么意思。我最近老看什么远古人类、恐龙一类的纪录片，那么在这样一个久远的时间段里面，不要说托尔斯泰了，你整个人类两千年所谓文明也毫不重要啊，一点没有意义，毫无意义。

比尔狗 那比方说，我们假定有这样一种情况，你在生前，做了一件特别不希望别人知道的事，特别隐私的一件事，然后你死后呢，很多人知道了，而且你知道你死后肯定会有很多人知道这件事，那么你会在意这种事吗？

曹　寇 我觉得对于我来说，包括像对狗子来说，我们死了最多能留下点事，就是在某些小图书馆里面，可能有我们的书，比如说再过 50 年，有一个人抽出一本狗子的书，看了，觉得哎，这个人有点意思，我觉得像我们这种人死掉之后，唯一能留下的可能就这么点意思，别的没有什么。就像我很多年前，青春期的时候，在一本书里看到郁达夫的《春风沉醉的夜晚》，我当时就觉得好得不得了，好到什么地步呢，我就不希望推荐给别人看，就我看，就我知道。结果后来，等我读大学中文系的时候才知道，原来这是名篇，大家都看过。

老年人自杀更令人绝望

比尔狗　随着年龄增长，你觉得自己有衰老的迹象吗？

曹　寇　经常有什么脖子酸，就这个，偶尔去按摩一下。

比尔狗　足疗店，哈哈。你还不到 40 岁，通常，人一般到 40 岁之后，当然有的人身体好，可能 50 岁之后，身体衰老的迹象会突然增多，40 岁之前还不是特别明显，顶多像你这样老坐着的，颈椎有点问题。40 岁以后有些人会从衰老想到死亡什么的。关于死亡这种事，有的人可能一辈子也不用想，有的人可能从小就想，好像佛教里有这个说法，人跟人对死亡的感觉天生就不一样。

曹　寇　看到网上一个帖子，就是匈牙利一个老作家嘛，这个老作家是 89 岁自杀的，这种老年人自杀事件，说实话也挺有意思的。中国老年人自杀可能是因为什么没钱看病了，儿女不养他了，活不下去了，买一瓶敌敌畏灌下去就死了。那这个匈牙利作家，包括海明威也属于老年人自杀，茨威格也算，川端康成也算，川端好像也是 70 多岁自杀的吧。就是说老年人自杀，按我们的想法就不可理解嘛，少年人、年轻人自杀，就是对生活不抱希望了，老年人都活那么大了，没几年了，是吧。

比尔狗　每个人不一样，各种饱受折磨，或者是看不起病了，写《哥德巴赫猜想》的那个徐迟，他就是因为病痛，跳楼自杀，还有政治原因，老舍就不说了。中国作家里面到老年还去自杀的真很少，除了那种政治性原因，身体原因以外，就是他在终极意义上把死亡就当作一个事来解决，好像真的很少，年轻的艺术家、作家有，像海子这种。但国外老年作家自杀事件似乎很多。

曹　寇　我的意思是说这些岁数都这么大了还自杀的，好像让人感觉更绝望，比年轻人自杀更绝望，是吧？仔细想一想。他都已经活了 90 岁了，你的智慧为什么不足以再让你撑到自然死亡或者是病死？我的意思是说，是不是智慧——积累了一生的智慧，恰恰让他决定了死亡，还是怎么回事。

比尔狗　有可能吧。反正那个海明威和川端——以我粗浅理解——这二位身上都有点那种宁可站着生不能跪着死的东西，因为老了以后，各种不堪，川端写过《睡美人》什么的，就说老态龙钟那操行，旁边一个美女。

曹　寇　不堪，觉得不堪。

比尔狗　但是川端真正自杀的原因也不知道是什么，因为他死之前也没什么征兆，还有点小得意，获诺贝尔奖什么的。还有那个赫拉巴尔，也是自杀，80 多岁反正他都得了挺大奖了，然后在医院里面就自杀了。

曹　寇　托尔斯泰之死也算是老年人自杀事件，他也是 80 多岁了。

比尔狗　对，你要说他们这个想法可能也好理解，就是曹寇说智慧也好，还是怎么着，就是把这个绝望给坐实了？或者刚才曹寇说的可能他们活到这个岁数，以他们的智慧死亡对于他们来说不是那么恐惧，所以可以坦然就死了。

曹　寇　你的意思是不是说他参透了什么东西？

比尔狗	有可能。
曹 寇	就是觉悟了。
比尔狗	假如你写出了你认为真正的经典，你对死亡的恐惧会减弱吗，还是相反？
曹 寇	不可能，因为经典不经典，不是你自己能判断出来的。
比尔狗	会有自己的直觉吗？
曹 寇	这么说吧，比如说我们现在公认《悲惨世界》是一部经典，我现在也弄出来一个，反正跟那个也差不多吧，但是我肯定不会认为是经典嘛。因为经典它是已经在那儿的东西，经典这个东西确实也不是你活着的人自己能够确定的，能掌握的。比如狗子他总不能奔着经典去写吧，说我要写一部当代经典。
比尔狗	所以我们还想探讨死亡问题，假定你，就是你生活的目的实现了，是否对死亡的恐惧会减弱？
曹 寇	肯定不是，我觉得肯定不是这样。生活的目的是什么呢，每个人又不一样。

自古以来被讴歌的爱情全是悲剧

比尔狗	你相信命运吗？
曹 寇	我好像挺信，我骨子里面有点迷信。
比尔狗	比如呢，怎么个迷信法啊？你好像也不太赌博，不参加任何棋牌什么的。
曹 寇	对，对。

比尔狗　那你的迷信体现在哪儿呢？

曹　寇　就是，比如说一个事或我现在这种遭遇，我觉得这个东西肯定是有原因的吧，肯定是有原因的，这好像也不叫命，这是不是叫因果？

比尔狗　嗯，你要这么说，命跟因果的关系真的挺像的，换句话说叫性格决定命运。就是因为你这样的性格，你在那个时候会作出那样的判断，那样的判断就会有连锁反应。

曹　寇　因果其实也并非佛家的一个东西，因果首先就是因果关系嘛，逻辑关系，我好好学习就考上了名牌大学。

比尔狗　那不一定，有人好好学习却没考上。

曹　寇　那就马上变成另外一个因果了，就是比如你好好学习的还不够，或者其他原因。因果，并非单独的一个因，果可能是一个果，我是这么想的，比如说举个例子，万事俱备，只欠东风，那东风是因之一，它欠了这个，它就完不成赤壁之战最后那个东西。是吧？我觉得是这个意思。

比尔狗　那你觉得，如果说写作是你命运当中的一部分的话，你是什么时候做出这样一个决定的？

曹　寇　我这个啊，十几岁我就有这个意识，虽然我二十多岁才写的，十几岁有这个意识还是跟阅读、家庭有关，因为我舅舅是作家，另外我从小就看很多书，我小学就看唐代小说选，什么红拂夜奔、《虬髯客传》之类的。

比尔狗　是你舅舅的书吗，还是你家就是书多？

曹　寇　在农村而言，那肯定我家的书比别人家的种类要多，因为我舅舅，还因为我二爷，就是我二叔嘛，二叔年轻的时候也是一个文学青年，我见过他的退稿信，我就觉得这事好玩嘛。还有我姐姐，我大姐，比我大十岁，她青春期的时候也摘抄汪国真。家里面有什么《梦的解析》，还有一个苏联人写的《弗洛伊德批判》，还有这些，我觉得这些东西好玩，然后你身边的那些小孩他们对这些肯定是一无所知，所以我当时就意识到说不定我将来会干一个跟他们不一样的事，有这个朦胧的想法，但具体干什么不知道。

比尔狗 这大概也就是你的宿命之一，这种家庭的环境。

曹　寇 对。

比尔狗 那除了写作之外，其他还有什么宿命的东西吗？情感上，生活上。

曹　寇 肯定都有啊，我觉得都有吧。但这个你要真的去把它捋清了就不是……因为命运是很神秘的嘛，能把命运说清，那我也不坐在这了，我都可以算命去了，对吧，肯定捋不清嘛，我都不知道有没有人能捋得清命这个事，我怀疑。

比尔狗 算命咱们古代叫命理，一大套，就是想干这个事。

曹　寇 反正我是信这个神秘的东西的，我不怀疑它。

比尔狗 我大概能明白你的意思，但是你这种信，会不会影响到你的个人努力，我的意思就是，因为有人很容易推到另一个极端——既然你信命，既然都是命中注定，那么努不努力都无所谓了。

曹　寇 就瘫在那了，瘫在命上了。

比尔狗 古话叫一饮一啄，莫非前定。既然这样的话，反正都是定的，那你自己还挣巴什么呢？

曹　寇　你这个讲的，那比如说西西弗斯，他肯定也知道这个石头永远推不上山，是吧？

比尔狗　推上去又滚下来，继续推。

曹　寇　他知道这是命嘛，他的命运就是永远推不上山，但他的行为是反复推，永恒地在推，我觉得可能好像人活着也就是这么点意思，就是说你也知道你必然是死嘛，但是你还是使劲地在那儿活，是吧，使劲地在那儿活。

比尔狗　情感在您整个生活当中占的比重大吗？

曹　寇　不大。你指的是男女之情，还是什么？

比尔狗　两性。

曹　寇　好像不太大，不大。

比尔狗　那对性会有兴趣吗？

曹　寇　那当然了，我又不是太监。

比尔狗　那跟崔命差不多，对情感要求并不是太多，或者说要不要谈恋爱这个事情对你来说并不是特别大的一个诉求。

曹　寇　对，对，对，我跟狗子聊过，我问他你相信爱情吗，狗子有的时候说他信，有的时候也说他不信。

比尔狗　那你呢？

曹　寇　我有点信吧，我觉得还是信吧。我觉得这个东西肯定是有道理的吧，但是，就我所知，爱情都没有好下场。

比尔狗　你失恋过吗？

曹　寇　当然了。你说爱情，自古以来人们都在讴歌爱情，我也讴歌爱情，但是我们所讴歌的爱情全是悲剧。

比尔狗 是吗？

曹　寇 所有的爱情都是悲剧，你仔细想一想，就是凡是被记录下来的爱情都是悲剧。

比尔狗 好莱坞的爱情就不是悲剧。

曹　寇 它那个变成鸡汤了。

比尔狗 所以换句话说，就是你看，刚才说你信命，但是如果爱情注定是个悲剧的话，我们还要不要继续去尝试爱情？

曹　寇 那肯定可以啊，人不可能——像我们中国人说的，说人是趋利避害的，这只是一个市井法则，人肯定不是趋利避害的，比如说，我们都知道抽烟对身体有害，我们干嘛还抽它呢？对吧？

比尔狗 所以即便爱情是悲剧，但是我们还要相信爱情，不是去实现爱情，而是在遇到某个让自己合适的或者心动的人时……是这个意思吗？还是爱情虽然是悲剧，我还是要迎着上，明知山有虎，偏向虎山行？

曹　寇 那也不是这个意思吧。反正就是你遭遇爱情了，那就……有的人他可能一辈子也没遭遇这事，比如说我们上一代人，经人介绍对象，两家都差不多，就结婚了，生了孩子，囿于种种的道德压力、传统习俗以及维持家庭稳定等等，他也不会轻易地离婚，就这么凑合一辈子，然后各自死掉，先死掉的一方还被后死的一方不断地念叨，是吧，这个就是我们世俗的男女之情，也可以理解为爱情。

比尔狗 死后还在一个地住着，在一个墓里。

曹　寇　对呀，你也可以把它理解为是一种爱情，就像心灵鸡汤上经常出现的那种照片，一个老头，一个老太太，握着个手，在夕阳下散步。但是我讲的那种——就那种什么电光火石的爱情，基本上都是以家破人亡、生死两隔为结局，都是这个，最典型的，就是中国的梁祝，西方的罗密欧与朱丽叶之类的。

比尔狗　那你谈恋爱的时候，是想跟她一直生活在一起吗？

曹　寇　肯定没这么想过，我要这么想过，那我肯定早就结婚了嘛，我也是谈过不少恋爱的人，也一大把年纪了。

比尔狗　那你谈恋爱的时候是怎么想的呢？

曹　寇　谈恋爱就是两人在一块，哎，还行，就待着呗，你也不知道走向嘛，没考虑过你最终是要干嘛，到后来不行了，就算了。

比尔狗　很多人会把婚姻美化成一个美好的制度，尤其是在结婚的那一个场景的时候，双方互戴戒指的时候，就会有人觉得，哇……我觉得这好像是一个骗局啊。

曹　寇　以我的理解，比如互戴戒指时，底下的小姑娘感动得流泪了，这就是什么呢，按一种时髦说法叫权力美学吧，就比如说，我们看奥运上拿到那个牌子了，国旗升起来了，运动员站在领奖台上，我没准儿也会感动得流泪，这个流泪肯定不仅仅是这个旗帜的问题，那是一个整个的制度，你在这个制度上获得了巨大的承认，我觉得它也属于权力美学范畴。因为那是种权力嘛，这种权力用一种审美方式表达出来了，哪怕这个审美是最世俗的，婚纱啊，婚礼进行曲啊，神圣的教堂啊，是吧，那种仪式感本身就会打动人嘛。我现在看那个古装剧里边一大群人跪在紫禁城里一叩首、二叩首，那种仪式确实挺牛，挺壮观的，仪式本身就是一个审美，审美本身就能让人感动嘛。

中国人一方面性泛滥，一方面性压抑

比尔狗　古话说妓女既想当婊子又想立牌坊，何止当婊子，你干任何事，都得立个牌坊，这事它才完满。包括文学什么的，需要各种奖项，各种鲜花啊，掌声啊，这样的话，这东西才玩得下去。包括卡夫卡那种的……

曹　寇　你说卡夫卡啊，他们跟中国是不一样的，欧洲人都有那种基本的美学教育和文学教育，讲究审美，他写作，肯定不是为了发表，他的目的肯定不是我要当作协主席，他就是一个审美嘛，因为西方人讲究人的精神活动嘛。卡夫卡生前他也能发表，他完全可以，只要他想发表，都可以发表，关键是他觉得发表对他有什么意义呢，他考虑的不是发表的问题，不是扬名立万，所以他才会写出那些东西，这也是一个因果。只有中国嘛，中国这个作协体制，它是跟那个科举制度差不多——我写一篇东西《人民文学》发表了，《小说选刊》转载了，获得了鲁迅文学奖，成了当地文联主席，对吧，国家给分房子，然后还可以提携文学女青年，它带来了巨大的世俗利益。

比尔狗　这些个世俗利益，卡夫卡虽然不为了这些，至少不主要为这些，但这些东西是必须要存在的，发表啊，稿费啊，文学女青年啊，各种。这些东西存在了，那你可以不认，但是你不认是在它存在的前提下你可以不认，你不能说文学这行当，我啥都没有，那卡夫卡也没意义，卡夫卡的意义或说牛就在于他不认这些。

曹寇　卡夫卡起码他还有他的一个沙龙，这个沙龙给他带来了巨大的荣誉感啊，或者满足感。

比尔狗　你说卡夫卡他指着这个生活吗？

曹寇　不啊，他有工资啊，他的家庭条件非常好，他生在一个犹太商人家庭，他自己又是公务员，就像现在公务员一个月也拿一万块钱吧。

比尔狗　我刚看微信那种碎片，说卡夫卡也是发明家，说安全帽就是他发明的。他当时就做这个的，保险公司什么的。还有说我们现在办公室间隔的那个挡板，就是来自于卡夫卡的《审判》，因为《审判》里面就那么描述办公室的，现在办公室的隔断就是由此而来。安全帽是说他当年老巡查工地，他就指定商人生产这种帽子，这样。

曹寇　他们这种人作为一个青年，属于早慧者，卡夫卡死的也很早嘛。

比尔狗　都是三十八九岁，太宰治也是 39 岁就死了。

曹寇　对，就我这么大，就结束生命了，他们都属于早慧。

比尔狗　不提文学什么的，在那个年代，他们年纪轻轻就挂了，其实说得没劲点，就是那时候没有青霉素，至少稀缺吧，当然太宰治是自杀了，卡夫卡是肺结核嘛，其实太宰治自杀前一年也得了肺结核，有人说他自杀也跟这个有关。王尔德也是。

曹寇　我写过一篇文章说人类死于肺结核的大概有 1 亿多吧。

比尔狗　那我们再回到两性，如果没有恋人的时候，假定你是独身状态，你怎么解决性问题？

曹　寇　性问题，在当代已经不是问题了吧，跟饮食一样，它已经不是问题了。各种途径。当然可以了，什么都可以解决。但中国人一方面是性泛滥，性行为泛滥……

比尔狗　怎么会性行为泛滥呢？

曹　寇　泛滥啊，就是各种约炮、嫖娼、通奸、二奶、三奶，等等等等，就这些，性随意，性还是挺随意的，但另一方面中国人又性压抑。

比尔狗　什么样的人性压抑呢？这有意思了。

曹　寇　比如说我们都经历过性压抑的阶段，中国人比如说我现在16岁了，我已经可以有性行为了，但是种种条件束缚你，你不能有性行为，是吧，你不能有性行为。就成人他也有压抑啊，也压抑啊，性压抑还是很普遍的嘛。

比尔狗　那你是什么时候压抑呢？

曹　寇　我不性压抑。

比尔狗　性压抑就是说你有性需求的时候，无法满足？

曹　寇　这只是一个生理上的，还有精神上的。有的人他即便是到处搞，他仍然也性压抑。

比尔狗　那是性瘾吧。

曹　寇　也不一定是性瘾，他就觉得好像老是不对的，就不满足。

比尔狗　就是说你对于你目前的性的整个的状态还是满足的，所以你没压抑，不觉得压抑。

曹　寇　　那当然不满足了。我觉得性压抑不仅仅是表现在需求上了，比如说在大街上看到一个漂亮女孩，我不能上去说你很漂亮，就是性压抑的一种。

比尔狗　　那我现在压抑大了，我觉得现在大街上真的，我跟你说，穿得都是这么短，你知道吗。

曹　寇　　我指的性压抑就是说你不能够公开地、坦诚地对待性行为，对待男女之间的关系，这必然就要性压抑。只要你公开了，比如说看到这个女孩很美，我说你很美，拒绝了这都没问题，就不压抑了，这个管道是通的，恰恰是我们这个管道是不通的，你就压抑了。

比尔狗　　那要这么说，是不是全世界都会面对一个性压抑的问题，因为我觉得在西方面对性问题也不是这么公开的。

曹　寇　　美国没去过，但我觉得美国电影上体现的压抑好像不太多吧，除非是没人待见的，一个男孩长得奇丑无比，又缺乏魅力，他肯定就性压抑了。我指的性压抑就是我们男女交往的渠道几乎是堵塞的，对吧，是堵塞的，它不是一种从容的交往，拒绝和被拒绝这很正常嘛，就是说我喜欢你，你说，我对你没兴趣这不行，这都没问题，但是这个沟通渠道是存在的，当然我们现在这个渠道没有，那只有嫖娼、通奸，就干那种事。

比尔狗　　那你比如说约炮呢，这不就说明也有渠道嘛，比如陌陌。

曹　寇　　真正约炮成功的有多少人啊，那也很可疑了。中国的约炮一般都是以势压人，我有钱嘛，我找一小女孩，我约个炮。

比尔狗　　交易。

曹　寇　对，都是交易，或者说我有名，你是一个粉丝，要不要来我家我们聊一聊……

比尔狗　就是性资源分配的不均衡。

曹　寇　中国的阶层太多了，一个农民工约炮，怎么能约到一个女大学生呢，这是不可能的，永远也约不到。但是我想，比如说，在一个相对正常的国家，是完全没问题的，一个水管工，女大学生也未必就约不到。

比尔狗　《绝望的主妇》不就是嘛。但真正的主妇跟水管工去上床的还是少，一般都是毛片里面有。但是呢，西方还是个相对开放的社会，确实更容易通过正常的交往来获得性，一个很重要的场所，比如酒吧之类。

曹　寇　比如说一个水管工经常给你这个主妇来修管道，主妇觉得这个小伙子不错，又能聊天，下次我故意说我家管道坏了但其实没坏，你也来，就两人聊天，喝点酒，又听听柴科夫斯基，两人就聊上了，这倒是有可能的。但中国，你比如说一个主妇她不可能跟管道工聊韩寒，他聊不了韩寒，聊不了狗子。

比尔狗　有些管道工还是有魅力的。

曹　寇　不是，就是他们只有职业差异，没有精神差异，也没有太多的教养差异，这是确保他们可以交流的一个基础，我们不行。

我信"人死如灯灭"

比尔狗　爱情这东西它有点像什么呢，就是它在这个两性关系基础上，搞出精神性来了。

曹　寇　这个东西就是人类异化的一个特点，就是人类确实异化了，无性的爱情也是可以的，所谓柏拉图式的恋情，也是可以的。

比尔狗　日本叫忍恋，据说是最高级的恋爱，就是说，甚至那人都没见过。

曹　寇　你要说它是进化也行，说它异化也可以，都行啊，或叫变态也行。

比尔狗　刚才有一个问题被岔开了，就是你是否相信命运？刚才你说到因果关系，有因有果，但是命运有没有可能反过来影响因果，就是这个因的发生是不是宿命呢？这个因的产生是不是你不可改变的？

曹　寇　我觉得肯定是有的。我不太信佛家讲的三生，前生、今生、来生，我不太信这个，我还是信"人死如灯灭"那种，就这个。我刚才说的就是很多东西会决定你嘛。

比尔狗　就是你觉得这个宿命是存在的？

曹　寇　对，就是决定你的那些东西。

比尔狗　你刚才说，你不信佛家的前生、今生、来生，然后信人死如灯灭，这两边我都有点不太信，前者是信不太起来，后者可能是不敢或不情愿那么信，但是在另一点上，就是佛家讲的是否更给人一些温暖呢？我意思就是说人死如灯灭，你要真这么信的话，你不觉得这事很恐惧，或者说很残酷？当然你就是这么认为的？

曹　寇　是，我是这么认为。人死如灯灭。

比尔狗　你觉得残酷吗，还是觉得也就这样？

曹　寇　不是，它也没什么残酷的。你不能说这棵竹子枯死了，它还有灵魂存在，或说它还怎么着，这无法说通啊。

比尔狗　那你会甘愿像一棵竹子一样枯死吗？就是如果假定你对自己生命的意义理解就是一棵竹子，然后死了就不存在了，你会接受这个状况吗？

曹　寇　我接受啊。

比尔狗　但是问题如果是这样的话，你不觉得很容易造成某种比如及时行乐主义，反正一切都完蛋了；那么有一个前世、今世、来世，或者天堂，你就会觉得你这辈子做的所有东西都不是白做，哪怕你吃亏受累。

曹　寇　是，是，所以宗教强大的一点大概就在这里。去年我们一个朋友死了嘛，死之前我们去看他，他已经被癌症折磨得皮包骨头，痛苦不堪，很绝望的那种。当时我们想如果他有一个宗教信仰，他可能就舒服多了，在精神上可能要舒服一点，对吧。

比尔狗　你有过哪个朋友，快死的时候，比较难受，他就放弃治疗吗？

曹　寇　当然人死的时候，都是面目狰狞的，我父亲死了，他早就死了，他死的时候也是面目狰狞，所有人死都是面目狰狞，都是嘴张着，如果把那皮肉全扒了，都是一个非常恐怖的骷髅的形象。

比尔狗　那睡着了过世的那种呢？

曹　寇　那种就是佛家说的福报了。

比尔狗　以前多，现在越来越少。

曹　寇　我们活在世上唯一的追求就是死相好一点。哈哈。死相好一点。

比尔狗　你死的时候，你希望你的亲人在你身旁吗？那样会好一点？

曹　寇　那倒不至于，而且这个是伪问题，因为我没到那一步，我也想不到这个。我现在说我想这样，或者不想这样，都是假的，因为未来那个东西谁知道啊，不可控制。

人生多么绝望

比尔狗　我们通常会问这个问题，就是居住的问题。你这辈子都在哪住？现在在哪住？

曹　寇　我住的地方少嘛，那我主要住在南京，我从小生活在乡下，南京的郊区，后来我大学毕业，住到城区。

比尔狗　那你住过的最怀念的地方是？

曹　寇　哪有什么怀念啊？比如我一点不怀念我小时候住的乡下，因为我觉得中国农村是集丑恶之大成的一个地方，中国农村啊，非常丑恶，它丑恶，首先人际是丑恶的。

比尔狗　什么是丑恶的？

曹　寇　人际，人与人之间的关系是丑恶的，那种攀比、妒忌、迫害，都是这样的东西。还有它的环境也是丑恶的，到处是粪便，房子也没有什么可审美的地方。你说那地方有什么值得你留恋的？但是，我到现在，我在北京，晚上做梦，梦见的还是那个小村子，这你没办法。

比尔狗　它在梦里丑陋吗？

曹　寇　在梦里它还是那样，也没美化，它还是那样。就是说反正就梦见那个，所以我说我信命，命我指的是这个东西，这个东西你没法改变它，没法改变它。

比尔狗　我没去过你说小时候住的地儿啊，那是八卦洲，是吧？

曹　寇　对，是一个江心岛。

比尔狗　有那么差吗？到处是粪便，脏乱差。

曹　寇　当然它现在不是了。

比尔狗　以前呢？

曹　寇　以前，就是土路嘛，草房、土房子。

比尔狗　农村我也住过，是糟糕透顶。但是我在北方农村住得多点，南方我估计也够呛，就是说没有什么田园风光。

曹　寇　哪有什么风光可言。

比尔狗　你对小时候居住的家乡不存在怀念心理的话，可能是因为当时的生存环境的平庸或者恶劣，那你是否对你曾经所有居住的地方都没有特别的怀念？

曹　寇　我以前在访谈里面有一句话，我到现在都认为我讲得还挺对的，就是我对一个地方的厌倦是与我在这个地方生活时间的长短成正比的，我生活时间越长，我越厌倦。

比尔狗　这是很特别的体验。

曹　寇　这不特别，这不特别。比如狗子吧，他也说过厌倦北京，他只是离不开而已。

比尔狗	我是没办法，我必须得自我调整我的厌倦。
曹 寇	我觉得这几乎正常吧。
比尔狗	再一个问题，你人生当中比较重要的节点是什么，是哪年，几岁的时候？
曹 寇	这还是那个吧，就初中毕业吧，因为初中毕业我到城里面读书了嘛，这个还是有很大变化的，中国是城乡二元结构嘛，你生活在乡村那种一元社会里面，你永远是那样，我初中毕业突然换了一个环境生活。
比尔狗	为什么没在当地读呢？
曹 寇	当地没有高中，包括周围人读高中都得过江，长江。我们那个地方是在长江中间的一个岛，长江一条辫子到我们那儿变成两条辫子，到我们下游又变成一条辫子，就这么着，然后再到崇明岛那儿，又变成两条辫子。
比尔狗	这个话题还有一个就是，未来让你选一个住处，瞎想想，会选哪儿？
曹 寇	那我只有想象了，不算数的，那我当然想象有山有水有女人的地方了，有好吃的，有酒，其实青岛倒是挺好的地方。
比尔狗	青岛好像刚被评为幸福感最强的一个城市。你没有出国的想法吗？
曹 寇	没有，没有。我在德国待过一个月，差点儿没崩溃。如果你真的叫我去国外，我愿意去日本。
比尔狗	对日本相当有好感啊，是不是觉得日本文化比较清静一点？
曹 寇	也不是文化，不是文化。

比尔狗　那为什么呢？为什么想到有可能去日本呢？

曹　寇　就是日本那种小门小户的挺好的嘛，是吧，都蹲在地上，或者席地而坐，我比较能接受，又干干净净的，又没什么鸡屎、猪粪之类的，日本还是挺好的。

比尔狗　你认为在当代中国，就是你出生以后，最重要的节点是哪一年？你在干什么？

曹　寇　节点？我的节点，我忘了，但有一个事我记得，大概是九几年吧，就是我们那里一个广场上，广场上都是烂泥，刚举办了什么活动，就是刘晓庆来，刘晓庆后来确实来了，唱了大概两分钟的一首歌走了，然后开始刮奖，刮彩票嘛，头等奖是一辆轿车什么，末等奖是一个大脸盆，我也去刮嘛，我看到我们村里面一个人也在刮，那人蹲在那个烂泥地里面刮，身后堆着一大摞脸盆，还在那儿使劲刮，我对这个印象特别深，这大概就是我的节点，让我觉得人生多么绝望。

比尔狗　那是什么时间？

曹　寇　我估计九七年左右吧。那会儿我有 20 岁了嘛，体会到什么叫绝望，蹲在烂泥地里面那种。

比尔狗　这是你个人的某个瞬间。公共历史事件对你有没有影响？

曹　寇　没什么影响，它跟我有什么关系？或许，那我只能这么说吧，香港回归，要从那个中国历史的角度来说，香港回归那一年，它肯定是改变你很多感受吧，是吧。

比尔狗　还有一个问题：你有可能会出卖自己吗？

曹　寇　出卖自己是什么意思？

比尔狗 违背自己的原则做事，你在什么情况下会有可能违背自己的原则做事。

曹　寇 这个太容易了吧，太容易了。因为我们天天都在出卖自己，天天都在出卖自己……

比尔狗 假设这么个情景，你和狗子是朋友，现在有一个人或者一个机构找到你来，让你说狗子都干了什么事。

曹　寇 这事我不会干，这事我不会干。

比尔狗 绝对不会干吗？

曹　寇 那除非严刑拷打。

比尔狗 色诱呢？

曹　寇 色诱不管用。

比尔狗 那就是说，死亡威胁可能会是最大的一个胁迫。

曹寇：作家

时间：2016 年 6 月 24 日下午四点到六点半

地点：北京菊儿胡同 7 号 "好食好色" 文化空间

淡豹： 死亡事件堪比一个人的成人礼

修读人类学意味着把自己的一生和它绑到一起

比尔狗 你在美国读博士学位大概需要几年？

淡　豹 我们平均毕业年限是 9.4 年。所以它是一个需要把你全部生命拿来去做的事情，读完之后就一定要好好做研究，否则都对不起自己受的教育。这就好像一个人要创业，那就等于扔掉了自己其他的期待，要把自己的一生和这个事业绑在一起。所以我们那个专业，与其说是学位，不如说它是一个特别大的生命承诺。

比尔狗 你当初为什么想去美国读，在中国不是三年就可以读下来了吗？

淡　豹 美国的人类学比中国好太多了，如果想在这方面做学问的话肯定要去美国。

比尔狗 你主要研究什么方向呢？

淡　豹 2005 年开始，我在国内的田野点是福建闽南安溪茶乡，我当时做的是所谓"地下经济"或者"神秘经济"，研究一个快速起飞的地区经济。因为茶叶价格不断上涨，20 世纪 90 年代以来当地收入也上涨很快，但对农民来说，这个钱是没有地方投资的，于是就投到了六合彩上，这种六合彩的运行模式又跟当地民间宗教的形式有着很大关系，实际上他们投注的时候不是一到四十九的数字，而是金木水火土，或者十二生肖，这就跟民间宗教里各种各样的隐喻象征、六合彩诗歌、民间戏剧联系到一起了。比如，谁昨天晚上梦到了一头猪，他们就会用民间宗教戏文，还有藏头诗、民间传媒以及各种各样的"非法印刷品"来解释这些现象。

比尔狗　你学人类学，对人这种生物的认识比起我们来讲会不会有些不一样？比如人类到底是一什么类，你有没有自己的感觉，不会越读越恶心吧？

淡　豹　我觉得人类学学久了会有一个毛病，容易陷入相对主义，因为它会涉及各种文化的特色，你会觉得每种文化和每种生命方式好像都有它存在的理由。我的相对主义会越来越厉害。直到最近回国以后，我参加了一些工人运动后，才开始觉得像贫穷、闭塞或者威权主义的状态是不应该存在的。我以前会非常相对主义，觉得任何生活方式都有它的文化，但现在反而会比较偏向文明观，会觉得像抽水马桶这样的东西，人人都有权利拥有。

比尔狗　抽水马桶？

淡　豹　就是生活的舒适、便利，还有开放信息，我现在会觉得人人都有权利拥有这些，或者说改善自己的生活本身也是一种政治权利。不能因为资源的有限性就让世界上的一部分人过着比较好的生活，而把资源的有限性作为世界上另外一部分人不应该享受文明、健康、医疗、教育的一个理由。

亲人的死亡是我从高中到大学
期间特别大的成人礼

比尔狗　说到死亡，你有没有经历过或者看到过死亡这样的事情？

淡　豹　对我个人生活而言，家里亲人的死亡，是比任何年龄增长、读书、教育或者婚姻更是使我成人的标志，可以说我妈妈这边家庭里面亲人的死亡是我从高中到大学期间特别大的成人礼。当时年纪比较小，所以倒不是对年龄有什么感觉，只是觉得一个人从生病到死亡的整个衰败过程是所有人展现出他人性的光辉也好或者黑暗也好的一个重要场合。你会对人失望，甚至会对自己的亲人失望。对我来说发现自己的亲人可能不是最善良的人，是我好像获得心灵上的自由感的一个过程。

　　说到我目睹过的其他人的死亡的话，印象最深的是我在2009年福建闽南安溪那个田野点做调查的时候经历的一件事。后来它也出现在我那篇关于闽南地下经济、神秘经济的论文里。2009年的秋天，大概11月，那时天气已经挺冷的了，我住在当地人的家里，当时已经认干爸干妈了，有一天听到外面非常嘈杂，我就跟着村民到了一个水渠边，看到烂泥里有一个灌溉机还在空转，这时才知道是村里一个妇女在下田浇菜叶的时候，因为忘记关灌溉机不小心滑进水渠里淹死了。我到的时候这个妇女已经被送到乡医院去了，后来又从乡医院转到县医院，那个村子离县上最近的医院也需要两三个小时的路程，送到那里时已经确认死亡了。但有意思的是，而且当时我有些不能接受的是，当天晚上大家都在讲这个妇女家里的事，首先大家问的问题是这个人属什么的、多大年纪，因为通过属相可以押六合彩。也就是说，她的死亡变成了公共生活里一件最大的意外事件，而押六合彩就是要找意外事件，从意外事件中猜测今天要押金木水火土牛马猴龙蛇中的哪一个。这个妇女属猴，42 岁，然后大家再去想关于她的其他各种各样的可能性，比如留下了几个孩子，他们又是什么属相，大家还会讲到这个妇女一生的美德，她是一个什么样的人。传的最厉害的一个细节就是，在县医院，对她做解剖的时候发现她的肚子里面没有一粒米，这是因为她中午回家的时候，给孩子做完饭自己还没来得及吃，睡了个午觉就又下田了。大家觉得这可能是她没劲儿滑到了水渠里的原因，但这也说明她一辈子有多么辛苦，对孩子如何付出，于是大家又在想这种美德应该对应六合彩押什么。这个事情完全打翻了我之前通过文学经典或者个人生活经验得来的对死亡的意义很幼稚的想法，实际上我到现在也不能完全理解这个事件，总之，这和他们的经济生产形式和人们所关心的死亡与群体命运是以一种反悲情的方式呈现出来的，这对我来说简直是一堂关于死亡文化的教育课。虽然我到现在也不知道这个妇女长什么样子，关于她的葬礼印象也非常不清晰，她的头像照片是从全家福里剪下的一张照片，很模糊，但这件事给我留下了关于死亡非常深刻的印象。

比尔狗 　那刚才你提到的，死亡是一个成人礼，怎么理解？

淡　豹 　我觉得发现自己的亲人可能未必是善良的人是自己感受到自由感的过程。这是因为有了一个客观的审视距离，于是自我在这个过程中抽离出来了，我对亲人可以有一个伦理判断，他们和自己的关系不再是最主要的亲情关系。其实亲人们也是有遮羞布的，自己的亲人就有阶级性嘛，但是你还是可以窥探到他们最真实的想法。

比尔狗 现在人死了，会经历火化、追悼会然后亲属告别，刚刚你说的那六合彩可能只是当代某个地方的一种反应，但在各个民族的各个历史阶段，整个人类对死亡的反应应该也是千变万化的。比如，有可能是一个挺高兴的事儿或者什么别的形式。

淡　豹 对，有可能。我觉得福建的这个故事是中国经济起飞期特别具有代表性的。

比尔狗 我觉得可能是这样，六合彩在他们的生活中嵌入的程度远远超过一个女性的死亡了，于是什么事都跟六合彩有关了。

淡　豹 对，六合彩变成组织生活的那个东西了。我觉得你们说的特别对，如果一个民族相信死后有来生、天堂和地狱，那么他对死亡的想法肯定是不一样的。

如果想要活得有意义，就不能再三心二意地对待每件事

比尔狗 还有没有什么事让你对死亡有触动？或者让你想到死亡这件事？

淡　豹 那就是另外一件事，是我开始想写作之后的事，之前我读书读得三心二意，写作也写得三心二意，我从来没觉得自己是一个有才华的人，不觉得自己和创作或者艺术有什么关系，就过着很主流的生活。虽然自己会觉得在这种生活之外是有精神生活的，但我始终没觉得自己的精神生活能

和职业有什么关系，一直就是混在这个人世间，装出一个淑女的样子，一个乖小孩、好学生的样子，好好读书嘛、长大结婚、写写日记。后来很偶然地开始随便在网上写点东西，也没有觉得很重要，就随便用了一个笔名，所以淡豹不是一个我精心考虑后的笔名。

我之前写论文和时事评论会用自己的本名或者其他笔名，但如果在网上要随便写点东西或者心情的话，为了避免它降低那些我的重要论文的严肃性，就想随便找一个笔名好了，不想让别人知道那是我嘛。因为我很喜欢 David Bowie，所以就找了一个有点谐音过来的 DB，听起来就有点像淡豹。

比尔狗 在学术圈儿，比如说人类学家，他们去做田野，做完田野就写文章，写完文章就汇报，给谁汇报呢，就是给另外一群人类学家，所以说学术生活实际上是相对封闭的，我不知道你回国以后真正去做一个纪实写作作家时，会不会给你一个比较大的新的体验。

淡　豹 这就正好可以搭上之前说的那个问题，还有没有其他的死亡事件对我个人触动比较大。2014 年我在 one 上写了一个挺青春的故事，虽然我不会特别认同它。

比尔狗 那个故事叫什么？

淡　豹 应该是叫"如何与大学女友再度见面"。是一个对话体的小故事。也就是自己写的一个日记。这些都是我在学术写作之后想写点中文、写点对话，做点练习找找语感，结果就这样发表了，发表了我其实也没当回事。后来在微博上有一个人，他说很喜欢这篇文章，就建了一个叫淡豹全球后援会的 ID，我都不知道那个人是谁。我觉得这简直太可笑了，看着觉得特别刺眼，虽然说它当时没有任何影响，但我看着就难受，我就给他留言说你别这么闹，我不知道你是谁，你这是黑我还是怎么样，别再四处捧我了行吗，然后这事就过去了，那时是 2014 年秋天或者更早。到了 2015 年春节之后的几天，我的微博收到一个私信，问我还记不记得曾经有个"淡豹全球后援会"的 ID，我说我记得，后来我已经逼迫它不要再活跃了。给我发消息的那个人说这个 ID 背后是一个 19 岁的小男孩儿，江西人，是某一个县郊的村里的青年，读完了中专到杭州做空调的室外安装，这是一个挺危险的工作，然后说这个小男孩儿是一个文艺青年，爱看 one，也很喜欢我写的文章，收工之后晚上回家还爱听摇滚，听平克弗洛伊德。那个人就说这个男孩儿从杭州回江西过年，有一天晚上大家叫他去县里的 KTV 唱歌，他在路上戴着耳机，要走到县里面去，可能太黑了又下雨，他就出了车祸，抢救了两三天最后还是去世了。那个人说他想告诉我一声，因为这个小男孩生前很喜欢我写的东西，还成立过这么一个后援会，他告诉过江西老家的这些朋友一定要去微博关注我，要看我的文章。所以，他们觉得有必要告诉我一声。

这件事让我很难过。我没想到，自己出于羞耻、出于恐惧感、出于一点尊严感而写的自己也不太认可的东西，如果说对其他人还有些意义的话，那我觉得我不应该那么三心二意，那么玩儿票，不管做学问还是写文字，我都应该认真一些，不管我写得多差。

比尔狗 这个倒算是死亡对你的一个改变。关于写作态度和诉求的一种改变。

淡　豹　也是对生活方向的改变吧，我觉得我自己不应该占生活的便宜，一边读着博士一边写着东西，然后两边都有尊严感，又都可以为做得不好找借口。无论我选择什么，我都应该更认真，所以后来就回国了。

比尔狗　可能你带有一种，其实很谦卑的心态去面对写作这件事。

淡　豹　不是谦卑，我可能是因为自尊心太强，所以才会特别谦卑。我自己对文学写作会很羞耻，因为我家里都是从事出版方面的工作，所以我从小就会看到很多关于出版的事情，包括一个亲人死亡，首先大家要讨论的可能是什么时候编一本纪念文集。还比如我爷爷当初被打成右派就是因为20世纪50年代的时候，他好像发现全国出了二十八种如何养猪的小册子，他认为不应该出这么多，他表达自己的意见之后就被打成右派了。因为当时国内这种官僚主义形式化的出版物很多，我从不觉得出版和发表是一件好事或者重要的事情，反而觉得非常形式主义。

比尔狗　小的时候就这么理解了吗？

淡　豹　对，非常明显，比如亲人去世的纪念文集我就不想写，那时有一些叔叔阿姨把我小的时候写的诗拿到那种年选里去登一下，我就会大哭一场，觉得太形式主义了，这样非常有损我的尊严，我会非常排斥搞这种东西。

比尔狗　我想回到之前的一个话题，你刚才说发现亲人不是那么好的时候，你会感觉自己特别自由，这个是怎么理解的？

淡　豹　因为在一个普通家庭里面，好像也没有什么其他的事件能让一个小孩去看到成人世界的复杂性，就算在文学作品里你看到的也是一个人经历由病到死，或者父母的婚外情这种事能够让一个小孩子意识到人和人是不一样的。父母不是一个整体，每个人有不同的诉求，性格里面有各种各样的侧面，有些侧面蛮深的，有些侧面蛮黑暗的。这种过程其实首先是让自己跟家庭有一个距离，其次让你有了一种评论、裁断的能力，就好像获得了一种分析资格，那个分析资格给人感觉非常自由。

比尔狗　大概多大的时候你觉得自己有了这样的分析能力？

淡　豹　高二的时候吧。

写作使我获得了前所未有的快乐，
也使我对死亡更加恐惧

比尔狗　说来说去，其实就有两个问题想问你，第一个问题是你怕死吗？

淡　豹　我特别怕。

比尔狗　这就对了，通常人都怕死，你是怕生病还是怕死？

淡　豹　都怕，因为人必须得死，所以可以选的话，我肯定愿意不痛苦而且没有预料的死，这样我死前还能正常生活。

比尔狗　你现在为什么怕死？

淡　豹　我觉得自己是成熟得晚，好像自己的精神生活和物质生活方式从来没有统一过，比如我以前一直觉得如果对文学有兴趣是很基础的、没有必要讲的事情，你喜欢读莎士比亚那只是一个受过教育的人的爱好，不觉得它和自己的职业和生活到底有什么关系，也不觉得你需要找人来对话。但最近几年开始想写作之后，我会体会到很多新的快乐，现在就有点舍不得。某种程度上我觉得自己的生命真的才刚刚开始。

比尔狗　你有宗教信仰吗？

淡　豹　这个有点复杂，我是研究民间宗教出来的，所以也不大可能对一个宗教全心全意，我可能会对所谓的神意、教义更全心全意，但对组织不行。

比尔狗　很少有人像你这么回答宗教信仰的问题，一般都说我要么有要么没有，像你这种，很少。涉及隐私吗，还是难以厘清？

淡　豹　因为我有怀疑主义，不是隐私，只是要讲起来真是太复杂了，我自己也没有办法全心全意回应。

比尔狗　那宗教这块咱们不说，你相信命运吗？

淡　豹　我相信个人能动性，也相信文化社会结构的力量，我相信绝大多数的人类学家在这个问题上几乎不可能有其他的立场。我对命运的感觉，真的就像一个历史学家去分析辛亥革命，你说它是必然也是必然，你说它是意外也是意外，所有的因素都能说明那个时候中国确实会发生这样一场革命。

比尔狗　也就是说你之所以成为现在的你，既有必然也有偶然的原因在里面。

淡　豹　所有的偶然都可以说是必然，所有的事件不可能是没有原因的。

比尔狗　那在你成长的过程中有没有很无力的时候？那种所谓在命运面前挺无奈的感觉。

淡　豹　那太多了，我是逐渐体会到自己的脆弱性。

如果 23 岁那年没结婚，可能我永远都不会结婚了

比尔狗　你会结婚吗？对结婚这事排斥吗？

淡　豹　我现在已经结婚七年了。

比尔狗　为什么这么早就结婚了？当时是怎么看待婚姻的？

淡　豹　很好玩。我从小就很自满，有一种很早就看破世事的错觉，不觉得这个世界上有很多值得我去探索和发现的东西，觉得自己什么都干过了。

比尔狗　虽然什么都没干，但你觉得自己什么都干过了。

淡　豹　对，有这种错觉，感觉自己很早就消磨了好奇心，那个时候觉得就结婚这个事情还没有做过，而且当时谈恋爱谈得蛮高兴的，所以很随意就结婚了，也没有办婚礼什么的。

比尔狗　没谁不随意的。有孩子吗？

淡　豹　没有。

比尔狗　打算要吗？

淡　豹　我因为太怕死，所以很难决定，如果有孩子的话我就会更怕死，我需要对他负责任。

比尔狗　那你结婚这么早，有没有受到过婚外情的困扰？

淡　豹　总体来讲，我对浪漫的需求特别低。我觉得我们之所以能在那个时候结婚也是因为我在两性相处上特别容易，我对浪漫需求很低，但对尊重需求特别高，这种现实基本注定

了我几乎不可能有谈恋爱的对象。

比尔狗　也就是说你觉得自己不会再谈恋爱了。

淡　豹　如果当年我没和我丈夫结婚，我觉得我这辈子都不可能结婚了。因为那个时候也不知道自己是谁，对尊重的要求也没有那么高，但后来慢慢成长到现在的我自己，对很多东西的要求都变得太高了，说实话，都没有能够和我坐下来好好聊两个小时的中国男性。

比尔狗　女性呢？

淡　豹　女性非常多。

比尔狗　为什么呢？

淡　豹　可能跟政治伦理也有关系。

比尔狗　这里还有政治吗？

淡　豹　当然了，我们要平等的。

比尔狗　难道跟你交流的这些男性都不是以一种平等的心态跟你聊天的吗？

淡　豹　那他叫我美女就不平等。

比尔狗　这是不是女性防范意识过于强了？

淡　豹　阶级、性别这些是不同的范畴，一个人对性别敏感，不说明他对阶级敏感，一个人从事与阶级有关的社会运动不说明他是一个性别上的平权主义者，这中间产生的差异简直是骇人听闻的。

比尔狗　那你刚才说第一个是政治，第二个是伦理，伦理又是一个什么样的障碍呢？

淡　豹　我觉得很多主体在对待权利和尊重这件事上，不仅是不敏感，而且很多人一辈子在家庭或者恋爱里都没有体会过什么是相互尊重的关系，我觉得简直令人心痛。

比尔狗　刚才你说好多男性对平权之类的东西无知无觉，他们的表现令人心痛，除了"美女"之外还能举点具体的例子吗？以前阿坚写过一首诗，大概有七八句，其中有两句叫"男人是人，女人是女"，你肯定要批判这个。

淡　豹　但好玩的是，很多人不觉得这个有问题，甚至觉得"女人是女"是一种对女性的爱护和娇宠，但如果一个诗人敢在诗里说农民不是人，农民只是劳动，那几乎所有人都会有很强烈的敏感。所以爱情还有娇惯、爱护这种关系实际上遮蔽了不平等，这是一个很大的问题。就像在封建时代，地主对农民的爱护遮蔽了农民受压迫的实质，但现在我们关于阶级关系的平等的理念，已经接受了足够的教育，不可以说农民不是人。

比尔狗　在美国你遇到的男性会好一些吗？或者说有什么不一样吗？

淡　豹　整个美国的政治正确程度会比国内高很多，"女人是女"这种话就没有机会出现，说这种话的人会被关禁闭，说这些话的人要反省。所以如果回到刚才命运的问题，我觉得每个人承受的都不是单个人的命运，而是历史命运的一小部分，比如说我有我的政治理念，我对平等、尊重这些东西看得很重，这基本上就注定了如果我没在 23 岁那年结婚，之后就不大容易结婚了。这是作为一个女性，另外一个层次上的命运。

比尔狗　那你会不会和你的爱人有相互依赖离不开的感觉？

淡　豹　会呀，我其实特别相信爱情，一方面从社会公平、正义的宏观意义上讲，我会觉得你一定要强调尊严政治，要有平等主义这些观念，中国现在也特别需要这样的政治正确。但在家庭里面我不觉得家务一定要彼此分担，实际上我们家就是我做家务，我不觉得这是他对我的压迫或者剥夺，因为我觉得家庭不应该是一个政治空间，应该是一个爱的空间，是具体的人和具体的人在一起。

一个人如果体会过尊重，就不可能再回到控制的关系中了

比尔狗　你这种女性主义是逐渐形成的吧？

淡　豹　对，是在过程中慢慢强烈，变成我想投身于其中的一个运动。

比尔狗　你刚刚说很难想象自己再跟异性发生一种恋爱的关系，我觉得这是跟你的政治意识无关的，实际上是跟你情感的成熟相关的。

淡　豹　没有，就是政治意识。

比尔狗　你对未来跟异性关系的想象更多是从政治的角度来谈的？

淡　豹　是跟政治有关的，我对中国的两性关系或者性别歧视的判断，当然是文化上、政治上进行判断，我不觉得在未来40年中这个情况会有所改变，当然我会希望它好转了。

比尔狗　你对中国两性关系的现状好像还是挺悲观的。

淡　豹　两性关系还好，只是我不觉得能够出现让我能够谈恋爱的人，我都不知道那个人在哪里。

比尔狗 那你如何看待婚外恋这个问题？

淡　豹 随便啊，你们要婚外恋跟我有什么关系，但是我觉得任何关系都应该有尊重在里面。

比尔狗 那你说在两性关系上国外和国内的差别有多大呢？比如关于控制和牵挂的界线是什么，怎么知道一个人是在控制你，还是担心你。

淡　豹 其实心理学上有很多很多的标准，比如说举个好玩的例子，最近有一个英国女作家 Jenny Diski 在她的回忆录里，讲了她大概十三四岁的时候，被英国女作家多丽丝·莱辛收养的故事。当时莱辛的儿子和她正好是同学，当莱辛的儿子知道了这个女孩子的父母关系出了问题，女孩还患了抑郁症，被送到精神病院待过半年之后，回家就跟他母亲说了这个故事，莱辛说那我们就收养她好了，于是这个女孩子就住到了他们家里。这个女孩跟莱辛关系当然就很复杂了，一个十三四岁的新的女儿，可是又不是女儿。她曾经很依恋莱辛，莱辛家里有 party 时，会让她和宾客们去交谈，但女孩儿就不愿意，要从窗户逃出去。她后来给莱辛留了一个纸条说，我本来非常爱你，但你现在这样对我，我就不爱你了。莱辛没有直接回应她，第二天给她回了个字条，她说，我非常喜爱你，也希望你住在我家里，但是你现在对我实施的是一种情感上的操控，很抱歉，如果这样的话我就不能再继续收养你了。所以什么是情感操控，在心理学上其实有着大量的标准，如果你再这样我就会停止爱你，当然就是一种绑架。

比尔狗 那后来莱辛怎么弄的？她俩的关系后来恢复了吗？

淡　豹　　她俩就好好地住在一起，莱辛只是在跟她谈，因为这样的操控是一个胁迫，不是一个健康的情感关系。

比尔狗　　那女孩还会觉得，你老让我去跟宾客们攀谈，对我来说也是胁迫关系。

淡　豹　　我觉得这个不是，你可以拒绝这个要求的，你可以说我不想去参加 party，我不舒服，但不能对你说如果你这样，我就会停止爱你，这是两回事。

比尔狗　　你对操控很敏感。

淡　豹　　是的。我觉得控制不控制，这些尊重是非常微妙的，但也并不是没有明显标准的问题，而且这个东西有点像柏拉图，你见到了日光后就没有办法再回到黑洞里，如果我体会过尊重的关系，就没有办法再回到控制的关系里了，因为我每时每刻都会痛苦，我没有办法和这个人交谈。

比尔狗　　我觉得是这样的，如果你已经在婚姻内部了，那你再谈恋爱就是对婚姻里的女性不尊重，但你不谈恋爱又是对婚姻外部的那个女性的不尊重，你可以发乎于情止乎于礼，我不知道这是不是符合你的思路了。其实我还是挺追求谈恋爱的感觉的，但是我有时又觉得是不是自己太自私了呢。

淡　豹　　真的无所谓，你选择什么婚姻状态都可以，开放的状态也可以，你妻子如果爱别人，这是别人的事情。我只是不喜欢玩弄女性，比如对拿货币去购买性服务这种事情就会比较反感。我不认为一夫一妻是婚姻唯一的形式，也可以有多种形式，但你们找到一种相互尊重的方式就 OK 了。

比尔狗　　我也觉得两性关系之间平等是特别重要的。但是有的人也许认为不平等是重要的，比如说有的女性认为依赖感要比平等更重要。你觉得呢？

淡　豹　依赖也可以平等，依赖不等于一方纯粹依赖于另外一方，可以相互依赖。

欲望是驱动人类历史前进的主要动力

比尔狗　你认为性是驱动人类历史的主要动力吗？

淡　豹　欲望吧，各种各样的欲望。

比尔狗　除了性还有别的欲望吗？

淡　豹　野心、生命，这些都是的。

比尔狗　我想提的问题是除了简单的活着欲望以外，其他的野心、金钱、财富、名利这些都是被性所驱动的，这个观点对吗？

淡　豹　我觉得所谓性的欲望是活着的欲望的一种，而且活着的欲望一点都不简单，是一种抵抗死亡的努力吧。你不觉得对那些老男人来说，和一个年轻姑娘的性是抵抗衰老、死亡的努力吗？老艺术家为什么要和年轻女孩在一起，他真的是为了上床，为了射精吗？我不觉得，我觉得是一种延续自己艺术生命，让自己体会青春，体会活力的一个过程。

比尔狗　前两天我看过一个小白鼠的例子，一开始一公一母两个特好，之后公的小白鼠就开始懈怠了，装作很累的样子，研究人员以为它很累了，就把母的小白鼠给取了出来，换了一只更年轻的母的小白鼠，结果那个公的小白鼠又活跃起来了。

淡　豹　其实都是一样的，我觉得对于艺术家，和对于有创造力的商人尤其是这样。如果一个人一辈子就打算过一个愉快的中产阶级生活也就算了。但一个人如果曾经以创造力为目标,不管是科技革新、商业模式的革新,还是艺术创造,当他体会到世界一成不变的衰亡感,自己一成不变时,他肯定要从各个地方去寻找新鲜的原料,让自己获得创造性,我觉得特别顺理成章。

淡豹:作家、媒体人

时间:2016 年 7 月 8 日下午四点到七点

地点:北京菊儿胡同 7 号"好食好色"文化空间

邹波： 诗人没有彼岸

我一开始就把信仰解构了

比尔狗　你现在在加拿大从事跟宗教有关的工作吗？

邹　波　跟宗教没关。

比尔狗　那做哪块啊？

邹　波　就是给教堂做蓝领呗。

比尔狗　喔，那还是在教堂工作？

邹　波　对。你看过 19 世纪末 20 世纪初那种法国小说吗，就是教堂执事，如果教堂有墓地的话还要看守墓地。

比尔狗　那是一种很好的劳作，其实。那你有信仰吗？

邹　波　我一开始就把信仰解构了。我获得了信仰给我带来的一切功能化的好处，无论是周末在唱诗班唱歌，还是参加教堂的 service（服务），还有周日祈祷什么的，等等，都能得到这种精神性的体验，是吧，但是还是缺少信仰的核心。

比尔狗　你说在国内就解构了信仰这个事是吗？

邹　波　因为是做记者嘛，记者是解构一切的，要伪装成一切，要体验一切，所以你去旁观任何职业、任何不同的人的时候，你都要化身为他，在你采访他的时候，你就会变成他。比如我去湖南乡间水电站采访，我就得跟他们一起值班；去茅台酒厂，就得跟那些酒工一起劳动。我喜欢这种一起工作的方式进行采访，叫田野嘛，我觉得我变成他了，我才能体验得更充分。

比尔狗 你现在在加拿大哪儿啊？

邹　波 多伦多。

比尔狗 去了多久？

邹　波 三年。

比尔狗 怎么就想起去那边了呢？

邹　波 有机会去就去了呗，我喜欢这种把自己扔出去看看能发生什么的状态，也是一种冒险。

比尔狗 可能你的整个人生轨迹就一直处于这样一个精神冒险的状态？

邹　波 对，经观（《经济观察报》）是我待的比较长的一个单位，我基本上干上几年就要换个工作，现在换国家了，就是这样。

比尔狗 你刚进经观那会儿怎么就做美编、做设计了？

邹　波 我四六不着嘛。我干媒体最早是 1999 年还是 1998 年进《长江日报》，当时他们在做一个新的市民化的报纸，叫《武汉晨报》，我是考进去的，作为社会青年考进去的，那会儿失业，失业了就考进去了。

真正道德败坏的是捉奸的人

比尔狗 我们大概就是两个问题，死亡和两性关系。

邹　波	我靠，这个一上来怎么说啊？
比尔狗	别着急，先问你能说的。
邹　波	因为你说这个我满脑子都是过去的事情，很具象。
比尔狗	你是 1974 年生的对吗？
邹　波	对……
比尔狗	邹波还是很有隐私，有故事的。
邹　波	这是一个好话还是坏话，什么叫很有隐私？
比尔狗	意思就是如果这个人他有隐私，然后呢……
邹　波	敢于自我揭穿？
比尔狗	那倒不是，对我来说，无论他敢于还是不敢于自我揭穿，这都是正常的。
邹　波	敢于自我揭穿的这种我喜欢。
比尔狗	你会吗？
邹　波	我会。
比尔狗	自我揭穿之后，你会镇静下来？
邹　波	我会有自我正义的一种力量，我即使干坏事的时候，我都有自我正义的一种力量，我会觉得自己做得很庄严，很正确，所以我有自己内心的理由我肯定做那个事情，我不会做昧着良心的事情，但是顺应我内心的事情很可能也是一种丑事、坏事。
比尔狗	就是在一切都曝光之后？这个主要还是在设想那样一种状态，比如你突然被捉奸在床，但导致你被捉奸在床的原因

可能有很多，这是否能缓和那种情境？

邹　波　不要纠结它的前因后果，它的根源，它是否道德……

比尔狗　但它可能会在第一时间给你不同的反应，如果原因不同的话。

邹　波　不是，你即使再道德、合法的一个性关系，你被捉奸在床的时候，那种耻感都会有的，那种是绝对的耻感，一个人他赤裸裸地把那种状态暴露在人群面前。

比尔狗　我们是否还得定义一下什么叫捉奸在床？

邹　波　就是你见不得人的那种状况。就是你干那个事的时候，曝光。我觉得被公众捉奸在床，对人的毁灭性力量是在利用这个人绝对的耻感，如果人能克服这个绝对的耻感，那点道德什么的根本算不了什么。

比尔狗　两性被捉奸在床，跟被看见在一起吃饭其实都是被发现，但捉奸在床更严厉，打击力更大，因为性本身有一种耻感，与生俱来的一种隐秘的东西。

邹　波　你在利用这个耻感去进行打击，进行一个道德审判。谁性爱的时候被大家看到了，或者被认为像是捉奸那样，都会被强加一种不道德的感觉。

比尔狗　包括跟你自己老婆上床。不过这个谁更不道德，这个话题更有意思。在我们看来当然是捉人的那个人更不道德。

邹　波　对，这是肯定的，他利用了这个耻感。

比尔狗　而且糟糕的就是，他觉得他特别道德，而且就必须得这么"道德"。

邹　波　　这种偶然的命运是我们每个人都有可能面对的。所有人都有自己的这种阿喀琉斯的脚踵，我们不应该利用这样的耻感。

比尔狗　　对了，刚才这个话题，邹波和高山你们两个对这个问题的兴趣点和关注点是不一样的。高山你关注的是道德的问题，就是这个行为道不道德，在床上的人和捉奸的人，哪种行为更不道德；邹波关心的是人性问题，他关心的是假定在这种语境下，无论是在通奸状态下，还是说在所谓合法状态下，跟一个异性上床，被人捉了一个现行，或被闯入者看到甚至介入，甚至公之于众，这个状况下，作为当事人，你在床上，然后你是镇定的还是一种惊慌的状态，他关心的是这样一个人性的问题。我其实是比较漠视道德这个问题的，但狗子刚才那个谁更不道德的问题启发了我，这个问题让我产生了很大的兴趣。我觉得我们人生有很多的困境，其实通奸者的困境，或者说那样一个关系，不一定是通奸者，就说那样一个关系，即使没有床，那个困境可能依然存在，那个压迫关系始终存在，只是有时那个压迫关系会被忽略。

比尔狗　　沿着高山那个逻辑我们可以问一下邹波，我们不探讨你在出轨时被人发现后会是一个什么样的状态这样一个问题，就想问你，你对出轨这个行为是怎么判断的？

邹　波　　就是自己内心觉得是爱情那就很美好，没有什么啊，婚姻只是一个择偶关系。我一点没有这种社会达尔文主义的社会情怀，没有要为了维护人与人之间的稳定而要捍卫婚姻什么的，我觉得这个是很 oh shit 的。

我有理想但我没有彼岸，我不喜欢
那种有彼岸的人

比尔狗 我们认为狗子有暴露欲，他不在乎他说的话对他周围的人际关系产生负面影响。但狗子说我当然在乎了。所以我就写我自己嘛，我这几年都不写别人了，因为我觉得不能暴露别人，暴露自己可以。

邹　波 那只是在文学里。

邹　波 那狗子你会跟别人说你自己的理想吗？如果这种东西说很多，其实也是一种暴露。

比尔狗 理想？其实有些理想主义……我觉得理想比身体器官更……但是说理想这种东西暴露起来还有一点难度，不是不想暴露，是它不太好暴露。

邹　波 为什么，难道理想现在已经萎缩成个人兴趣了吗？不敢说出来了？大家都不敢为世界担当出来说话了，我觉得整个世界范围，知识分子出来发言的声音都少了，包括我采访翁达杰的时候，我说像你这种平时完全个人化的写作的东西，你还生在一个斯里兰卡的什么族的人，你们猛虎组织的屠杀什么的，你出来有那样去为受害者去拼命的发言，呼吁那种社会正义的东西吗？他很回避这个话题。他给我的整体的观念就是文学已经很个人化，但我恰恰是觉得，现在能够担当的、出来发言的知识分子或者作家越来越少。

比尔狗 但是很多时候，人就是越成年越不好谈理想了。

邹　波　那你城府更深了是吗?

比尔狗　那也不是,至少目前这个方面还没有什么障碍。

邹　波　对啊,那就挺好的,坚持下去啊。我觉得狗子老师也是这样的。

比尔狗　理想我不太知道,但是你要说我希望什么,希望或愿望什么的我有,但理想这东西我没有。

邹　波　其实有离现实生活巨远的理想的话,还是彼岸。

比尔狗　对。

邹　波　我不喜欢那种有彼岸的人,太天真了,米沃什就是这样的诗人,奥登就是没有彼岸的人,这样的诗人我喜欢。不要有彼岸,诗人怎么能有乡愿能有彼岸呢?彼岸就是一种乡愿呐。你觉得那有个世界很瓜果田园的,哪有这个世界啊?没有这个世界。如果诗人说这样的话,诗人就太幼稚了。

比尔狗　那么你呢?

邹　波　我有理想但我没有彼岸。

比尔狗　邹波刚才说了一点很好,诗人没有彼岸,诗人本身就应该立足于现实。米沃什是一个有彼岸的诗人,奥登就是一个没有彼岸的诗人,这个判断太有意思了。直接打醒了我。

邹　波　只有一个世界!而且这个世界是绵延的,恶、善同在一个世界。台湾的很多诗人就是太有彼岸了,一说到彼岸就变成软蛋了。

比尔狗　说得有道理……然后我可能不太关心所谓的彼岸和此岸,

我觉得这个对我来说不重要，我比较怕单一。

邹　波　不单一啊?! 怎么会单一呢? 恰恰是你把彼岸和此岸连接起来，成为一个世界，才不单一了啊! 否则你的思想永远没有一个一致性，一谈到彼岸你就变成一个软蛋了，你就变成一个彼岸崇拜者了，彼岸什么都好。不是啊，奥登不是这样的。天堂同样充满了那种黑色、黑暗，这个没有什么呀。

比尔狗　咱们不说有没有彼岸，这么说行吗，就是人对彼岸的这种向往，或者这种想法，这在多大程度上是应该被肯定的、多大程度上是应该被否定的?

邹　波　二元论本身只是一个方法之一，我可以不需要这个方法。

比尔狗　这事有时候得具体来说，看具体的个人怎么认识。

邹　波　我只是从我个人来讲，我不希望我谈到彼岸的时候，变了一个腔调，我变得特崇拜。我还是一视同仁啊。

比尔狗　明白你是从那种终极意义上来谈这个问题的。

邹　波　对对，就好像我到了西方，我也没有变成西方崇拜者。

比尔狗　那有救赎吗?

邹　波　救赎是个人的东西，他是个人的东西，内心你能走多远，能走几个来回，所以一谈到宗教，宗教就是一种彼岸方法论，但是我没有。奥登也没有。

比尔狗　那么你没有皈依倾向，是不是跟你这个判断有关系?

邹　波　对，跟我做记者也有关系，它锻炼我祛魅的一种职业习惯，我觉得什么都会祛魅，这些东西不是神圣的东西。

怕死是本能

比尔狗　你刚才说祛魅以及你没有宗教信仰，那就是说你肯定天堂这些，或者说佛教讲的这些来生前世什么的，你肯定都不信是吗？

邹　波　对，佛教只是一种同义反复。

比尔狗　那么你信人死如灯灭是吗？

邹　波　唯物主义者是吗？不会啊。

比尔狗　你觉得也不是这样？

邹　波　不是这样。

比尔狗　那是什么呢？有灵魂还是什么？

邹　波　谁都不知道啊。这种开放性，一定要保持。我很关注共济会啊、X档案什么的，这种外星的理论，我对这种东西很感兴趣。但是一旦人类对它们的认识有提升的时候，它肯定不是一个彼岸式的思维，它肯定是实证的。

比尔狗　喔，理解。你信有外星人吗？

邹　波　我信，我希望。人类已经证实自己在宇宙中是非常渺小了，外星人这个可能性肯定有，但是人类一旦对外星人的认识往前走的时候，一定是一个实证性的认识，而不是宗教式的认识，宗教式认识就把它简化了，所以我一直很关注这种很前沿的宇宙理论，它是彼岸思维的一种替代。

比尔狗　咱必须得完成要问的任务，这句话早晚都得说，很简单，就是你怕死吗？

邹　波　　我怕死啊，当然，我连坐飞机都怕，每一个小的气流我都怕。

比尔狗　　你是有恐高症还是……

邹　波　　没有，就是那种不确定性，我觉得那不是大地。

比尔狗　　那能再进一步说为什么怕吗？

邹　波　　这是本能啊，我就是怕死。

比尔狗　　那你怎么解释？

邹　波　　你为什么有性冲动？

比尔狗　　那你会尝试解决怕死这个问题吗？

邹　波　　我不会尝试解决这个问题。也解决不了。

比尔狗　　你尝试想解决性冲动的问题吗？有很多人下飞机之后第一件事情就是去做爱，证明自己还活着，还能做爱。

邹　波　　嗯……我怕死，这是肯定的。我觉得不怕死可能是你事到临头了就不怕了，就像你已经宣判了一个命运，你要被 ISIS 砍头了，最后没办法了。我看到那些视频，那小孩最后的表情……

比尔狗　　这可能就是一种彻底绝望了。那小孩好像还非常小。

邹　波　　非常小，八九岁，十来岁。

比尔狗　　人在一个巨大的空洞面前是完全无力的，木然了，完全被掌控了。

邹　波　　刘瑜说过嘛，真的绝望的时候你很平静。

比尔狗　　咱们不说这些人间惨剧、意外，就是说正常的人的死亡，我们大家多数人都怕，你想没想过，可能宗教会缓解对死亡的恐惧，如果没有宗教，你想没想过如何缓解怕死的事？

邹　波　我身边都是不怕死的人，我发现西方人对死亡很达观，死可能就被宗教解构了，它被解构为葬礼，被解构为医院的临终关怀，被解构为你死前的一个派对，像你还活着的时候，最后的诀别派对，因为你知道要死了，你把所有的好朋友都请来开一个派对，就是提前的葬礼，可能让一个要死的人能够提前逾越，看到自己的葬礼是怎么回事，我觉得是通过这种种东西，包括通过这种追思会，他们的追思会都是讲笑话，都是大家上台讲一个关于死者的笑话。

比尔狗　大家回忆我的文集已经出了两本了。就是狗子追思会，提前开的。相当于是一个临终关怀。

邹　波　我觉得这些都会带来一种庄严而镇定的感觉。

比尔狗　这是因为他们有宗教信仰还是文化特殊？

邹　波　文化，我觉得还是文化。

比尔狗　还是跟信仰有关吧？

邹　波　它的文化，我觉得它的死亡观念，可能这种死亡观念是通过把宗教作为一个工具来实现的。

比尔狗　我们从小没有接受过什么死亡教育，在课本里没有，至少。

邹　波　我觉得如果死的话，我就想在西方以那种方式、仪式完成，我不想在中国火葬场里吹着唢呐、烟雾缭绕那种，我觉得做死者都很尴尬啊。

比尔狗　现在人工智能试图解决第一安乐死，第二就是不仅安乐死，还能一个药丸吃下去，不痛，然后死人立马灰飞烟灭，没有了。

邹　波　对，对，这也是解构的一种。这也是解构死亡的一个东西，就是消除痛苦，因为在中国，绝症之后，它的关怀是不会给你太多止痛药的，癌症晚期的时候，疼痛难忍的时候，中国是不会太给你止痛药的，可是外国的观点就是说，能给你止痛药就给你，能消减你一分疼痛就是一分，让你无痛地走向最后的时刻。你看，这就是消解了一点儿死亡的恐惧，人们可以死得很舒服，就像睡着了一样。

比尔狗　刚才你说到你有很多朋友都是不怕死的人，你在西方接触的是一帮接近死亡的人？

邹　波　老人比较多。有很多都是"二战"时老人，90多岁的。但我觉得跟他们待在一起，也能帮我缓解对死亡的一些恐惧。

比尔狗　那你周围有抑郁而死的人吗？

邹　波　没有。有抑郁的，但还没死。

比尔狗　有自杀的吗？

邹　波　自杀的……

比尔狗　你写过。余地？

邹　波　喔，余地，对！谢谢提醒！对，那是一个诗人，我朋友。那是一个自主死亡印象最深刻的，因为此前我刚刚去云南采访的时候，跟他待过好一阵，他帮了我很大的忙，引荐了很多诗人。他那种死也是让人难以理解的，找不到死因，不知道他为什么。

比尔狗　你也是诗人。其实我一直想问你这个问题：你不会哪天也会选择这样一种极端的方式吧？

邹　波　奥登也没有自杀。可能还是有很多好诗人是不会自杀的。

比尔狗　你之所以还没有走到这一步，一个很哲学很根本的原因可能是，你没有彼岸，在你这里彼岸和此岸是打通的、一体的，一旦你有彼岸世界的话……可能还更容易自杀？

邹　波　也许到了某个分上了，觉得应该了，就……

比尔狗　加缪说唯一的哲学问题就是是否自杀。但我还是说，除了老年人的安乐死，所有自杀都是不好的吧，都是悲剧。就像一个植物，你把它连根拔起或一把折断，这个总是不太好吧？我还是不能接受。

邹　波　对，我至今也理解不了余地的选择，我理解不了这个。

事情到你身上你就知道该怎么做了

比尔狗　换一个话题，这个也是必问的啊。先问一个周边的问题。你有孩子吗？

邹　波　有，一个儿子，十一岁。

比尔狗　这个问题就是你还会谈恋爱吗？

邹　波　还会谈恋爱吗？我觉得应该不会了。

比尔狗　为什么呢？当然你可以不回答这个问题。

邹　波　因为谈过了嘛。

比尔狗　你是技术性地回答这个问题，还是很有诚意地回答这个问题？

邹　波　很有诚意的。

比尔狗　那你就是说谈过一次恋爱，谈过两次恋爱，谈过了这个事就不用再谈了，是这意思对吗？为什么？

邹　波　我觉得我完成了。

比尔狗　也就是说你把这个事已经完成了？

邹　波　对，再谈就只是重复啊。

比尔狗　这个可能重复吗？那……你怎么能面对诱惑？当这种诱惑来临的时候，你能不走向恋爱吗？还是说你会拒绝？

邹　波　我觉得……我现在有更大的面对生死的问题。因为我去年做了手术，切了肿瘤，所以我觉得我要面对生命。所以我觉得我已经很忙了。

比尔狗　很忙了？

邹　波　对。

比尔狗　要调理？

邹　波　我要战胜癌症啊。

比尔狗　就是要工作了，忙就是要工作。

邹　波　对啊。我的生命里面已经出现了猎人，我已经成为猎物，这是不一样的。

比尔狗　那你还是很达观的，能笑着说这事，这是一种很好的心态。

邹　波　对啊，所以说还不是那么怕死。（笑）

比尔狗　不严重吧？

邹　波　不严重，它是很早期很早期的……说完这个你们就冷场了是吧？

比尔狗　不是，就是说恋爱确实是分等级的，实际上像我之所以渴望恋爱，可能是因为我还没有找到一个比恋爱更重要的事。

邹　波　也可能。

比尔狗　另外一个问题，你信命吗？

邹　波　我不信啊，我信命的话我就会很悲观。

比尔狗　你觉得自己的整个人生是自己来掌控的，是吧？

邹　波　对，我尽力做到最好，我觉得就这样。

比尔狗　那你从来没有出现过一种很宿命的感觉吗？我们还是说说这件事情，比如说不幸得这个肿瘤，当你第一次知道这件事情的时候，那一刹那，有没有觉得这是命，或者这是命运。

邹　波　我很镇定，我自己走出诊所然后再走回来，五公里，我把这当成一次远足。

比尔狗　五公里的远足？

邹　波　对。

比尔狗　这真的内心相当强大了。

邹　波　不，因为我觉得它发现得很早，这个还是很幸运的。人们对癌症有很多误解，很多谈癌色变的都是一种误解，其实不是那么可怕的，我觉得。过好每一天吧。

比尔狗 如果需要的话我们可以避开这个话题，但是你已经表达了你对死亡的一个态度。

邹　波 我就是说当我身处其中的时候，我就有这么镇定。

比尔狗 非常牛了。

邹　波 没有什么牛的。

比尔狗 我做不到，我完全做不到。我曾经有过类似的经历，后来发现完全是我自己的幻想，我自己都能幻想自己得绝症，说明我有多么怕死。

邹　波 我觉得这句话好像没有什么意义，这就好像旁观者给当事人一种毫无必要的预设，然后变成一种逻辑上的东西。其实这个事情跟你真实所体验的东西毫无关系，我的命运会变成什么样，或者说我有一个什么样的未来的图景，这谁说得清楚？它的原因能影响它的结果，这没有什么可谈的，事情到你身上你就知道该怎么做了。

外省精神

比尔狗 我们还关心一个文学的未来的问题，像狗子他对文学的未来非常悲观，认为文学会消失，会死亡。

邹　波 这就是我刚才所说的，能起来为全人类说话的人越来越少。文学沦为个人兴趣的时候，变为私人写作的时候，它自然就会消亡。

比尔狗　　就是说，你也认为它会消亡吗？

邹　波　　它变得不重要了。

比尔狗　　你觉得现状是这样吗？

邹　波　　是这样啊，包括诺贝尔文学奖给了切尔诺贝利核电站大爆炸的那部作品，它是非虚构的，你可以把它当作向非虚构作家的致敬，也可以说是文学的衰落，包括我们曾经有过文学梦想的人，然后去做田野、去写非虚构，也多少体现了这种消极的一面，但它又实现了一种非虚构方面的一个突破。这事情有两面的，但文学总体来讲……

比尔狗　　你现在从事创作跟自己生活在加拿大有关，还是说……

邹　波　　我很关注中国，可是我对中国的接触是有限的，就通过网络这种方式，所以也许我对中国有些误解，因为我接触它的触角太单一了，就是一些社交网络、微博那种东西，可能真正的中国不是像网上体现出来的那种喧嚣、浮躁，或者是那种幼稚化的印象，线下的人们可能真的更深沉，更严肃，更有智力。

比尔狗　　你的"外省精神"大概写到什么时候？

邹　波　　它是我在《生活》杂志后期的时候结集的东西，实际上是多年以来一直的积累，但是跟我上一本《现实即弯路》是不一样的，也代表我在非虚构这一块的一个理想，因为我上一本的所谓非虚构文集还是夹杂了诗意和社会学的记者的方法，结合在一起，一个杂糅的一个文体，它有它的独特之处，但后一本，我觉得我做记者的社会学的方法更成熟了，而且我把文学的能力用到田野里面，变成记者的能力之后，我看得比一般的记者更充分，我能写出的复杂性比一般的记者更复杂，我觉得这是我内心自信的一个产物，也是一个愿望，带着这个愿望我去写了这后一批的非虚构调查报告，它们结集成了这部《外省精神》。它更社会学化，更人类学化，更理性，但这个理性是复杂理性，确实不是简单的那种理性，是可以和好的感性媲美的一种理性。

比尔狗　　对，今天中午还跟邹波在聊，我觉得在他的非虚构写作中我看到了一个比较粗粝的本雅明，我看到了本雅明写作中的那种对事物观察的贴近的程度，观察的视角，还有那种洞见，但又很不一样。你们这个写作群体，包括许知远，还有覃里雯，等等，差不多就是你们那个单向街群体，我觉得多多少少在写作上还是受到本雅明的影响，这个能感觉到，包括文体的混合性、密度，都特别像。

邹　波　　这个是最早接触到的。

比尔狗　　你觉得哪一年对你影响最大？有生以来，最关键性的一年。

邹　波　　嗯，我觉得从武汉受到王峰和知远的召唤去北京做网站那一年吧。

比尔狗　　那是哪一年？

邹　波　　2000 年，或者 1999 年年底，冬天。我觉得这个变化把我带入了一个真正自由的，包括有自我意识的一个世界，之前我虽然在报社干，我没有意识到自己会成为一个知识分子，或者是媒体人，没有任何的自我，我就是觉得自己在做一个工作，我觉得很有乐趣，但是到了北京之后，我觉得我有自我意识了，开始有意识地向写作、向一些媒体的理想方面去靠近，我觉得这个对我影响挺大的。

比尔狗	高山，咱们在北京的，在这方面就比较没劲，老在这一个地儿待着。
邹　波	没劲，生来就这么好的一个背景。
比尔狗	没办法，走不了。养尊处优惯了，比较容易得到一些东西。
邹　波	像我们是有弯路的，没有办法，因为我们这种外省青年一开始非常懵懂。
比尔狗	一直在寻找动力。
邹　波	对对，非常迷惘，迷惘中的迷惘。
比尔狗	具体你是怎么理解这个外省精神的呢？
邹　波	外省精神就是说，中国有一种成见，觉得是在偏僻的、穷乡僻壤的地方，反而能有卧龙，能有那种惊世骇俗的才子出现，但是至少在现代社会看来，包括通过我在中国的田野的行走，发现这种地方性、外省对于北京这种文化中心，反而体现出一种屈从，它更多地体现在对中心文化的盲从，它对中心文化的接受，有时甚至比身处中心文化的人更顺从，常常会把一些良莠不齐的东西，非常盲目地、无条件地把它发扬、衍生，成了很多各种各样的怪胎，而身处文化中心的人，他的反思能力要强一些。

所以我在地方上看到一些自诩为才子的人，实际上是生活在一种自我幻觉里，可能他要克服的一个更大的前提，就是这种地方性对主流文化的一种顺从，因为他们认为自己似乎在边缘的一角发明了世界，或者是某种独特的个性，但是在我看来，他没有跳出这种地方的共性，他可能有更长的路要走，才能实现一种脱胎换骨的世界观，这

是我在文章里面想表达的一种假说或者是推论，当然我也通过一些材料证实了这种感受。我觉得它是一种解释，它是一种地方性和中心文化二元对立的一种解释，我发现尤其在现在这样一个时代，地方上更容易对中心文化产生盲从。一个武汉人，可能比一个上海人更容易去追逐什么世博会，或者是奥运会，包括我身边的亲戚朋友。我觉得从小我耳濡目染，他们聚会的时候在谈论的东西，都是天下大事，但是他们和我后来在北京听到的这种街头巷尾的议论，完全不一样，他们对话里的前提更加固化，就是说他们对某些更大的前提更加接受，在更大语境下的一些议论，它反而不是一种更自由的谈论状态。比如说，爱国这个概念，他们会更大程度上把它变成无条件去接受的一个东西，很多事情就变成了理所当然的，不容置疑的，然后他们会对与之相关的一些事情作出更敏感的反应，包括在地方上看到的对肯德基、麦当劳的这样一些过激的行径，我觉得这是地方上让我感受到的一种放大的心理。

比尔狗　　在北京好像反而还很难出现这样一种极端的行为。

邹　波　　对。包括地方上的一些媒体，它们对传播过来的一些思潮、时尚会更盲从，它们的酷评比起北京的一些时尚评论，就显得不那么酷了，它首先要无条件地接受一些大前提，然后在剩下的余地做一些小评论，它对中心文化的想象、跟随是显而易见的。

比尔狗　　外省精神，它其实是从一种批判的角度来说的吧。

邹　波　　反思吧。因为我们往往会觉得有一种不可知论、神秘论，就像诸葛亮一样，在中国偏僻的一角会产生一个对世界有那么深的认识、那么聪明、那么智慧的一个人，可是那可能是一种浪漫化和理想化，或者是一种迷信，我个人是这样认为的。

传统跟我们越来越没有关系

比尔狗 你 20 年前大概是住在哪里？或者是 30 年前。

邹　波 20 年前，我大概是 20 岁出头，那时我还在武汉老家。

比尔狗 还在读书吧？

邹　波 我是 1992 年进校，1996 年毕业。

比尔狗 你现在住在哪里？

邹　波 住在多伦多。

比尔狗 这种时空的变换，对你来说内心有没有什么大的影响？

邹　波 我觉得我喜欢这种挑战，我很喜欢把自己扔到不知道什么地方，然后活下来这种感觉。我觉得我生存能力很强。我这个人是养不熟的，我跟哪都没有特别深的那种效忠的感觉。

比尔狗 这真是不一样。你不是特别有乡愁的那种是吧？

邹　波 我没有乡愁，乡愁也是彼岸，乡愁就是乡愿啊，一乡愁就又变成软蛋了，我从来不是软蛋。

比尔狗 但你对武汉的生活好像还是有怀念的。

邹　波 那没办法，最起码的一种还是会有，你父母在那，但每次我一回去就想走。

比尔狗　　你觉得所谓咱们这个华人世界，你现在觉得比较认可的知识分子有哪些？也可以说历史上的，最好是当代的。先说当代的，有还是没有，有是谁，能不能说，包括港台那几个，华人的。还是说没太想这事？

邹　波　　没有让我觉得能够跟西方那种自由环境下历练出来的、思辨传统之下产生的强大思想的那种人，中国人还有一些瓶颈要突破，他们会停留在一个彼岸，或者是乡愿，或者是乡愁，类乡愁的东西会让你停下来了……好的知识分子我觉得应该在历史学方面能出现，但中国还没有一个很好的、很高级的历史学体系，就很难有一个思辨的基础。

比尔狗　　那你觉得你个人想往这方面努力吗？

邹　波　　对啊，你看到一个问题，就想去解决它嘛。就好像我读的诗不能满足，就自己写嘛；如果读到的书，不能很好地启发我，就会自己去写作。写作是为了读，读到又给自己启发，它是一个很朴素的过程。

比尔狗　　那你觉得你会达到你刚才说的那个目标吗？你说中国目前整个思辨的深度不够，那么你去做这样思辨的努力，你觉得你会改变这个状况吗？

邹　波　　当然没有。这又变成成功学了，被异化了。我只是觉得我往前走的每一步都不是废话，我不要重复自己，我要满足自己的好奇心，我要满足自己的要求和自我启发。

比尔狗　　对鲁迅你怎么看？

邹　波　　鲁迅我觉得他那些杂文真的是很全面，社会百科全书，我觉得很多现在的问题他都通过这种专栏的形式，他通过每天持续的观察，又把他这种锋利的方式用到日常持续的观察之中，真的很可贵。

比尔狗 你说杂文，意思就是他的小说不是特别……

邹　波 小说也很特别，揭示了问题，描述了社会生态，而且没有废话，鲁迅肯定是没有废话的人，他没有水分，哪怕没有很好的肉。

比尔狗 他算有担当的知识分子吗？按照你刚才说的标准。

邹　波 他肯定算，他能那么殚精竭虑地、不停地发言。

比尔狗 就整个民国时期而言，你觉得符合你刚才说的那个条件的知识分子多吗？

邹　波 不仅仅是民国，中国很多杰出人士的价值都归因于历史价值，包括现当代文学中曾经出现的一些写得不错的人，甚至鲁迅，你在对他进行祛魅的时候，可能也会觉得他不怎么样了，但是他们在那个历史情境之下，扮演了一个关键角色，成为历史中的一瞬。

　　梦想成为永恒的大师，想了也白想，你就忠实于自己现在的历史，你觉得当下的历史需要什么，你去做它，你去补足它，你去实现它，我觉得就尽了活在这个时代人的一份责任。

　　忠实于自己的时代，鲁迅也很忠实于他的时代，他对他的时代不停地发言，他不提出来那个时代没有人提出来，没有人看到那些细微的思辨，没有人。

比尔狗 那么在当代，你有没有看到一个人像鲁迅那样对我们这个时代发言？

邹　波　因为当代文化还在动荡之中，现在的语言已经……我不知道这个语言会走向何方，很多人就已经很急于用特别世俗的时代语言，进行一些非常浅薄的思考，这种东西可能出发点是很良好的，但他必将被淘汰吧。

邹波：诗人、作家
时间：2016 年 7 月 22 日下午四点到七点
地点：北京菊儿胡同 7 号"好食好色"文化空间

覃里雯： 人间就是一个大派对吗？

不可回忆的童年

比尔狗 你父母都是中学老师？

覃里雯 对。你知道中学老师有个特点，他好像背后长了眼睛似的，他背对着你都知道你在干什么，而你爱干的事情都是不被赞许的，连看非教材的书都包括在内，所以我的童年基本上就是一个……不可回忆的童年。

比尔狗 那你能说说，你跟你父母……刚才你说你跟你父亲很久不说话了，那现在说了吧？

覃里雯 ……

比尔狗 还不说？

覃里雯 我不知道，我都不知道在他死之前，我们俩还会不会说话。

比尔狗 这样已经很久了？

覃里雯 很久了。这就进入一个非常……有很多复杂感情的话题了。我小的时候，其实我父亲是非常疼我的，但是我说的非常疼只是相对而言，相对家里其他人而言，他跟我是最亲近的。我那时候小，胆子小，又很顺从，学习又好，他就喜欢这样的人。

我父母个性都比较强，我母亲是个非常勤劳、非常忠诚的女性，虽然她是个知识青年，嫁给了一个农村出来的知识青年，但也不是真正意义上的知识青年，因为其实对知识的态度还是前现代社会的。两个人之间共同话语很少，他们年轻的时候可能因为荷尔蒙的关系，还能够有一些比较快乐的时候，但后来基本上就成了仇人，我父亲的家庭暴力也比较严重了。知识分子的家庭暴力是非常隐蔽的，这个事情外面人看不到……

比尔狗　冷暴力。

覃里雯　我父亲可以说是个很有魅力的人，当他面对外人的时候。但是他在家里面却可以非常地冷漠，冷漠到你觉得你死了都不会触动他。但是当他对我好的时候，我就觉得世界都在发光。

比尔狗　噢，我觉得你父亲很吸引人。

覃里雯　但是跟他生活在一起却是另一回事……在我的成长过程中，我是家里最能够跟他亲近的人，我母亲和姐姐都是次一等级待遇，但我却是对这样的关系思考得最彻底的一个。这是我第一次公开在媒体上深谈这个话题，因为到了需要诚实面对自己，也替相似的人发声的时候。

　　我胆子小，不敢叛逆，父亲吼一句我就两腿发软，又因为我妈妈用了很多时间培养我和鼓励我，我才成了个好学生。但我并不因此感谢这种经历，因为大学毕业之后，我花了很长时间去清理父亲过去的这些暴力给我留下的阴影。因为你突然之间发现，当你自由之后，你身体里面没有足够的安全感和爱来支撑你走剩下的路。

　　我妈妈去年突然去世，给我非常大的震动，我突然之间对人生有了一个完全不同的感受。她尝试离了一辈子的婚，为什么最后她终于离成了，是因为她知道自己要死了。她忽然间意识到这一辈子要结束了，而她这一辈子却整个都生活在恐惧之中，对暴力的恐惧、对孤独无援的恐惧、对他人负面评判的恐惧。她说最后离婚的时候，她在法庭上浑身颤抖，大哭，因为她害怕，但她最终还是把这个问题完成了。一个 67 岁的老人家，能把这个过程完成，真的……

比尔狗　怎么会那么晚才离婚？

覃里雯　她不敢，她害怕没有这个男人，她就是害怕，因为习惯性，她那一代的女人是被灌输了这种观念的。而且她身边没有给她足够支持的人，我又离得太远。真正的觉醒应该是发生在我这一辈的身上，我和我姐姐两个人都觉醒了，所以我们在找男友的时候，找的都是善良的人。你不能只被魅力所迷惑，当你和他生活在一起的时候得不到支持和肯定，便越来越感到自己毫无价值。这种很隐蔽的家庭暴力，会让你根本得不到任何人的支持，所有人都会觉得你在无理取闹，你那种孤独是无法描述的。

比尔狗　我也经历过，所以太相信了。你接着说，我会有一个不同的说法，你先说完。

覃里雯　除了毫无忌惮的羞辱外，在那个时候，打女人好像大家都觉得很可以接受，大家都觉得是正常的。直到我们这一代人，受了西方的教育和影响，包括我后来了解并学习了一些心理学，了解了家暴的一些内容、知识，然后我才意识到这种种东西的问题所在。

　　在西方，反家暴的第一步，就是带着理解的态度去倾听受害者的叙述。在中国的普遍环境里，目前连理解受害者的叙述都还不能达成。一讲述受害者的故事，马上就有一堆人出来指责受害者。指责受害者是中国社会特别常见的一个现象，现在已经发展到极致了。比方说一个很穷的大学生被骗了钱，活活气死了，就会有人指责她心理素质不好。

比尔狗　指责受害者属于政治不正确，用淡豹的话说。

覃里雯　对。你接着说，狗子。

比尔狗　我就是说，第一我相信你刚才说的那个肯定是有，小时候我们家没有经历过这么严酷的，但是也有，我是想说，这事儿我听起来，我立刻想到如果你父亲在这儿的话，可能他说出的会是另一个版本。

覃里雯　我知道，因为我是听着他的版本长大的。

比尔狗　这是一定的，或者说是非常有可能的。还有一个我想说的是，你说的这种惨剧也好，惨象也好，这种家暴什么的，我总觉得这种东西不能归结于一个恶人，一个坏人，我觉得更重要的原因，应当是归结于一种社会体制、社会关系，我不相信这世界上有一个天生的纯粹的恶徒。你父亲的版本是什么样的版本？

覃里雯　我父亲的版本特简单，他就觉得我母亲太唠叨了，对他约束特别多，对他的要求太多。但有一个界限是很清楚的，身体暴力和各种冷暴力，暴力的发出方永远是我父亲。我妈妈有时候可能会发脾气会抱怨，但她只是一个很绝望的女人，她并不是暴力的主要发出方，她只是需要这个男人像一个正常的丈夫一样对待她。她经常得不到这个东西，然后就产生了很多怨憎，这是上一辈经常出现的问题。

比尔狗　我们这一辈也并没有完全解决这些。

必须打破父辈的生命模式

比尔狗　基本上能够感觉到，你是生活在一个挺极端的家庭。

覃里雯　这个所谓极端，其实按你说的，我也愿意去追溯它的历史背景。你知道有一本书是一个英国记者写的，叫《真实的中国》。里边讲到我父亲年轻时所在的武宣县的一个故事。武宣县为什么有名呢？因为在"文化大革命"的时候，它是仅有的一两个全中国发生武斗吃人的地方。具体我就不讲述了，总之是非常残暴的故事。我爸爸就是从这样一个残暴的环境里经历过来的，那就是他经历的年轻时代。

但我还是没有办法理解，因为经历过这个残暴时代的人也很多，当时整个广西都那样，但家庭暴力问题并没有普遍严重到那个程度。所以我对人性的形成过程会很感兴趣，就是为什么在同样的遭遇之中，有的人会形成这样的性格，有的人又会形成那样的性格，我还是没有办法理解。

比尔狗　那你说这种家暴，如果早一点离婚，还会这样吗？

覃里雯　会好很多。我们每个人其实都是在创伤中长大的，我看过一个论文，里面就说祖父辈的遭遇，会在基因当中留下信号，它可能会一直延续到后面好几辈，比如说他经历过饥荒，这个在你的身上就可能留下一个记号。

比尔狗　吃不饱。

覃里雯 对，或者说那种极度恐慌的东西，所以我觉得我们这一代中国人这种大面积的暴力，比如说互联网暴力……

比尔狗 那你觉得你身上有你父亲这种阴影吗？

覃里雯 有，怎么可能没有！

比尔狗 好像很多男孩都不喜欢父亲，但是他们长大之后看镜子，又觉得……

覃里雯 其实我们讨论的是一个生命如何打破恶性循环的话题，我认为是可以打破的，我觉得我自己就是一个很好的例子，我姐姐也是一个很好的例子，都是通过学习，当然也有运气，生在一个相对较好的时代和地点。

比尔狗 冷暴力这词一般都用在家庭上，但你换一个角度想，你在单位，在朋友关系里，包括在我们这个小组里，当你处不好的时候，你也会有同样的反应，但我们大家不用这个词。

覃里雯 对呀，因为家庭关系太亲密了。

比尔狗 可能问题就在这儿。你看大家发明了很多专门针对家庭来说的词，其实正是因为这个"亲密"家庭已经变得有点特别了，它变成了一个……怎么说呢？似乎是一个不太正常的社会单位了。

覃里雯 我觉得还是有区别的。在中国，你就只能这样去体会，但我到德国之后就意识到，家庭其实是可以有一种很亲密的关系，但并不入侵彼此的自由和空间。比如去时时监控另一个人的手机，这种关系在西方人看来就是病入膏肓、需要治疗了，但在中国会被接纳为一个正常现象。西方社会对婚姻有两个非常重要的前提：第一，承认人的婚姻自由高于直系亲属的看法；第二，它对家庭的幸福的形态，还是有一个概念、有一个定义在那儿的。冷暴力的形成机制里面，有一点特别重要，是什么呢？那就是它伴随控制，他对你冷漠，但是他又控制你，这个是真正的暴力。控制可以是财政控制，也可以是心理控制，等等。

比尔狗　刚才你说到你父母这个现象，在上一辈人身上可能会出现得比较多，你说"70 后"这一代可能会解决得比较好，是吧？

覃里雯　对。

比尔狗　但……你又说这是一个比较极端的例子，家庭暴力并没有成为那个时代所有家庭的悲剧。所以当狗子说这背后有一个体制化的原因时，你觉得不是，你觉得更多的还是他个人的原因？

覃里雯　有体制的原因，但个体要承担自己的责任。中国的家暴问题应该说还是很严重的，有很多家暴是没有办法统计的，因为别人并不告诉你，大家不愿意说。如果严格按照西方标准，那种攻击性语言或者说肢体性的暴力，我觉得搞不好超过一半。虽然男女都有家暴倾向，但在男女关系当中，按数据统计，施暴方还是男性占压倒性多数。

不幸的婚姻对孩子伤害更大

比尔狗　我们有一个正儿八经的问题：你对婚姻是什么看法？

覃里雯　我觉得最重要的是公平，因为婚姻是可以多样性的。也可以有开放式婚姻，但在中国这个状况下，法律对女性权益保护很弱，或者说法律有规定，但执行力很弱的情况下，不结婚生孩子没法保护妈妈的权益。她们因为社会压力或者自我选择，在家照顾孩子，经济独立能力一定比较弱。这时候如果男方有了外遇跑了，因为没结婚，财产不受法律保护，所以就逼得大家必须结婚。

比尔狗 你这是从技术上讨论这个话题吧？

覃里雯 对，这是一个技术上的，也就是法律上的问题。在德国，你只要是这个孩子的父亲，你就要付钱、付抚养费，而且抚养费不低，法院还帮助强制执行，那这样你就不用结婚了，好多人都是这样。

比尔狗 单亲妈妈。

覃里雯 孩子都好几个，也不用结婚。

比尔狗 它是有一套社会系统，在维持着这个婚姻和养育的责任。

覃里雯 对。是养育的责任。

比尔狗 假设没有这样一个外部的技术性约束，那是否结婚，或者说在婚姻当中能否有婚外情，在你这儿是否有一个尺度？

覃里雯 我说的是一个公平。你们俩彼此都公平透明，你别瞒着别人去干这种事情，我觉得这样不对，因为两个人一旦在一起，就形成了某种承诺，我需要你的温情，我需要你的支持，那我就要给你交出我的信任。

比尔狗 需要一种坦率。

覃里雯 对……

比尔狗 我插一句啊，我觉得谁都希望这样，温情、支持、坦率，但是在德国可能更容易做到，在我们中国太难，从制度、政策到观念都跟不上，谁都想坦率但很多人做不到，但他又不能控制自己的欲望，或者是自由的这种东西，我不是在说我啊。

覃里雯 一不小心怀孕了。

比尔狗 诸如此类的，你说让他怎么办，这个时候就会闹得很惨，很多时候就这么回事。

覃里雯 其实也有很简单的办法，因为没有离不成的婚，你只要想离你都能离，但前提就是割肉，把钱给对方。

比尔狗 你割自己的肉还行，万一你再割了孩子肉，割了父母的肉你怎么弄？

覃里雯 你割谁的肉啊？怎么会割孩子的肉？

比尔狗 怎么不会啊？比如说，很多婚姻是因为怕伤及孩子，甚至会伤及父母……

覃里雯 但你没有意识到，其实不幸福的婚姻对孩子的伤害更大。就像我们家这情况，他们要离了婚，我反而会好些。

比尔狗 我的问题就是如果没有父母帮着带孩子，就是夫妻带孩子，这种情况下，你离婚之后，我觉得就很难让一个人去单独抚养孩子，这样也是不公平的。

覃里雯 没有，你可以租一个近处的房子，两个人分担照顾这个孩子。这是可以的，技术的问题都可以解决。

比尔狗 有没有离了婚还住在家里的？

覃里雯 还真有这样的，但没孩子，我的一个亲戚就是这样，他们两个离婚了，但为了不让父母难过，他们还住在一块儿，一个屋檐下，但只不过不同床了。

比尔狗　还真有这样的啊，应该极少，不多。

覃里雯　这前提是什么呢？是两个人都得是文明人，其中一方，一哭二闹三上吊那就没法弄了。

比尔狗　那这玩意儿很多时候就是因为没忍住，再说等你看清对方是不是文明人这事也没劲了，你找伴侣或者说你谈恋爱什么的，有时候这不是一个理性考量的过程，往往是一个心血来潮的过程，然后在一起。

覃里雯　是这样的。但是我会更谨慎，因为我有一个更惨痛的前车之鉴在那儿。

比尔狗　你在你个人的婚恋上，是个什么状况？

覃里雯　我也和所有人一样，会被特别有魅力的人吸引，但每当我看到他在私人亲密关系中不是一个有持续性的人，我就立即远离。因为我知道我不能够撼动他，我不能够处理这样的关系。

比尔狗　你对婚姻这事儿怎么看？

覃里雯　我觉得婚姻应该是一个公平的、诚恳的契约。这个契约不一定是排他的，可以不排他，但必须是两个人达成一致。

比尔狗　但是你不觉得这个有一定难度吗？

覃里雯　有啊，很难。

比尔狗　那人为什么需要婚姻呢？没有婚姻不是更好吗？

覃里雯　你在中国，不就是因为我说的这个是实际问题嘛，在德国，这个实际问题基本不存在了，所以结婚的人越来越少了。

比尔狗 就是法律已经提供了一些保障，你不结婚也能有安全感了。那这跟狗子以前表达过的一个意思很像，就是当制度完善的时候，婚姻会逐渐消亡。但不管怎么说，我觉得结婚是一件很酷很冒险的事情，我很喜欢，谈恋爱终究可以随时结束，好像也没什么意思，对吧？

覃里雯 婚姻也可以随时解散，只不过就是分点儿钱。

比尔狗 结婚与不结婚两者形式还是不一样的，最终你要作出一种选择，两种生活的难度是不一样的。

覃里雯 取决于你怎么去看这个问题。婚姻是一个符号，你赋予、注入这个符号什么内容，是由你自己来定的。像于一爽的话，她会给它注入一些浪漫的冒险的内容，在我看来则是一个相当现实的东西，在另一些人看来，可能就是一个我不得不干的事情，等等等等，每个人对婚姻注入的意义是不一样的。我并不是说我跟我现在的先生婚姻不浪漫，我们两个关系已经很浪漫了，结婚是因为，不结婚我就没法去德国与他一块生活，这是很现实的问题。

比尔狗 刚才你说你跟你先生之间的婚姻，可以有排他性，也可以有非排他性，前提是互相对等且是相互坦率的是吗？

覃里雯 我们目前还是排他性的。

比尔狗 那也就是说还是在一个排他性的前提下建立婚姻关系的，相对来说还是比较传统的。

覃里雯 结婚之前的很多年里，我们有很长一段时间的远距离关系，我们一直在讨论这个问题，就说你是否愿意接受开放性的婚姻。

比尔狗　喔，聊过这事？

覃里雯　肯定要聊的呀，很多欧洲人都会聊这事。

比尔狗　对，刚才就想问这个问题，如果哪天他突然在外面有别的女人了，你能否接受？

覃里雯　我当然对开放式婚姻有向往，但是考虑公平这个原则，如果他出轨了，我能不能接受？我肯定不能接受啊。如果说我不能接受他出轨，那我也不应该出轨，直到有一天我们两个人的感情真的没有那么稳固了，然后就是想寻求新鲜感了，也可以。其实在同性恋的关系里面有很多这样开放式的关系。

比尔狗　说不定有这潜力……开放式的婚姻，如果他在外面有另一个女的了，然后你不能接受，那么这种情况该怎么办？

覃里雯　那不能接受的话，我肯定就离婚了。

比尔狗　就离婚？

覃里雯　对，我肯定是这样的。

比尔狗　这是婚前的设问，还是你们一直会讨论类似话题？

覃里雯　其实不是，这是我自己问自己的，我当然也会问他，我说你会希望能够……

比尔狗　你为什么不通过跟别人的交往来报复他？

覃里雯　因为我不想在婚姻之中进行报复，这是愚蠢的，你本来两个人是最信任的，坦诚相见，朝夕相处，钱都放一块，然后你还要互相来玩这个？

比尔狗 　那就互害了。

覃里雯 　对，没精力演戏，我这辈子要干的活太多了。

比尔狗 　其实我们的意思，就是这种话题，再文明的人，可能也不能掰开了，揉碎了，一条一条地这么聊。就说一开始说好了啊，以后我跟别的女的睡了，你怎么办？你要离婚对吧？那么好，那行，我同意，那到时就这么做，但问题是到时候你不这么做怎么办？那要不要签一个协议什么的？要不要公证什么的？好像也不能这样吧。

覃里雯 　因为不存在不能做，你只要提出离婚，你总能离成的。

比尔狗 　是，我明白了。但这事儿聊好聊，实际真发生了，很多问题未必能按聊的来。我知道文明人会好一些，或者有知识的人好一些，但有时候未必。

婚姻中坦率最重要，即便暂时做不到

比尔狗 　刚才你说的归纳起来，大致可以说你希望夫妻双方既能保持一种坦率的关系，又能保持一种排他性的状态，可能大家都会有这样的向往，但细究起来，其实这两种愿望可能会发生矛盾。如果你一直保持这种排他性，那是否还要坦率根本就不是一个问题了，但一旦这种排他性被打破了，那么即使你坦率，你的婚姻可能也面临结束了，因为你的婚姻以排他性为前提。从这样的分析来看，保持坦率和保持排他性这两个原则，关键其实还在后者，也就是说你实际是要求一个忠诚的婚姻。

覃里雯 　对，婚姻说到底就是一个契约，契约一旦形成，它就有可能被打破，这种可能是绝对存在的，因为人是那么的复杂，你怎么可能用一条规则去规定他未来所有的行为，那是不可能的。

所以在这条契约之上，还有一条就是你们彼此的爱，这是最根本的。因为爱这种东西并不抽象，非常简单，我是不是能够对你诉说我内心深处最狂野的东西，最狂野的梦想，如果我可以，那这个东西就已经是排他性的了，这个世界上并不是所有的人都能够跟你一起倾听你内心最狂野的梦想，同时还爱着你，尊敬你，这已经是非常罕见的事情了。

比尔狗 刚才想问的问题其实是，对你而言，婚姻中哪个原则更高？就是忠诚或者说排他性原则更高，还是说相互坦率的原则更高？

覃里雯 嗯……坦率。因为如果不坦率，信任就荡然无存。

比尔狗 那问题是他这一坦率，你们俩这关系可能就没了，还是说也有别的可能性？

覃里雯 我认识我先生十几年了，我们俩谈恋爱十多年，结婚也有五年了，现在我可以设想，如果他也因为一时难抵诱惑跟什么女性发生关系了，我觉得我好像也没有那么激动了。但是这里面有个前提，就是他每天能用各种各样亲密的方法来让我感觉到他对我的爱。

这是个优先权的问题，比如传统法国人有自己的处理办法。法国人有情夫或者有情妇是很正常的事情，当然我说的是传统，现在可能不一样了。对法国人来说，妻子和丈夫是有绝对优先权的，在他们整个的社会系统里都认可这一点，他们的情夫或情妇也都会认可这一点。法国人对出轨这件事，没德国人看得那么重，因为德国人通行规则是讲彻底和诚实。当然他们也是人，也会撒谎，但在欺骗自己这上面比较不成功。

比尔狗 忠诚？

覃里雯 不是说忠诚，而是说要诚实、要彻底，也就是坦诚、透明。我问你一个问题，你们几位可以都回答，就是如果你的妻子在外面有了别的男人，你会生气，会嫉妒吗？

比尔狗 每个人不一样，我是不太会了……另外，女性的道德标准是否真的比男性要高？

覃里雯 不是，不是这样的，你大错特错了，因为就统计数据而言，并不是这样的。

比尔狗 喔？统计数据应该是怎样的？

覃里雯 就统计数据而言，男女出轨的比例，至少在我最近看的这个数据里，其实是相当的。

比尔狗 那是在国外吧？

覃里雯 可能吧。另一个数据更有意思，就是当妻子出轨的时候，丈夫很少知道，但丈夫出轨的话，妻子一定知道。（众人笑）

比尔狗 你别说，还真是这样。

覃里雯 我觉得最无法忍受的一点，就是荡妇羞辱这个东西，在我们这个时代依然非常普遍。也就是说对女性的道德要求，喔，还不是道德要求，应该说是忠诚要求或者说是对她性行为不要那么活跃的要求，依然是非常普遍。

死亡就像一段永恒的假期

比尔狗　赶快切入死亡话题吧，就问最直接的，你怕死吗？

覃里雯　肯定怕，本能肯定害怕，但我觉得我身体里已经掌握了一套应对这个恐惧的方法。

比尔狗　唉，那这个得说说。

覃里雯　我自己的方法不一定适用所有人。我得抑郁症、厌食症的那段时间，正是如花似玉的年华，22 岁，我就觉得我快要死了，但我不能也不敢告诉任何人，我就在那儿幻想说，我怎么也得给家里留点钱吧，就幻想着去搞一个保险，然后假装被车撞死什么的。当然后来我又怀孕、生孩子什么的，慢慢的就……我是逐渐调整的，通过看历史书、哲学书、科幻小说，从中摸索出自己能够把握的方法。因为我没法信教，没法相信上面有那么一个全知全能的神，然后造出一个这么蠢的世界。我也是个理性主义者，所以更难。

我女儿一直害怕黑暗，害怕睡觉。她 11 岁的时候我跟她聊，发现她其实是害怕死亡，因为每一次睡眠其实就是一次小型的死亡，虽然她没法描述这种本能。我就对她说，人的形成是一个非常偶然的、物质的过程。我们有可能是不知道从哪个遥远的行星上飞过来的东西，本来是一颗灰尘，很多颗灰尘组成了我，我的头发可能在亿万年前是恐龙的一个指甲上的部分，这是非常奇妙的，没有一点理所当然，但我们可以尽可能地享受它。

我始终记得阿西莫夫的一篇小说，在他看来，生命的一切都是能量，只要有能量人类就能延续。他说人类做了一个计算机程序，把所有人类的脑子都复制在当中。人类到最后的存在不再是肉身的存在，而是变成脑电波了。当所有能量耗尽，宇宙最终归于死寂，你依然存在，只不过你的肉体消亡了。

比尔狗　那你实际上就是通过这种幻想永生或永恒的方式来解决死亡问题吗？

覃里雯　我不是在幻想我的永生，我是在设想人类的永生。对我来说特别有安慰的感觉。类似这种人类永生的设想，会让我感到如释重负，因为人生对我而言是有很多重负的，如果说我死去了，我会尽可能地放松自己，然后去接受一个假期，一个永恒的假期，虽然这个假期是不存在的。

　　我从小其实就特别希望变成一块石头，变成一棵树，变成一个没有知觉的东西，因为我小时候，童年很痛苦，所以对我来说这样有可能反倒是一种解脱。成年后每当我面临死亡问题的困扰，比如说在飞机上，气流、闪电非常厉害的时候，我就会把这套东西重新拿出来再想。

比尔狗　很多人下飞机之后，就会去打炮或者什么的，总之就是庆祝自己还活着。

覃里雯　有吗？

比尔狗　有人这样。

覃里雯　我倒不会。那天我听美国一个大学校长的演讲，他说你来到人间就是一个大派对，这个派对很好，你想永远派对下去，但这时候你爹妈叫你回家了。他说，你虽然还想继续派对，但回家也并不是什么恐怖的事情。

比尔狗　回家怎么不恐怖啊？

覃里雯　你们家恐怖？

比尔狗　我还想着外面的派对……这种比喻不能帮我解答困惑。

覃里雯　每个人都只能按照自己的方式去解答。

比尔狗　这算一种，你刚才说还有一种从哲学的角度观照死亡，这个能说一点儿吗？怎么个哲学法？

覃里雯　我很难具体引述哪个哲学家的说法，但是我个人觉得，人的存在本来就是一种偶然性，这种偶然性我已经接受了。

比尔狗　那好，如果是这样的话，那你不觉得这种偶然性，会不会造成一种不负责任的人生，让人更多地及时行乐，而不是……比如说为了上帝或者为了什么而去承担责任？

覃里雯　有可能，但并不是每个人都这样。

比尔狗　但如果一切只不过是偶然的话，那我有什么必要要负那些责任呢？

覃里雯　对我来说，这取决于你想要开什么样的派对。对我的派对来说，我要很多的爱，我要稳固的爱，我要理解我的人跟我在一起，我要让他开心，我的派对才能开心。一个人的派对有什么意思呢？虽然说死亡那一刻是孤独的，但至少在那一刻到来之前，你终究还是让它尽可能地更有趣、更温暖。

比尔狗　这个是不是有点像心灵鸡汤？

覃里雯　我并不觉得是心灵鸡汤，我觉得是个人的解决方法。有些人他就说，我就不想开心，就想那么糟，那也可以啊，那也是你自己塑造的，谁会拦着你呢？没有人拦着你。我妈妈去年突然去世，尤其让我意识到这一点，她这一辈子都被别人拦着过自己想过的生活。其实到后来，所有人都会死，没人拦着你，真的。

比尔狗 你妈妈去世，你悲伤吗？

覃里雯 太悲伤了！我没有意识到我会那么悲伤。

比尔狗 那时候你在她身边吗？

覃里雯 我一知道她得了癌症，马上就飞回来了，就停下一切手头的事情，回来陪她最后几个月，因为当时只有三到六个月的时间，她没到三个月就去世了。那个过程也是……人在那一刻，突然就明白了真该想干嘛就干嘛。

比尔狗 你丈夫是学哲学的，你们聊过死亡的事吗？

覃里雯 也聊过，但死亡到后来……很多时候哲学只是用一种思维方式来合理化自己的一些本能，你要寻找到这样一种本能，比如说我们顺应死亡的本能……

比尔狗 这个怎么顺应？怎么顺应是一个很大的问题。

覃里雯 也是很个人的事情。

比尔狗 你刚开始说过你还是怕死，这又体现在什么地方？

覃里雯 我怕死就体现在，比如我死了我女儿怎么办？我先生会很伤心，怎么办？我的家人、我姐姐会很伤心，怎么办？我对他们有责任，这些东西是我非常关心、非常现实的东西。

比尔狗 假如这些都解决了呢？就是没人需要你了，你就……

覃里雯 没有人需要我了，那我也不一定需要这个世界了。

我并不觉得只有通过信仰才能接受死亡

比尔狗　刚才你说你老公不信教，这一点你们两个是有共同语言的，这是不是说……

覃里雯　我并不觉得只有通过信仰才能接受死亡，我觉得死亡就是一个……在那儿的这么一个东西，你接受它就好了。

比尔狗　又想起刚才你老公说的那个，如何把自己引导到死亡的本能这条路上？

覃里雯　这个是这样的，就是说我们每个人都是有身体的，身体有很多东西是不听大脑控制的。他那时候，他最爱的一个哥哥，突然被诊断出胰腺癌，然后突然间去世的时候，他受了很大的震动。你最亲近的人去世一定会震动到你的，你突然间发现死亡整个向你敞开，这个时候你再怎么准备，你的哲学还是什么的，谁能描述那个时候你的感受？谁能够说我就能控制那个时刻的感受？肯定是不能控制的。但如果你一直在为此做一些准备，你试图去理解、去接纳的话，那么到那个时候，你可能会少难受一点，我是这么想的。

　　你比如说我在高空恐惧的时候，我会把自己知道的所有这些东西再过一遍，我可能就会放松下来，虽然还是很紧张。很多时候，由于本能你的身体会绷起来，但你心里面会好一点，那就随它去吧，交给命运。

比尔狗　这个东西确实是……

覃里雯　就像锻炼，锻炼你的肌肉一样。

比尔狗	是。
覃里雯	但你的想法也很有意思，你并不会去谈论说塑造我的生活，你很反感那种鸡汤，等等，你是要死死地抓住生活，你的本能是要死死地抓住生活，恐惧死亡。我一方面说我要塑造生活，但另一方面我又随时可以把它扔出去。
比尔狗	你看，又是一个女性说不怕死的。
覃里雯	我不认为有不怕死的人，除了重度抑郁症患者。重度抑郁症患者是求死，因为他不想活，但是只要你不是重度抑郁症患者，即便是轻微抑郁症，你死的时候还是会……本能嘛。
比尔狗	刚才说到你妈妈去世的时候，你说都是有安排的。那暴死，比如车祸，某种程度上也是大自然的安排，对吧？而且实际上，好像是医学还是什么，证明人在这种暴死的过程中，其实是没什么痛苦的，因为人体有一个本能的反应机制。
覃里雯	对，它会切断你的痛感。
比尔狗	说冻死的人都是笑着的对吧？他会幻觉自己很暖和，所以一直笑。
覃里雯	所以我觉得你不用担心，把自己交给大自然，它会给你安排的，就是这样。
比尔狗	对了，一直想问，就是你说你母亲以及你丈夫的哥哥，包括小于说他爷爷，亲人的死亡带来悲伤，为什么我就没有？包括我最亲近的人——我姥姥，我是姥姥带大的，当然我姥姥是老病而死的，我只是不想再看到她受苦了，我没有悲伤。我妈去世我也没有悲伤，我现在最后悔的就是不应

该最后让她在医院又受了很多罪。还有朋友，也有朋友意外死去，我都没有悲伤。包括我在某些追悼会上看到一些亲朋失态的痛哭，我实在是忍不住要笑……别人的死你们凭什么悲伤啊？哪怕是特别好的亲人或朋友。

覃里雯 母亲的死我没有想到我会悲伤，我一直以自己强大的理性自豪，而且我跟我妈妈的关系，应该说我并不依赖她，而是她依赖我。可能是这个依赖的关系让我感到悲伤。这个悲伤在哪儿呢？我感到歉疚，我觉得我没有保护好她，这是一个很大的自责。

比尔狗 你这么说我就能理解一些了。

覃里雯 我们老是说什么至亲，这个亲，我觉得不是随便说的，不是有血缘你就亲的。这个亲是什么？是基于一种长期的纽带，而这个纽带是由无数的细节构成的。

比尔狗 对，而且还得看是什么情况。

覃里雯 因为这个纽带，你可能在这个纽带之中，灌输了自己的存在，对吧？

比尔狗 对。

覃里雯 像我外公外婆，我也很爱他们，但是后来离开几十年交流很少啊，外婆活了104岁，我觉得也够了，够本了。

比尔狗 但这还是没有解释狗子这种心理。

覃里雯 那是他跟他妈妈的纽带……

比尔狗 对，纽带没有建立起来。

覃里雯 你会跟你的妈妈去谈论文学吗？

比尔狗　　当然不会。

覃里雯　　我会。

比尔狗　　你这么一说，我马上就想起我身边什么人要死了，我会悲伤，就是她说的那种人。

覃里雯　　狗子跟他的某些朋友近，可能超过了跟他妈妈的近。

比尔狗　　跟你同龄的人都在死去，这种感受很不好，好像有一种在排队的感觉。

覃里雯　　因为我们在幼小的时候，我们的身体会有一种盲目的自信，是由我们的荷尔蒙赋予的，这个自信就是我们离死亡很远，你的身体会告诉你。

比尔狗　　可是我中学就写遗书什么的，我周围有人，包括亲人什么的突然离世，我就觉得死这事它都是突然到来的。

覃里雯　　你身边的人死去的时候，你就会突然间意识到你的自信是一种幻觉，就是说你意识到你并不会永远地活下去。用英文来说，此刻就叫"唤醒你的电话铃声"，wakeup call。

比尔狗　　但我们又好像总是能从别人的死亡中得到力量。

覃里雯：专栏作家、新闻人

时间：2016 年 9 月 7 日晚六点到十点

地点：北京菊儿胡同 7 号"好食好色"文化空间

唐大年： 现代人特别怕 "把自己交出去"

大部分人害怕"把自己交出去"

比尔狗 你小时候怎么会在太原长大？

唐大年 因为我妈是山西人，她特别想演戏，但北京演不了，刚好那边有一个话剧团，所以就过去了。我爸当时是右派，刚从干校回到北京，觉得两地分居也不是个事，所以就一起去了太原。等到我出生，也就是"文革"的时候，那个话剧团就解散了，然后我们家就到了太钢。

比尔狗 你出生是哪年？

唐大年 1968 年。所以，我小时候实际上是在太钢长大的。话剧团解散后，整体下放到吕梁地区，但我爸当时不想跟话剧团的那些人混，想自己出来，可能是因为他还有点马列主义思想吧，觉得吕梁那边是农村，农民觉悟会比较低，还是工人阶级好点，另外也想脱离话剧团那种环境，觉得话剧团浅薄吧，受不了。

比尔狗 你父母在太钢做什么工作呢？

唐大年 我爸什么都不会，好像是钳工还是什么的，就是学徒，修理锅炉。我妈在化验室，估计也是比较简单的那种化验，就每天往瓶瓶罐罐里滴点试剂，看看反应之类的。但因为他们还是能写写画画的，所以我妈后来又去了宣传科。

比尔狗　哪年去钢厂的？

唐大年　大概是 1970 年。

比尔狗　其实你儿时更多的记忆都是在钢厂的。

唐大年　对，从两三岁到 11 岁都是在那边。直到"文革"结束，作协一恢复，《文艺报》也恢复了，我爸就回《文艺报》了。

比尔狗　你爸爸唐达成在"文革"之前是一个编辑、作家吧，20 世纪 80 年代担任作协党委书记，那个时候主席是谁？

唐大年　巴金。

比尔狗　那时候你爸爸跟巴金搭班？

唐大年　搭不了班，那时巴金在床上躺着呢，他们那些主席、副主席其实都是名誉性的，没什么事，实际上是很虚的。我爸主要负责作协的一些日常工作。

比尔狗　那报纸就不做了？

唐大年　《文艺报》是作协下边的机关报，从 20 世纪 50 年代开始，《文艺报》对于文艺界来说还是一个很重要的报纸，相当于文艺界的《人民日报》，也算喉舌之一。现在虽然还有这个报纸，但是已经没影响了。

比尔狗　那等于你 11 岁随父母进京继续上小学？

唐大年　上的中学。我们小学只有五年，再加上我六岁就上小学了，所以来北京就直接上中学了。

比尔狗　那你中学是在哪儿读的？

唐大年 在东城区东华门，叫一九零中学，是那附近一个著名的流氓学校，打架、不上课，也没人管，反正学校特别差。我毕业之后那个学校就改成职业高中了，现在好像已经没了。

比尔狗 那高中呢？

唐大年 高中还可以，在灯市口的二十五中，但我上学的时候这学校还不行，现在比较牛了，还双语教学什么的，出过聂卫平之类的不少名人，解放前也特别牛，叫育英，据说解放前坐马车去上学都算穷的。

比尔狗 咱们还是一步跨入正题吧，你算有宗教信仰的人吗？

唐大年 哈哈哈，对对对，那当然，我佛教徒嘛。

比尔狗 有宗教信仰的人是怎么个状态呢？因为我们都不是啊，或者这么说，你曾经也不是佛教徒，后来为什么会信佛了？有了信仰以后有什么不一样的感觉吗？

唐大年 对，佛教徒不像穆斯林，生下来就是。但我感觉信佛前后没什么区别，因为，至少佛教的核心不是那种特别宗教型的。一开始我也没觉得自己会有什么信仰，但突然有一年就觉得可以信了。但其实也没事，佛教没有任何强制性，你想信就可以信，觉得不靠谱，也可以不信，你说不信也就不信了，没什么其他的。

比尔狗 你能感觉出佛教和其他宗教比如基督教在本质上有什么不一样的地方吗？

唐大年 不知道，因为我不太知道基督徒是怎么想的，其实以前我不太理解那些有宗教信仰的人，但信了佛教以后我觉得自己能够理解他们了。

比尔狗	怎么理解？

唐大年　怎么说呢，从心理层面来说吧，我觉得啊，就是人需要跟那些未知的东西达成一种和解吧，或者是让他有一个依靠的力量。

比尔狗　对。那像我们这种没什么信仰的人，是不是更坚强？就是说当我们面对这种未知的东西时，虽然也困惑，但还可以承受住这种困惑带来的压力。

唐大年　不不，我周围很多人都是无神论的，中国是无神论的国家，但我觉得他们大部分人不是坚强，而是浑浑噩噩。不是说没有信仰的人什么都不信，而是一会儿信这个，一会儿信那个，事情来了嘀嘀咕咕，也想弄明白，但是呢，又不愿意把自己交出去，觉得交出去有一种不安全感，怕被别人骗。大部分无神论者就是东信西信，就是一会儿这么想一会儿那么想。但有一种无神论者比较牛，就是彻底相信存在主义的无神论者，他可以承担自己的责任和选择的后果，我觉得这也算是一种态度，但大部分无神论者还是浑浑噩噩的。

比尔狗　我周围也有很多信佛教和基督教的人，有的与我同龄，大部分人都很年轻，相比较我们的浑浑噩噩，感觉他们好像有脆弱或者单纯善良的特质。是不是更单纯善良的人，更容易跟宗教亲近，更容易走进去，也更容易把自己交出去？

唐大年　好像也不完全是。不是说信的人就不浑浑噩噩，有信仰的人当中浑浑噩噩的也很多，大部分人都是浑浑噩噩的。

比尔狗　你说的"把自己交出去"是什么概念？

唐大年　就是信赖某种东西吧。

比尔狗　对，就像当我信任爱情的时候，会把自己的一切都给她……

唐大年　有一点儿那个意思吧。

比尔狗　这和我们每次进庙求神拜佛还不太一样？

唐大年　对，那个是更倾向于一种宗教化的表层意义吧，但佛教也包含这个，进庙求佛一般都是为了求点保护啊保佑啊，这也算一种吧，但它不完全是基于了解，是基于一种信。佛教也不排斥这样的信，但佛教真正的意义是基于了解，只有了解了你才会真正的相信，一旦你彻底地了解了，你自然也就会有一种彻底的信任了。

比尔狗　我还有一个朋友，他吃素还喜欢读佛经，但他说他不信，只是觉得佛教是一个好东西，不止一个朋友是这种。

唐大年　对。

佛教是我读的东西里我最认可的对世界的解释

比尔狗　信的人和不信的人有一个很重要的区别，信的人会遵循那些戒律，在生活方式上会有些不太一样。

唐大年　其实每个人的生活方式都不一样，但你总要过一种生活方式吧。

比尔狗　你是不是不能干的事挺多的？当然感觉能干的事……也挺多的。

唐大年　其实所谓"不能干"的事，都是你原来能干，但后来不让你干了，于是你就觉得别扭，觉得"不能干"了，其实你没干过的事多了，也不会觉得特别别扭。另外佛教本身也没有太多禁忌，并且现在人的皈依和受戒还是两回事。

比尔狗　你受戒了吗？

唐大年　我没受戒。

比尔狗　受戒具体是什么意思？

唐大年　就是一般佛教徒有杀、盗、淫、妄、酒这五戒。但佛教吧，它的这个戒律不完全是道德层面的要求，而是辅助你认清实相的。佛教基本的修行方式叫戒、定、慧，那个戒就是让你营造一个比较清醒的心理状态和生活氛围，在这种状态下你才比较容易修定，然后修定了才会认识和了解到智慧，这是一套修行体系，所以这个戒律不完全是道德要求，比如如果你有很多杀业的话，心里就会不安，心里没办法安止，你要整天撒谎，老得嘀咕着生怕自己别说漏了什么，我猜你心里就比较不安宁。所以这个守戒一方面是不让你去做一些事，另一方面它也是一个保护，这个戒就保护着你。其实你只要不干这五类事，你的生活就会变得单纯和坦然，这时候你再禅修、修定什么的就相对比较容易了。

比尔狗　你为什么不受戒呢？

唐大年　我怕我自己守不了，还是没有……毕竟受戒了就得守戒。

比尔狗　你是不是也想过受戒，比如吃素什么的，我记得你吃过一段时间素。

唐大年　没有，吃素不是五戒之一，因为佛教最早是乞食，人家给你什么你就得吃什么。所以西藏的和尚就吃肉，只有汉传佛教，从哪个朝代开始就有一些比较有宗教热情的和尚开始吃素了。当然不吃肉也挺好的，就省得屠杀别的动物了，但它不是戒律里的要求，戒律里的杀戒主要是指不能主动伤害别的众生。

比尔狗　那你以后有可能受戒吗？

唐大年　也说不定。

比尔狗　你是从什么时候开始信佛的？

唐大年　我也忘了，应该是 2002 年，就是受皈依了，有一些仪式。

比尔狗　跟你当时周围的人有关系吗？

唐大年　有关系，我当时在精神上有点小危机，有一个叫施润玖的朋友，他那时候已经是坚定的佛教徒了，他跟我讲了很多佛教的事，最开始也不是很明白，有点半信半疑，然后我就在家念《金刚经》，没多长时间，一遍二十分钟，一天念两遍，大概念了三个月就碰上我师父了，然后就皈依了。

比尔狗　杨葵跟你很熟？

唐大年　我们是发小，他也是佛教徒，但他皈依得稍微晚一点儿。

比尔狗　你说念一遍金刚经，二十分钟，两遍就是四十分钟，每天要花上快一个小时的时间念经。

唐大年　对。

比尔狗　你当时也不觉得枯燥？

唐大年　我以前看不进去佛经，因为它有好多特别陌生的、音译的词，所以就有点读不进去，但突然有一天就觉得能读进去了。

比尔狗　突然有一天？顿悟吗？

唐大年　也不是顿悟，我也不知道。其实我以前也觉得佛教挺重要的，就买了点经书，普及读物什么的，但都看不进去。不过那之前我就觉得自己对好多佛教的词都挺感兴趣的，比如把人叫作"有情"，这种说法就挺有意思的。

比尔狗　动物不算？

唐大年　算。但植物不算，其实就是只要有自我执着的就叫有情。

比尔狗　从2002年到现在，这十多年间有没有觉得自己对佛教越来越坚定了？有没有这样一种渐进的过程？

唐大年　嗯，有，当然越来越坚定了，其实也谈不上坚定，其实佛教就是那样，就是一种对世界的了解，至少在我看过、读过的东西里边，它最能给我一个关于这个世界恰当的、或者说我认可的解释。

比尔狗　那你读过基督教的一些东西比如《圣经》吗？

唐大年　读过一些。

比尔狗　你觉得靠谱儿吗？因为很多宗教都觉得别的宗教不靠谱，基督教尤其这样。

唐大年　别的宗教也不能说不靠谱，在佛教看来——佛教不太排斥别的宗教——怎么说呢，在佛教里有个词叫"不究竟"。

比尔狗　你作为一个佛教徒，宗教对于你的艺术道路和文学有影响吗？我觉得如果皈依一个宗教，可能会在一定程度上限制你对写作的理解，所以我就很想知道你皈依佛教以后，宗教对你的艺术创作会有多大程度的影响？

唐大年　有点影响。但我倒没有觉得限制我的自由，只是没有这么高的兴致了。其实这是两回事，你要真想写作，不会有什么真正的冲突。在 19 世纪以前，有很多作家都是基督徒，中国的古时候也有，王维、苏东坡、黄庭坚，也是佛教徒。实际上写作，怎么说呢，它更多是一种幻，它的基本动力是对一些情绪和故事的迷恋，只是佛教有点消解这种迷恋。

比尔狗 但你看的小说好像还挺多的？现在还看吗？

唐大年 偶尔也看。

比尔狗 我总觉得文学这事越来越不靠谱了。有时候读小说，包括自己写的小说，抽身出来就会觉得，这不就是在瞎拽嘛，文学就是能拽，我觉得用文字来观照世界这种事意思不大。

唐大年 我不知道是全世界还是只有全中国人，有一段时间对文学和艺术有一种神化吧，觉得这才是人类最高的精神产品之类的，其实完全不是，更早也不是这样，就是最近这二三百年，艺术家的地位突然被神化了。

比尔狗 那你现在还写吗？

唐大年 我不怎么写了。

比尔狗 皈依以后就不写了？

唐大年 跟这个没关系，主要是因为懒得写，不过写点剧本挣钱也算写。

比尔狗 上一个剧本是什么时候？

唐大年 上个月。

比尔狗 嗨，那还是在写。

"死" 其实就是一种心理上联系的割断

比尔狗　刚才来的路上想到一会儿要进行的这个谈话，我就想，当然以前也想过，就是说，一个人生下来之后，长大，然后吃吃喝喝一辈子，这中间恋爱、做爱……然后有可能生育，恩恩怨怨，一辈子，然后就死了，咱还不说那些打打杀杀，就是这样平平安安或者浑浑噩噩的一辈子，就说上帝造人吧，就这么在世间走这么一遭，这是什么意思呢？这有什么意义呢？

唐大年　没意义。

比尔狗　完了？

唐大年　其实人就是被环境和自我保护驱动着干这些事情，从小到大，没有一件事是你真正拥有主动性的，大家都这么干，另外你还会出于自我安全的考虑，不能违反基本的社会规范。

比尔狗　那要不要追寻意义？

唐大年　其实不存在终极意义，意义就是一"建构"，在相对层面上说某些事具有某种意义，你只要有一个出发点或参考点，你的所作所为就有了某种意义，比如你现在是小狗子的爹，你就得让他上幼儿园，别让他生病，吃点好的，这些都是意义，但它有什么终极意义吗？没什么终极意义。

比尔狗　但至少对我来说，如果是这样的话，会不甘心，或说这也没什么劲啊，这么着一辈子，是，我是规避了风险了，没什么大病，运气好可能死得也不是特别痛苦，甚至都不知道自己是怎么死的，但这有劲吗？

唐大年 这有劲没劲就是你自己觉得了，就看你自己怎么认定意义了，有人就觉得挺好的，有人就还能从中总结出好多说法，责任啊义务啊爱啊，这不都是所谓的意义么。另外还有一个挺装的说法，叫"生活在别处"，最早好像是兰波说的，兰波就是你这种吧，不满于一种现成的、被限制的关系，觉得毫无意义但又觉得生活是有意义的，但那样有意义的生活"在别处"，就是说现在的生活已经没意义了，也许在其他地方还有一个充满了意义和期待的生活，但这只能是一种抒情，并不是一种真实，因为你肯定永远生活在别处，只要你一生活，生活就在别处。

比尔狗 你说像我这么想，是不是要得有点太多了？一般人平平安安过一辈子，有人觉得就是福了，已经感激不尽了，我是不是太贪了？追求意义是不是一种贪啊？

唐大年 也不是。这其实是一种最基本的冲动，有点像海明威说的冰山，你就是冰山海面上的一块，海面下有4/5是你自己所不了解的，但你又觉得正是那些东西在控制你，或者在左右你，你就想知道这是怎么回事。

比尔狗 那么佛教，就像你这样给我们解释这些问题吗？

唐大年 佛教有一套完整的方法。

比尔狗 佛教怎么回答人生有没有意义这类问题？

唐大年 佛教告诉你人生没意义。然后就会问你什么叫意义？意义不是说……因为意义就是你基于自己的出发点建构出的一个东西。

比尔狗　我问这些还有一个感觉，似乎我认识的朋友，无论是信佛教还是其他宗教，有信仰的人都活得更来劲或更积极向上。

唐大年　对吧，在佛教里一出家通常就叫遁入空门，所以一般人对佛教的认识是特别排斥世俗生活的，但实际上大乘佛教最大的愿望是普度众生，并不排斥世俗生活，不过它又有一说法叫出淤泥而不染吧，就是你虽然在世俗中生活，但你又是一个没有卷入的状态。另外从佛教的哲学上说，无论入世还是出世都是偏颇的，出世就是有所排斥，入世就是你要卷入，在这个二元框架里，不是这样，就是那样，而佛教要超越这个二元。

比尔狗　超越二元这个有点抽象，这种话题有时候都能把自己绕晕。直接一点儿来说吧，你怕死吗？

唐大年　嗯，可以说怕，也可以说不怕。

比尔狗　怎么讲？其实"怕"我倒觉得不用多说，关键是怎么叫"不怕"？

唐大年　嗯，实际上死只是一个概念，没有这回事，你没法找到一个叫"死"的东西，所以你所谓的怕，无非就是一些想法和情绪而已，你怕自己的情绪吗？怕自己的想法吗？还有加上身体不适什么的，一系列想法绑在一起可能让你觉得……

比尔狗　我觉得我有点怕医院，临终抢救、ICU 那些还是挺可怕的。当然这也是一个大话题，去年有本书叫《最好的告别》，一个叫葛文德的美国医生写的，专门讲老年人是怎么衰老然后怎么死掉的，他认为当代人在对待衰老和死亡上似乎走错了路……

唐大年　刚才你说人的出生、上学、做爱、娶媳妇、生死这些，如果从个人或者自我的角度来说，人生就是一个不断被剥夺的过程，你的健康啊、你的亲人啊、你所依恋的和喜欢的东西啊，一点点都没有了，直到你自己的生命也被剥夺了就是你死了。由于你是出于自我的角度，觉得"我"是一个完整的东西，所以很多东西被一点点地剥夺了。前一阵有一个美国的科幻片，里面狄兰·托马斯写的那首诗——"不要温顺地走进那个良夜，怒斥光明的消逝……"

比尔狗　那是他写给自己临终的爸爸的诗。

唐大年　对，很多年之后我长大了，当真的有亲人去世时才真正理解那首诗，就是说，当你面对自然规律，你切身的某种关系被割断了的时候，就会产生一种愤怒，这种愤怒不是基于思想或理性什么的，就是一种本能的不接受和反抗以及由此而来的本能的愤怒。

比尔狗　你刚才说站在自我的立场上生命是一个不断地被剥夺的过程，但是……

唐大年　但是，你站在自我的立场上就是这样的，但佛教认为这个"自我"其实是被你自己虚幻执着出来的，你强行建立了一个所谓的自我，但这个自我其实只是一种"自我感""存在感"，它是很强烈的，但当你真的去思考这件事的时候，会发现它其实并不太成立。

比尔狗　继续。

唐大年　首先，比如你每天的自我其实都是变来变去的，你冲你爸、你儿子、你领导还有你看不上的人都是不同的嘴脸，所以这个自我本身就有很多种，你想打炮儿了，你会对这个女的各种好，然后打完炮儿你的想法就变了，会想你别缠着我什么的，你的自我就是这么变来变去的，你一会儿受自己的身体控制，一会儿受你观念控制，一会儿又受情绪控制，然后你会问，什么叫我呢？这其实很难说，这个身体就是你吗？你我之间有绝对的界限吗？如果换一个视角，你会发现所谓自我的这个东西不是特别可靠，但是你"自我"的存在感又特别强，一旦有人伤及这个你又特别的愤怒……

比尔狗　这算一种执念吗？

唐大年　算是一种自我保护吧。

比尔狗　可以把"自我"比作一个资产，我可以随时调整我的自我，这是我的权利。

唐大年　只是你觉得自己随时能调整，其实根本调整不了，比如说我现在胳膊疼，你觉得胳膊是你自己的，但你做不到不让它疼，我们都被环境所左右，很多东西控制不了，但人都觉得自己能直接控制的东西就是我的，我不能直接控制的，或者我控制不太好的，它暂时可能就不是我的。其实这个不存在绝对的界限，实际上，就是没有一个绝对的"我"，人就是有某种幻觉，觉得我能控制的就是我的，不能控制的就不是我的，但能不能控制没有绝对的界限，自我大致就是基于此的一种幻觉。

比尔狗　从这个意义上说，如果人能够从自我的概念里面开掘出来，是不是就可以比较坦荡地面对死亡？

唐大年　对，会有一种坦然，从身心上来说就有一种休息，其实人充满了紧张，别看咱们现在很松弛，什么"北京躺"，其实平时你有很多细微的紧张，在你心里头，当你真的把这个根——发现紧张是没必要的，会有一种坦然，就放下了。

比尔狗 你刚才说对死有怕和不怕两种情形，那怕死是什么原因？

唐大年 惯性。嗨，既然你已经生而为人了，一定是受了很多惯性的作用才变成这个人，才会在这个地方，这个惯性不是一时就可以消除的，就算你了解了也不是一时可以消除的，甚至你已经认识到它没有什么坚固的本质，当然，因为你有了一定的了解和认识，这时你的怕无非就是一些情绪而已，一些想法、一些身体感受的运作而已。

比尔狗 人怕死会不会还有种羞耻心在作祟？怕自己死后的样子，或觉得自己死了以后，之前不好看的照片或者偷偷写的东西都会被发现什么的？

唐大年 有人会有。

比尔狗 所以我想发明一种安乐死的药丸，不仅无痛死去，而且死后身体瞬间灰飞烟灭。

唐大年 那个，有一个吕克·贝松电影里的女主角就是嗑了好多药，当药效发挥到百分之百的时候，她也就消失了。其实很多关于死亡的文化和习俗，都是为了满足活人的心理。那天跟别人聊天也提到，很多死亡仪式的背后，都有人生存的要求。比如在平原地区要把人土葬，是因为怕动物吃了尸体，人再去吃动物时就会得病，所以他要深挖，拿盒子给装起来，甚至想让他尽快地在土里腐烂，别被那些动物给刨出来，给撅了；还有西藏的天葬，让鸟尽快吃了尸体，是因为他们不吃鸟，这样就可以避免传染病。但是经过反复的包装就变成一种习俗了，人们也开始接受这种习俗，不这么处理他们就觉得心里过不去。

　　其实这种死你要细想一下也是很虚妄的，你比如狗子怎么就叫死了，你看不见他就叫死了吗？当年台湾跟大陆分开了，很多人这辈子也许就见不到了，那这个人到底是死还是没死呢？所以好多事情都是一种心理上的情绪。

比尔狗　你不能控制他了，他也就死了。

唐大年　就跟失恋为什么会痛苦一样，那就是一种小型的模拟死，所谓"死"其实就是一种心理上联系的割断。

这是一个越来越保守、务实、粗糙的时代

比尔狗　对，其实我所说的怕死，有点跟怕失恋是一个道理，失恋你就是失去了自己沉醉其中的、让自己嗨的东西了。

　　我自己问过自己，而且我以前跟别人一起做过一个问卷，调查大家怕不怕死，为什么？我回答是首先我是怕的，因为如果死了我就不能和朋友一起喝大酒，也不能沉醉于恋爱了，所以后来我就想，如果我把恋爱和喝大酒这两件事都给打消了，是不是就不怕死了。

唐大年　还会怕。

比尔狗　还会怕？会不会好一点呢？

唐大年　不会。除非你了解喝大酒或恋爱是怎么个事，除非你突然发现其实自己对失去大酒和恋爱的害怕是一种特傻的想法，但你生生给割断了肯定没用。

比尔狗　那你觉得自己想明白喝大酒、恋爱这种事了吗？

唐大年　这事比较简单吧。

比尔狗　比如现在让你一年不喝酒你做得到吗？

唐大年　没问题啊，但可能会想喝，但不喝也没问题。因为想是惯性，但你不怕和不抗拒它就是另外一回事，只是一般人遇见这种情况的时候，他更多的是害怕和抗拒。

比尔狗　好像我几年前就问过你，你还会谈恋爱吗？

唐大年　也有可能吧。其实我觉得人到了一定的岁数，你就应该能平等地看待人和人之间的关系了，我跟狗子是这种朋友的关系，跟另外一个女的可能就是有身体接触的关系，但这两种状态只是不同种类的关系罢了。

比尔狗　并不是说非得叫"恋爱"这个词。

唐大年　对，你把它取名叫恋爱也可以，但它其实就是一种关系。

比尔狗　是佛教思维让你如此这般观照酒、色这些事的吗？还是说在常识层面通过正常的思维也能做到看淡这些东西？

唐大年　是不是佛教我现在已经分不清了，因为我就是这么一人，但我觉得这不叫看淡，而是你真正了解了它是怎么发生的，是了解而不是"看淡"，"看淡"特别像是一种逃避或躲避。

比尔狗　从另一角度我问一下，从接触佛教到皈依佛教的这个过程，你是不是因为出于某种恐惧啊？

唐大年　有可能啊。对，刚才说现代人特别怕把自己交出去，或者觉得完全地信任某种事是不安全的，说白了其实这都是一种挺鸡贼的想法或心理。现在的人因为你不再敢真正地去信任什么东西了，所以一直都在患得患失，这样试一点看看怎么样再那样试一点；古代人不是这样，有那种"哥们我信你了，命就交你了"的情感，你要没有这种情感，确实就好多东西搞不明白。

比尔狗　这是一种典型的当代人的"信任危机"吧，好像有人研究过，是什么原因造成了当代人的这种信任危机？自恋？为什么会更自恋？

唐大年　就比较强调个人。

比尔狗　我们之前列好的一个问题：你认为性是驱动人类历史变化的主要动力吗？

唐大年　我觉得其实还是生存驱动，但生存跟性也有关系，没有性怎么能繁衍下一代呢。

比尔狗　你是如何看待婚姻和婚外恋的呢？你觉得婚姻这种制度合理吗，或者说反人性吗？

唐大年　那你是从个人的角度说还是说婚姻这件事？

比尔狗　当然先从个人角度说。

唐大年　那从个人来说对我不是特别重要，但婚姻之所以能够形成一种习俗或制度，从最大公约来说它肯定是合理的，但对于每个人来说就不一样了，一个生活比较困难的人，他可能需要通过婚姻来维持一种比较稳定的生活，但一个人如果在经济上比较宽松，以及性格或其他优势，可能就不那么适合婚姻，我觉得没办法一概而论，但对我来说没关系，我觉得挺好。

比尔狗　婚姻它不束缚你吗？

唐大年　其实没有不束缚的关系。

比尔狗　佛教里关于开悟，虚云老和尚，打碎一个茶杯突然开悟了，有这么档子事吗？还有人说当代开悟的情况越来越少了，这事你能说几句吗？

唐大年　有，有开悟这回事，但程度可能还是有差别的，而且标准也很难界定，因为它不是一个日常的经验，所以很难建立一种所谓的共许，因为对大多数人来说都是没有这方面经验的，所以就很难交流。

比尔狗　婚外恋的问题你怎么看？

唐大年　嗯，我没怎么看，我觉得也是一种正常现象。

比尔狗　特别官方的一个问题：你认为从 1986 年到 2016 年这 30 年间，哪一年对中国历史的影响最大？那一年你在哪儿？

唐大年　嗯……其实我不太关心政治，很多人都说哪一年是最重要的一年，其实我觉得也不好说，如果要我现在回忆，感觉中国氛围最好的时期确实是 80 年代，90 年代之后中国越来越趋向于实用主义，挣钱，急功近利，而 80 年代的中国人虽然土，但每一个人的基本心态都是特别积极的，都特别向往改革开放，那种刚被松绑后的好奇心和想要了解世界的欲望特别珍贵。

比尔狗　而且那个时候婚外恋也很少，好像也有这项调查，那时候大家还是鼓励追求自由恋爱，不像现在动不动就小三、二奶什么的，我不是说小三、二奶不好，但确实都是很无奈的。那时候不叫二奶、小三，就叫情人，就是说实际上现在的婚恋观不及 80 年代开明。

唐大年　现在越来越保守、务实、粗糙……

比尔狗　对，还有浅薄，就这些词……另一个问题，你现在还会哭泣吗？看电影不算，就是真的被感动的哭泣。

唐大年　会。比如对某些纠结感到释然的时候……

比尔狗　自我感动？

唐大年　对，有一点儿，有人说像是一种纪念，这事终于离你而去了，其实也是一种脆弱的表现。再有，就是这个世界上还是有一些高尚的情感的，比如听贝多芬晚期四重奏什么的，我就发现自己这辈子都没有达到过那么高尚的情感，当然这也不是什么问题，但确实有人在内心当中有些更纯净的情感，是你所没有达到过的。

附：在饭桌上——

张　弛　我觉得你们这帮没信仰的人不配问有信仰的人，你们今天下午就不配问唐大年，唐大年太迁就你们了……

狗　子　一个没有信仰的人怎么就不能问一个有信仰的人了？

张　弛　不配问，你们先自己回家做功课去，把功课做好了再问！

狗　子　我们功课就做不好，就问了，怎么了？我们就做不好就问了怎么了？

张　弛　那就差！

狗　子　我们差就问了，怎么了？

高　山　你怎么老被他激怒……

狗　子　他要求太高！

张　弛　你们就不配跟唐大年对话，说白了，你们对唐大年缺少敬畏，对唐大年的信仰缺乏了解，所以你们不配。

唐大年　有没有信仰没关系，关键是你认为什么是信仰？

狗　子　不知道啊，信仰就是有依靠呗。

唐大年　信仰，比如我说我信佛，他说他信佛，这就是一说法而已，其实对每个人意义也不一样，他是基督徒，他是无神论者，这都是标签而已，问题在于什么是信仰，无神论者是不是什么都不信？我好好学习考上大学这算不算信仰？吃一顿饭就能饱这算不算信仰？

狗　子　这不算吧？

唐大年　为什么不算？你为什么不信吃一顿饭会更饿？

狗　子　信仰关乎生死啊。

唐大年　吃饭也关乎生死啊，搞不好会吃死啊。

狗　子　你要这么说，就把信仰贬低了吧。

唐大年　你看，你心里有个概念，信仰是高高在上的，生活、吃饭这些就是低的……

狗　子　他不怕死呗，为一个宏大目标……

唐大年　对啊，为一个宏大目标，然后就可以怎么着，好多不就是拿这个来忽悠人吗？

狗　子　佛教不是这样吗？

唐大年　佛教不是这样，佛教质疑一切。实际上你的所有概念都应该被重新质疑，你觉得吃饭跟信仰没关系，信仰高高在上，吃喝拉撒睡就很低与信仰无关……实际上，一个理论如果正确，应该能解释一切。

狗　子　对啊。

唐大年　是不是形而上就一定牛，形而下就一定傻，这俩之间有什么联系？

高　山　你想明白了吗？

狗　子　没想明白，想明白我就不坐这儿了。

张　弛　狗子你没想明白也行，你就是怀疑，但你的怀疑必须足够强大，仅仅是简单的困惑是不够的。

狗　子　我们都组成一小组四处提问了，还不够强大？

张　弛　不够不够。

唐大年　我要批评你，这就是你这类知识分子的一个毛病，就觉得，你问这个问题就很牛，这个问题是终极问题，没人问，别人都不关心就我关心，这很牛，其实，这没什么，你还生活在一种虚幻之中，昨天咱们聊到文学，现在，可能文学的那种虚幻在你这儿正在被打破，但是，你还是认为终极问题是牛的，家长里短扯淡的问题是傻的，这些都是需要被质疑的……

狗　子　是啊。

唐大年　包括叛逆也是需要被质疑的，很多叛逆一开始是为了打破某种束缚，但很快又会被"叛逆"本身束缚，我觉得像你就是这样，你现在都没有能力过一种不叛逆的生活。

狗　子　我现在过的就是一种不叛逆的生活啊。

唐大年　你还是以一种叛逆的姿态过一种所谓不叛逆的生活，还是被别人的目光所束缚……

狗　子　我现在表面好像不叛逆，但我不认这一切，除了生孩子我认，其他都不认或说都叛逆，包括喝酒，我觉得喝大酒完全是傻。

唐大年　但你又不能不喝大酒，一是不喝自己不舒服，二是被别人的期望什么的限制了，比如你不喝大酒老弛会不高兴，你得顾忌这些……

张　弛　我高兴我高兴，狗子就是被符号化了，狗子喝酒、叛逆、怀疑都是他的符号。

狗　子　怀疑喝酒也是我的符号。

唐大年　你要真是一个自由的人，这些随时可以放下。

狗　子　是是，但是我想酒、馋酒，这怎么办？

唐大年　对啊，其实你跟好另外一口没什么区别，好挣钱……

张　弛　好色，好色。

唐大年　但这社会对文化人好酒或好色什么的，就被赋予"个性"什么的，一个板儿爷好喝不算什么，但搁一文化人身上，牛啊。

狗　子　我现在戒酒都不行了，戒酒就更牛了，不戒了。你说得对，但是……

张　弛　我就觉得你们今天下午把唐大年浪费了，我倒想问问你们，你们为什么要问生死的问题？你们自己解决了吗？

赵　博　没解决才要问啊。

狗　子　是啊。

唐大年　你是什么时候意识到生死这事的？

狗 子　青春期吧，有一段老想，小学的时候知道人会死，但不焦虑。

张 弛　我小时候觉得死亡代表黑暗，所以我小时候一直开着灯睡觉。

唐大年　我记着我小时候想到死，突然有一种模拟，给我吓坏了，特别恐惧，原来模模糊糊知道有死啊什么的，突然有一次不知怎么产生了一种模拟的心态，就是我真死了是什么样啊，就给吓坏了。

狗 子　几岁啊？

唐大年　十二三岁吧。所以死这个东西，你有时候真得有那个模拟的能力，比如你想我喝完这顿酒之后就死了，真那么去想，会很不一样，而不是只是一个"死"的概念……所以很多宗教专门训练你模拟死的那个过程，不是一般地想想，而是，比如每天你花一个小时专门去想死这个事，让你升起一种真实的恐惧……

唐大年：导演、编剧

时间：2016 年 8 月 4 日下午到晚上

地点：北京菊儿胡同 7 号"好食好色"文化空间及附近餐馆

嘉宾：张弛

老贺： 红尘难断

断灭见

比尔狗 你小时候能想象到你今天又写诗又开这种文化餐厅酒吧，又兼着放电影，你觉得奇怪吗？

老　贺 大体上都是我想干的事，中间也有好多变化，为什么开酒吧，为什么选择放电影，也有很多变化，但大体上我觉得跟我的性情趣味是一致的。

比尔狗 你是什么时候开始恋爱的？

老　贺 上大学之后，大学后期吧，算是比较晚的。

比尔狗 "猜火车"是哪一年开始经营的？

老　贺 2003 年。先在望京，后来搬到方家胡同。

比尔狗 您那时候专职就做这个酒吧？那时候你就不上班了？

老　贺 1999 年就不上班了。

比尔狗 1999 年到 2003 年，这期间呢？

老　贺 在家待着，那一阵儿就去写东西了，看书去了，看书多，写得不多。我为什么做"猜火车"，因为我最早就特别想做酒吧，在我做生意的同时就想做酒吧，但是那时候我又不知道酒吧怎么做。1994 年，工体那儿有一个洗车酒吧，那时候三里屯还没有酒吧，那个地方好像旁边还真能洗车。

里面有一帮人长期玩飞镖，我觉得完全和美国一样，感觉很酷。我觉得酒吧这种地方真有意思，太舒服了。然后1997年忘了是谁带我去北大东门的"雕刻时光"咖啡馆，它那个感觉又不一样，它是儒雅又随意的感觉，可以喝一杯茶在那里看一天书，晚上还放电影。那时候就是用电视机放录像带，放国外电影大师的片子。当时我觉得在这种地方放映是一种特殊的感觉，这个给我留下了特别深的印象。

比尔狗 你开的"猜火车"酒吧跟这有关系吗？

老 贺 有关系啊，后来我想开一个跟电影有关的酒吧，最初就是受到了"雕刻时光"的影响，当然也有"黄亭子""盒子咖啡"。1999年的时候，我就不做公司了，我天天在家里看书、写东西。我刚开始住三里屯，后来一人住顺义。那时候我妻子莲子已经去藏地了，我们俩基本处于分手状态。大概有一年半的时间我一人住顺义，很舒服呀，哪儿也不想去。之前在1997年的时候我就通过莲子接触过佛法方面的书，也看过些经书什么的。当然这期间也受过别的朋友、修行人的影响。我记得很清楚，在1997年的9月份，我看了一本宗萨钦哲仁波切写的《佛法的见地与修道》。看完以后，我就彻底虚无了，我觉得读书啊，写作啊，完全没意义，完全的。那时候我可能得抑郁症了，还有思维强迫症。我开酒吧跟这有很大关系，我觉我自己待不住了，再看书写作也不行了。我要出来忙，我要忙得顾不上虚无。可我也不可能一出来就有事干，2002年有一段时间，我老去"醉三江"，差不多有半年时间，我几乎每天都去，因为我自己一到黄昏就真待不了，到"醉三江"可以见到各种朋友，这日子才好过一点。我开酒吧跟这段经历有很大关系，但是如果没看到那本书，我不见得哪一年才会出来做事，也许是另一种生活。

比尔狗　那本书叫什么？

老　贺　《佛法的见地与修道》，这本书讲得很彻底，没有任何感情色彩，特别清晰地给你讲，什么是"空"，什么是"无我"，不带有任何说教。那时候我确实也不懂，还是把佛法当作文化上的认识与积累。现在其实我也有这种心理，但是它告诉你要学佛就得彻底放弃，不留任何余地，佛法不是让你增加我执的。这种说法太直接了，太彻底了，我接受不了。但我又觉得佛法是对的，是真理。所以看书啊，写作啊，就变得彻底没有意思了，很苍白。

比尔狗　这本书是不是让你变得不安定了，你本来挺自在的，怎么突然一下从自在到抑郁了？

老　贺　但是这本书真是一个非常的……怎么说，它讲得特别彻底，特别究竟，跟宗萨钦哲后来流行的书不一样。在我看来，其他书里面都带有一些故事与情感色彩，有点在安慰人，让你一点儿一点儿相信佛法。我那时是想一边儿搞文化，也一边儿学点佛，哪个也别落下，都占着些。其实现在我也是这种心理。但是这本书它告诉你，歇菜！这样是用佛法来增加我执，在心里不留任何余地。

比尔狗　断？

老　贺　对，断。

比尔狗　那不是什么心灵鸡汤，反而是反心灵鸡汤的。

老　贺	那个东西没有任何鸡汤，它说得非常清晰。其实《金刚经》《心经》等讲得也很彻底。但毕竟是古文，隔着一层。而且那本书就是针对我这样什么都不想放弃的人说的，一针见血。后来佛法了解多了以后，我明白这种虚无在佛法上叫"断灭见"。很多修佛的人都产生过这个感觉，佛法是让你既不能进入有，也不能进入断。
比尔狗	那，这段时间有可能有人就往前走了，到了一个更大境界了，有的人可能就回来了。
老　贺	我就是回来的那种。
比尔狗	那本书当时给你带来的内心冲击是否一直延续到现在？
老　贺	嗯，是呀，它会调动起我的一种情绪，后来我不会再对那本书的内容有任何恐慌了，但是某种情绪出来后会让人恐慌，那种情绪在我后来这些年里时不常会冒出来，但没有像 2001 年那时候持续得那么长，那么强烈。
比尔狗	这跟您的情感生活有关系吗？比如您妻子？
老　贺	没关系，没有任何关系，那完全是一种精神上的纠结，跟我的现实生活没有关系。
比尔狗	那么老贺，像我们这种对佛教了解不多的人，怎么能领会你说的这种被调动起来的情绪呢？或叫"断灭见"？
老　贺	其实这是一种强烈的矛盾，一方面我认定佛法是真理，是人生的唯一方向。另一方面我又不能放弃对文学艺术的兴趣与成事这种名利需求。还有，我确实也过不了僧侣般的生活，或者没有准备好过僧侣生活。但是这种东西又是不能并存，甚至互为障碍，最起码我觉得那本书是明确告

诉你的。我是天秤座的，经常缠绕在事务的选择上。但是这种精神上的纠结让人很痛苦，产生了很强烈的虚无感。后来原本的纠结不存在了，虚无感却留下来了。其实哪有"虚无"这种东西呀，你活着哪有虚无呀。虚无其实就是一个名词，一个概念转化成一种情绪。其实虚无就是对所有事的否定，对所有事的意义的否定。比如我那时候想做任何一件事情，马上就有另一个声音告诉你毫无意义，结果什么事情你也做不了，你是分裂的，有一种釜底抽薪的感觉，你干什么都没劲，除非你什么都不想，但怎么能什么都不想呢。所以那时我只有出门，去酒吧饭馆跟哥们儿在一起。这样你就没时间想，你得应对周围的事啊，人啊，可以暂时忘却自己的困扰。其实我后来非要开酒吧跟这个有关系，我得让自己忙起来，当然这期间我也找过一些佛法上的老师，他们也给了我一些对治的方法，这些综合起了作用。

比尔狗　你为什么不做类似于念经打坐或者写作这种事呢，而是找一个开酒吧的事？

老　贺　对，这是个问题，首先写作解决不了虚无的问题，因为我觉得写作本身就是虚无的。也许你真写进去以后是可以的，但在过程中你总在怀疑，让你进入不了；念经打坐能坚持住的应该能过这关，也有人劝过我这个，但是我还是不太愿意完全过那种生活，这是心里冲突的本质。其实我还是胆怯，不敢玩命磕一把，一方面还是放不下滚滚红尘。

比尔狗　那样的话没准你现在就戒烟戒酒了。

老　贺　对，所以我觉得我还是想过这种世俗生活，要不然你为什么一提"断灭"就恐慌了，如果你对世俗生活无所谓了，

"断灭"正好开始修行。

不制不随

比尔狗 你要是这么说，岂不是时不时就会让你"断灭"吗，你觉得酒吧有什么意义呢？这一切有什么意义呢？

老 贺 不是，实际上是这样，到后来具体问题已经不存在了，而是一种情绪，你摆脱不了。而且情绪还会产生新问题，你又被这些孵化的问题所困扰。我跟我的一个佛法老师慈法法师说过这个感受，那段时间我特别困惑，我写了很多问题自问自答，一遍一遍地问自己，一遍遍地解答。但是没用，写的时候可以缓解一下，但是过后还是没有答案的恐慌。那时我老想找一个标准答案把这个问题一揽子解决，结果越找越苦恼，非常累。后来别人推荐了慈法法师，他在天津，我去了。当天人特别多，根本就没法跟他单独说话，我又不好意思把我的心态公布于众。后来我也有点急了，我说我必须跟您单聊一会儿，就十分钟。他就把我带到一个屋里，实际上聊了半个多小时。我就问他我的问题怎么办？他就跟我说，你这个问题就是鸡生蛋还是蛋生鸡的问题，没有答案，你需要做的是断掉这种思维。他说这话让我有种醍醐灌顶的感觉，让我换了个角度思考这件事。他没有讲大道理，而是一下刺到了问题的核心。我以前始终认为必须有一个答案才能把这事彻底解决，我从没想过是我的思维方式出了问题。如果他没指出来，也算是棒喝吧！我会始终陷在自己的思维里，不定深陷到什么时候呢。这让我看到了另一种可能性，也看到了希望。然后我就问他怎么才能断掉思维呢？他说这东西其实也不难，他们以前都实验过。他刚出家那会儿，每天就吃一小把米，饥饿不会让人产生妄念，灵台非常清明，坚持一段时间你就过来了。想来也是：饱暖才思淫欲。饿了也就没劲胡思乱想了。但是他又说这太苦了，你受不了，我给你四个字吧，叫"不制不随"，念头来之后你就马上念一遍，就是任何念头来之后，你不制裁它也不跟随它。他说这个方法救了很多人，你就念这个吧。后来慈法法师又用毛笔写好送给我。以后再有那种恐慌紧张，我就念"不制不随"，念几遍就缓解一些，然后思维会转到其他地方去。最重要的是我知道这个事情是我的思维方式出问题了，而不是找答案的事，认识的角度彻底换了，也就没有那么恐惧和紧张了。以前我会特别恐惧，尤其它时刻来，你躲不开，也绕不开的。这之后真就不一样了，来就来，你来你的，我该干嘛干嘛，对吧。我开酒吧以后，我也反复遇到过多少次，但是我觉得你爱来不来，我该干嘛干嘛，带着你一块儿走，一块儿玩，你不太关注它，不拿它当回事，几天也就没事了。

比尔狗　　我问一句，我们这么聊不会给你造成新的恐惧吧？

老　贺　　不会，不会，我这些年对它有经验了。

我怕真的离开红尘

比尔狗　　那你想没想过，这种情绪或者念头来的时候，你这几年一直这么来对待它，就这样一直到死伴随终生？

老　贺　　这里面又涉及了几个问题，一个就是 2007 年的时候，我那时已经不那么焦虑了，当时我看了张枣写黄珂的一本书叫《黄客》，里面有这么一段，大意是说他在北京这段时间，一到黄昏就去黄珂家吃饭，他说人家都以为我那么喜欢黄珂家的菜，它确实好吃但也不至于让我天天在他家吃。他说是因为一到黄昏时，他一个人就待不了，就特别恐慌。我看完之后特别有共鸣，跟我 2002 年那段时间特别像，我天天黄昏去"醉三江"。我想不是我一个人遇到这种情况，很多人都曾在这种恐慌下活着。另外，我想明白了我就带着这种惶恐感走，我不那么重视它，不跟它对立对抗，这与其他情绪一样是一辈子的事。心理学对待强迫症也用这种方法，叫"森田疗法"，就是让你不在乎它，它就没有那么可怕了。另外还有一方面是后来我由此跟佛法结缘了，也有自己的独特体验，有了这种体验以后，我觉得这个事情能解决。但是彻底解决还要一步一步来，它不是一蹴而就的事。

比尔狗　这跟你对死亡的看法有关吗？

老　贺　我觉得有关系。

比尔狗　你怕死吗？

老　贺　怕死。但现在比以前好一些。

比尔狗　以前是什么时候？怕死？

老　贺　以前有两个时期，一个是特别小，我记得是四五岁的时候，还有一个就是十七八岁的时候，两个时期都时间不长。我最早有死亡的意识，我记得是 4 岁的时候。我妈送我上幼儿园，她把我送到幼儿园门口她就走了，之后我没上幼儿园，我就回来了，幼儿园离我们家很近。

比尔狗　那也挺吓人的，那时候没事？

老　贺　那时候真的没事，我自己就回来了。我记得走到我们家楼前，楼前有个井盖，实际不是井，是通往防空洞的通道。那天井盖开着，或者是开一半，我探头一看，里面特别黑，你看不到头。我觉得这种没有头的黑暗深渊就是死亡。没有尽头太可怕了，你想象不出来没头是怎么回事，这个情景我印象很深。然后，我大概八九岁的时候，暑假我到中关村我姨家住，他们全家人去北戴河玩了，我跟我姐和我妈就住过去了。这一周时间我都在想死这事，我觉得死这事进去就出不来了。什么都没了，生活中任何的愉快、感觉都没了，而且谁也躲不开，我越想越害怕。那段时间我们老去颐和园，有一个情景我记得特别清楚，有一两天的傍晚，刚到黄昏或者比黄昏再暗一点，在颐和园门口，那里人来人往的。当时我就想，这帮人怎么什么都不知道呢，他们怎么不知道还有死这事？还活得挺高兴。

比尔狗　我的天，你八九岁就想这么深的问题了。

老　贺　我心说这帮傻子，怎么什么都不知道呢，还这么高兴地活着。我觉得他们离我特别远，像一个个木偶小人。而我完全在一个人的世界里，也就是在一个人的恐惧里，就是这种情绪。我在我姨家那段日子，几乎天天想死亡这事。后来我一回到三里屯，见到原来那帮哥们儿，一玩儿就忘了。再后来就是十七八岁的时候，我看了一部电影，好像是《超人》还是什么具体记不清了，有一个镜头让我突然感到死亡的恐惧，那种情绪又产生了，具体什么镜头我都已经彻底忘了。那阵也持续了十来天，再以后就没有长时间想这事了。

比尔狗　井盖那个场景，它就好像一个黑洞，它把你好多情绪都给吸走了。但是你能回来，你有一个自我的现实感，现实感和虚无感有的时候是对立的，你的现实感让你觉得我要回到现实，我要找我熟悉的人，我要找到人间的味道和烟火气，其实有时候烟火气多一些还是好的。比如你后来开"猜火车"，你开的顺利吗？开了之后你感觉好一些吗？

老　贺　忙起来就行了。

比尔狗　老贺，你为什么没有选择写作或者打坐念经而选择开酒吧，至少有一个原因，就是你更适应烟火气吧，很多人也都这样。

老　贺　当时我觉得写作解决不了问题，念经打坐有点不敢，我怕自己真正远离红尘了，但是我觉得那肯定是一条路。我为什么不敢念经和打坐呢？有一个原因是我认为那是我最后一道防线了，有这道防线在我后边，给我戳着，我实在坚持不住了，大不了我就念经打坐去。我一直给自己留这么一个余地。但是我也担心，如果这道防线也解决不了我的痛苦，那我就彻底崩溃了，所以不到万不得已我是不敢走这条路的。

比尔狗　那怕死的事怎么办？

老　贺　这个事情我觉得还是得从佛法里找方法，别的也没什么招儿，我觉得还是得通过宗教……

比尔狗　可能好多事就像你师父说的似的，其实有时候挺简单的，但是有时候也特艰难，比如说每天吃一小把米，好多问题就解决了，但这我们做不到，别说吃一小把米，就是"过午不食"我们也做不到，如果我们能做到这个，好多问题可能就真的解决了。

老 贺　他的意思是，食欲会调动你的妄念，他认为我在妄念中挣扎，其实你面对的是一个假东西，这个假东西让你困惑、恐怖。

比尔狗　那一次的阅读体验，给你带来了很大的一个冲击。

老 贺　在读那本书过程中，还没产生那种惶恐的心理之前，我觉得这书太棒了，毫不拖泥带水，不会因为想要安慰你而妥协。它直接就告诉你没戏，不要妄想依靠佛法增加你的虚荣，不要给自我和妄想留有余地，不要用佛学名词偷换概念。要么就真修炼，要么就回去过世俗生活，都别废话！它就直接告诉你，看看你能不能面对！

比尔狗　那能这么说吗，到目前为止，你跟我们一样依然是恐惧死亡，乃至可能我们一辈子都会恐惧死亡，直到死到临头那个瞬间。一直到那时候，这种恐惧依然还会像你 4 岁的时候，你看到那个井盖里无底的黑暗一样恐惧，那怎么办？我们能不能做点什么？

老 贺　我认为还是得在佛法里寻求。这些年，我陆陆续续也会有一些念诵，我没有像他们那么坚持、精进，但还是觉得自己有一些变化，我觉得我目前在这一点上确定了 80% 或者 85%，就是我相信人生是一种轮回，而这个轮回是可以解脱的。聊到怕死这点，我还是比较信轮回，我基本上或是 85% 相信佛教对生死的解释：死亡肯定不是人的终点。我觉得在我们的世界之外肯定还有一个隐性世界，或另一个存在，这点我有亲身体验，当然谁都没去过那边，我也不能百分之百信。

抗不住就结婚呗

比尔狗　老贺对生死问题，这种死亡意识，产生很早，那你什么时候开始有性意识的？

老　贺　性意识应该是在小学吧，稍微晚一些。

比尔狗　小学是什么事让你发现性意识的？

老　贺　我们小学男厕所里面画着女性生殖器，然后有大孩子给我们讲，但是也朦朦胧胧的。应该在小学三年级。那是我们见到的最早的涂鸦，我觉得画得还是挺好的。然后，小学五六年级时喜欢一个女孩，算暗恋吧。

比尔狗　那种所谓刻骨铭心的恋爱，你经历过吗？

老　贺　经历过。

比尔狗　几次？

老　贺　嗯……

比尔狗　刻骨铭心你还要想半天啊。

老　贺　不是，我在想哪个算呗，我觉得应该有两次或者三次。因为有一次比较近，因为时间不长，我不知道算不算，算的话，就是三次。

比尔狗　那你现在是已婚还是单身状态？

老　贺　单身。

比尔狗　你还打算结婚吗，或者说有这可能吗？

老　贺　有啊，我自己无所谓，要碰到彼此都非常喜欢的人，人家女的要想结婚的话就结呗，我自己是无所谓，我不结也没事。

比尔狗　那你对婚姻怎么看？

老　贺　我对婚姻谈不上排斥，我只是觉得婚姻这种形式不好。不过我在婚姻中的时间不是很长，就两年，我不知道是不是时间再长点体验会好一些，所以我不太有发言权。但这两年来给我的体验不太好。再有，婚姻是一种社会关系，也是经济关系，说到底，婚姻是私有制的产物。

比尔狗　你在观念上也反对婚姻？

老　贺　对。

比尔狗　既然你个人经验不太好，并且观念上也反对，那为什么你觉得以后还有可能结婚？

老　贺　是这样，我要真碰到一个特别喜欢的人，我可能抗不住。

比尔狗　那倒是。

老　贺　就这么简单。让我选择，我肯定不结，或者对方能听我的也肯定不结。那如果我特喜欢人家，而对方非要结，我也没必要因为这个抗着不结，更没必要为这个分开了。

比尔狗　那倒是，两性关系在你的内心，情感还是占了很重要的位置了。

老　贺　如果俩人真正谈恋爱的话，情感肯定占很重要的关系，当然性也很重要，但情感占的更多，因为性在没情感时也可以有。

比尔狗　你是哪年离的婚？当时为什么？

老　贺　嗯，实际上2001年就等于离了，她去藏地了，正式办手续是在2002年，总之我们两人都不适合婚姻，我们后来一直关系很好，也没有什么分歧。

比尔狗　你还会跟她有交往吗？

老　贺　当然有，我们关系很好，我们彼此很信任。

比尔狗　这段婚姻结束以后，你对结婚这事就不怎么抱幻想了？那种玫瑰色的幻想。

老　贺　之前我也没抱过，我从小就不喜欢婚姻。

比尔狗　那你现在一个人是怎么过的？

老　贺　我离婚以后，这十几年，一个人的时间比较长，虽然也有相处比较长的女朋友。

比尔狗　你对小姐怎么看？

老　贺　我可能受过去看过的文学作品影响，那些关于妓女的书，我觉得男女之间应该有点美感，现在真是一点美感都没有，这点让我不舒服，我倒没有道德上的反感。

恋爱越来越成为一件奢侈的事了

比尔狗　你现在还会哭泣吗？看电影或者文艺作品不算。

老　贺　会。

比尔狗　比如呢？

老　贺　就是在谈恋爱的时候会。

比尔狗　除此之外呢？

老　贺　除此之外少。也有，那种不是哭，就是一种感慨吧。

比尔狗　那是在一种什么状态下？

老　贺　实际上你哭了或者说你被感动了，有时是你忽然理解了对方的心境，对方的不容易、为难、复杂，这时候我会感动，这是一个人对另一个人的深刻体会。

比尔狗　他人的苦难，让我们感动，我能这么说吗？老贺，刚才说到你的感情生活，有三段刻骨铭心的感情，那么不刻骨铭心的呢？我的意思是你的女朋友是不是一直也没断过？

老　贺　这些年越来越少了，因为要做事。人到中年，恋爱越来越成为一件奢侈的事情了。爱情最让人迷恋的可能就是它那种不可控性，那种让人全身心投入直到彻底晕菜的状态，我现在这个年龄在做事过程中往往是比较关键的角色，很多事情需要你负责，我必须保持尽量充沛的体力、精力以及清醒吧。

比尔狗　想做事就别谈恋爱。

老　贺　对，你一谈恋爱肯定就不可能全心全力做事，那合作伙伴怎么办？人到中年以后，很多事情都堆了上来，不像年轻时有大把时间可以闲逛，可以挥霍。所以说，谈恋爱目前真是挺奢侈的事。

比尔狗　爱情在你心里是怎么个位置？或者说你认为什么是爱情？

老　贺　我就是觉得爱情挺美好的，相比于社会上各种功利的交换，爱情没有功利，有点类似于宗教，没有功利，没有强烈的目的性。

比尔狗　宗教没有目的吗？

老　贺　宗教有时候还是有目的的，当然有目的不见得不好，这个另说。但是爱情，至少在爱情的某些阶段，人是没有目的的。在我看来，爱情和艺术应该是非功利的，没有目的，至少在当事人的感受中是这样。

比尔狗　哎，那你说一夜情算爱情吗？或者它有可能是一段爱情的开始。

老　贺　对，爱情还是得有一个时间的延续，比如一开始是心动，后面可能会心疼，等等，一夜太短了。

比尔狗　但可能在某些特殊情况下，一夜情就是爱情。比如一个人长期孤独，这一夜后，他依旧长期孤独，有可能这一夜情就是他终生里的一次爱情，比如《廊桥遗梦》那种。您刚才说了，一个是心动，一个是心疼，还有吗？

老　贺　就差不多这些吧，还有失控。

比尔狗　还有心碎。我觉得爱情首先就是人的性欲嘛，性欲是因为人类得繁衍，在这个意义上，性欲跟食欲差不多。但性欲也不知怎么最后被人搞成爱情了，成了当代人的准宗教，这话是韩东说的。大意是宗教就是你得把自己全部交出去，爱情现在也有点这个意味了，人是有一种把自己全部交出去的冲动，我觉得啊，但交到爱情里……

老　贺　狗子你现在越来越对爱情持一种批判的立场了，对吗？

比尔狗　也谈不上批判，我就是质疑吧。怎么说呢，要说性欲跟食欲是人的两个基本欲望，那吃东西这事，再讲究也就是美食家吧，这爱情，动不动搞得人要死要活的，我们之所以在这儿没完没了地谈论爱情，也是想搞清楚，爱情在美好的同时，还有很残酷的一面可能被我们有意无意地忽略了。我觉得当代人对死亡和爱情都没有好好重视，死亡是玩命逃避，爱情是过度渲染，过度拔高。这原因挺复杂的，其中之一可能也跟商业社会需要靠爱情带动消费有关。

老　贺　我是从爱情体验来说，这种体验是很虚幻的，所谓美好也由此而来。爱情本质上就是两性吸引，是一种需要，而且，爱情是一种占有欲很强的需要，很多痛苦也由此而来，很多爱情一旦面对现实就被破坏了，虚幻的东西不堪一击。

比尔狗　你说会有那样的爱情吗？两个人不要婚姻的形式，终生保持一种爱情关系？

老　贺　终生关系没问题，当然前提是不能老在一起。

比尔狗　终生保持爱情呢？

老　贺　爱情不可能保持终生，面对什么样的美女也没戏，但男女完全有可能在狂热地爱过之后，终生保持一种互相信任的关系，信任很重要，互相信任本身就不容易，终生就更难，需要各种条件，包括两个人的脾性以及各种机缘。宗教有个说法叫"印心"，男女之间如果能达到"印心"，关系才会很长久。

比尔狗　不只是男女，哥们儿之间也可能终生互相信任，但这种关系不多啊。

老　贺　对，特别少。

比尔狗　人之间大多数关系都是利益关系，包括趣味相投，酒友棋友文友什么的，像老贺说的这种深刻的信任关系，极少，但还是有，这是不是也可以让我们对人这个生物还不至于彻底绝望？所谓还是有人性美好的一面吧。

老　贺　但不可能天天在一起，没有婚姻还天天在一起，那肯定不是我说的这种信任关系。

比尔狗　哥们儿之间天天在一起也不行啊，俩哥们儿如果天天在一起，肯定也不是什么好的友谊，所谓君子之交淡如水，所以酒友，天天腻在一起喝酒那种，那都是傻。另外，可以同时喜欢两个人吗？

老　贺　哈哈，就说谈恋爱的时候吧，我也有过喜欢其他人的情况，而且与原来的关系好坏无关。当然，这不可能在热恋时期发生，那时候肯定大家眼里没别人。我是这么想，我喜欢你跟我的同时又喜欢别人并不冲突，这是两码事。当然这只是道理上的，现实中肯定是有冲突的。

比尔狗　如果你女朋友喜欢上别人，但她依然也喜欢你呢？

老　贺　我觉得没问题啊，但还是那句话，现实中肯定就有问题了。我说的完全是一个高标准，我现在依然认可。我这么想也这么说，但事情来了，你还是会别扭、愤怒、挑剔，早晚发生冲突。

比尔狗　我这点跟老贺一样，假设我跟一女的好，但她同时喜欢别人，我肯定难受。但我觉得，您就难受呗，活该。

老　贺　对，我觉得也是这么回事。你难受归你难受，但不能阻止对方喜欢别人。所以说高标准嘛，一般人扛不住这个难受。这里面有一个矛盾，我认为一个真正能全情投入恋爱中的人，肯定也是一个特别看重自由的人，但爱情里的独占欲与自由又是矛盾的，当你的独占欲或者所谓爱受到对方不专一的伤害时，你怎么办？我觉得干涉别人无论如何是一挺操蛋的事，"干涉他人自由"与你的理念相冲突，但不干涉的话，你的情感又在经受伤害……

比尔狗 扛着，扛不住就撤，承认自己是一失败者，反正这总比限制对方强，关键你也限制不了，搞不好鸡飞蛋打，还落个卑鄙龌龊小肚鸡肠，太失败了。但大众不这么看呀，大众认为男女之间尤其婚姻，谁出轨谁才是卑鄙龌龊呢。所以，我们这套说辞也就在自己这个圈子里说说，但是有一句话是真理掌握在少数人手里，我们刚才说的是真理？还是谬论？

老　贺 中国传统主流观念里，认为家暴都比外遇强，现在大众主流观念也是这个言论，这太过分了，包括"小三"这个词太具有侮辱性了。

比尔狗 对对对。

老　贺 以前用"第三者"这个词，还好点，虽然也带有歧视或者蔑视的意味，但比"小三"好点。

比尔狗 出现"小三"这个词，就说明了我们这个时代婚恋观的倒退，比起 80 年代，是大倒退。80 年代有叫"第三者"的，还有叫"外遇"的，好像也有叫"情人"的吧。总之，"小三"相当于以前农村管所谓不检点妇女叫"破鞋"之类的，完全回到旧社会。其实现在的年轻人，"90 后"，性观念已经很开放了，很多孩子很早就有了性行为，甚至一人有几个异性朋友，但主流婚恋观却越来越保守、粗俗、专制，这其实是一个严重的社会问题。

老　贺 现在不是性开放，是性泛滥，"开放"里应该有一种先锋性，自由和文明的气息，与"解放"有相似性。现在是观念上保守，行为上泛滥，中国很多事都是这样，说一套做一套。

老贺（本名贺中）：诗人、文化推广人、酒吧老板
时间：2016 年 8 月 18 日下午四点到七点
地点：北京菊儿胡同 7 号"好食好色"文化空间

老狼： 年轻时， 我们的身体可以带电

年龄大了爱情易碎

比尔狗　你没什么宗教信仰吧？

老　狼　没有。

比尔狗　在座的都没有。像我们没有宗教信仰的，关于死亡的知识基本都来源于小时候所受的教育，但其实我们小时候所受的唯物主义教育有它自己的一套理论体系，可以让人不怕死，但真还信这个的人不多了……所以有时候我觉得我们的父辈比较惨，他们这辈子被一直忽悠，到晚年很多东西又破灭了，老病袭来，他们只能信医院，医院又经常不靠谱，把病人搞得很惨；那么爱情或说两性关系，是我和我身边的很多人感到最困惑的事，有人会严重影响到自己的学习和工作，大家都有很多想不明白的地方。

老　狼　哎，你说年龄大了还会为爱情困惑吗？

比尔狗　好多了。

老　狼　是吧，没什么欲望了。

比尔狗　年轻人还会困惑。爱情肯定跟荷尔蒙有关，爱情的基础就是这个。不过，爱情和两性关系还不是一回事吧，爱情多数比较难得，它得碰。至于两性关系，我们通常说两性关

系都是含有性意味的，换句话说，你觉得你有可能跟一个异性保持纯朋友关系吗？我觉得不太可能。

老　狼　　那跟你眉来眼去的女的都有事？

比尔狗　　不是，我指的两性关系是那种一切皆有可能的暧昧关系。否则，两个异性会有什么关系吗？你跟一老太太会有什么关系吗？亲戚和利益上的不算。对了，你之前给《新京报》写过什么？

老　狼　　就写点儿我出去玩的事，干我们这行的经常有四处走的机会，其实事情都挺好玩的，但我一下笔就不行了。

比尔狗　　像你一直做音乐，我们一直做出版搞写作，都得练，包括说话，还有表演。高山大学在北大戏剧社演话剧。现在偶尔也演。

老　狼　　哦是吗，在舞台上演戏怎么克服羞耻感啊？

比尔狗　　你唱歌怎么克服啊？

老　狼　　我以前唱伴奏带那会儿，特难受，手也不知道放哪儿，也没动作，但又觉得得拿点动作。现在有乐队，感觉有一帮人陪着你丢人，我就感觉好多了，自己也就松弛了，除了跟观众互动，还可以跟乐手互动。包括我在小剧场看戏的时候，感觉也不是特别好，我在底下看，上面几个人在那演，就反正有点……没那么自然吧。

比尔狗　　你在看戏或者类似场合，经常会碰到有人把你当成明星这种事吧？

老　狼　　反正你就是一熟张儿，你往那儿一坐，别人肯定会看你，那种体验特别不好。我去年在法国，正好碰上阿维尼翁戏剧节，我没进剧场，我就在外面看，好多进不了剧场的人就在街上演，有点杂耍似的，而且他们还带着观众互动，那感觉就特舒服，像一个嘉年华，特轻松，不像在剧场里，你得正襟危坐着，还老得体会人家要说什么。

比尔狗　这点跟我一样，咱们聊正题吧，我就问你一个最难回答的问题吧。

老　狼　来吧。

比尔狗　就是，你还会谈恋爱吗？

老　狼　我靠。

比尔狗　我们问了这么多人，大家对这个问题的回答基本上说的都是"没准儿"，我觉得除非你对谈恋爱这事有特别的认识……

老　狼　我觉得爱情，有时候可能是一种自恋，就是你在对方的反应中映射出自己的一个形象，你觉得特舒服。但是我不能保证那段时间很长，因为随着年龄越来越大，各种假象特别容易被击碎，像生活习惯什么的，最浪漫的那些东西烟消云散得越来越快……

比尔狗　那你觉得什么是爱情呢？

老　狼　我也在想，我觉得爱情就是当你被她吸引的时候，她是一个特闪光的形象，好像身上带电那种，就像《教父》里写的，自己仿佛被雷击了一般，那就是爱情，你深深地被那个形象打动了，你看罗大佑的歌《闪亮的日子》，姜文的电影《阳光灿烂的日子》，都是因为那个人的存在，你的生活一下明亮起来……我跟我媳妇是中学时代……

比尔狗　你们是同班吗？

老　狼　不是同班，我高中，她初中。我印象特深刻，我们学校在中山公园办一个歌咏比赛的汇演。当时我看见她和邹倚天，邹倚天就是当年演《红衣少女》的那个女孩，我就体会到了那种被雷击了的感觉。然后，我就特想在学校碰到她，她当时跟校外另一孩子好，我就发起攻势，后来她就跟我好了。

比尔狗　她当时读初中？

老　狼　对，初中。

比尔狗　那她也有点叛逆劲儿啊。

老　狼　是。

比尔狗　那其实你第一段爱情挺美好的，而且一直持续下来了。

老　狼　所以这个爱情吧，可能跟人的性格有关系。

比尔狗　是，每个人都不一样，但那种闪光的感觉应该是一样的。我有时老想跟我的孩子解释爱情是什么，其实真正的爱情里有美好，也有纠结的一面……

老　狼　当年那谁生完孩子说一句话，我印象特别深，他说孩子都是自己带着剧本来的，你们不用瞎操心，说得特别牛，一下就把自己择干净了……

比尔狗　这话有点像唐大年说的，他就说人生95%都是定的，是这意思吗？

老　狼　人生自有安排，你在旁边使半天劲儿，人家完全按自己的剧本演，无常，有点。

比尔狗　　我们自己傻了吧唧在这挣巴，其实人生轨迹基本都是定好的？我最近也老在想，唐大年的那句话"人生的95%都是定的"。那你看现在的年轻人，一个人可以睡好多人，睡20个、50个，难道他们的剧本就是这么写的吗？

老　狼　　那是因为他们处在这个时代，不像我和狗子当年，那时候给女孩写一封信，然后投到邮箱里，你得等吧，等三四天这封信到了女孩手里，她还得想两三天，也许给你回信，也许不回信，那是一个很漫长的等待过程，情绪一直在来来回回中焦灼着。

比尔狗　　我记得我小时候给女孩写完信投到邮筒里又后悔，然后就在邮筒那儿等邮递员来开邮箱……

老　狼　　现在就特快，一个微信，约吗，可能马上就约了。而且现在小孩受的教育也完全不同，这事没那么严重，不像我们那会儿，很多女孩真觉得亲嘴也能怀孕之类的。

比尔狗　　这就是时代决定的啊，以前一辈子睡一个人，现在可以睡50个，看起来反差挺大，但可能也不是多本质的问题，这几十年变化太快了。比如现在我们有各种饭局、酒局，我们父辈哪有下馆子的啊，都在家吃饭。也有可能过一百年，人人就戴一VR，都不真枪实弹地吃喝玩乐了呢。

老　狼　　这VR太可怕了，之前我还跟人聊过这个，我说这东西出来，人类可能很快就走向灭亡了，因为一切都太 easy 了，没有人愿意再去工作了。

比尔狗　　前一段我看一篇文章就讲 VR，他说未来只有极少数精英还在工作，并且控制着90%以上的普通人，普通人不用工作，整天就戴着 VR 各种玩游戏，还有各种放纵，完全浑浑噩噩如行尸走肉。我觉得这样不行，我们还得跟真实的人在现实中交往。

老　狼　但是你会觉得你越来越做不到了，你看我在网上认识那么多人，我都没见过，但也能互动，而且可能互动得挺好，没准儿在现实里不见得有感觉，可能还烦，科技带来的东西已经侵蚀了我们原有的生活，我觉得挺可怕的，我们年少的时候谈恋爱，还是在荷尔蒙或者欲望的冲动里，如果以后人的欲望可以瞬间被解决的话，人的情感可能就没那么强烈了。

比尔狗　情感会萎缩，现在情感已经萎缩了。其实这几百年来科技一直在改变人类，人类自然的东西越来越少，没准儿哪一天，人类的性欲对象就不是真人了，毁灭就毁灭吧，也算是自取灭亡。现在的网上、手机上，性的话题以及照片特别多，就是赚点击率。

老　狼　性是人最根本的欲望啊，人的本能啊，所以 VR 技术真的成熟了，那对人类真是毁灭性的打击，它直接针对人最根上的东西，关于性的那些高科技产品是最打动人的，也是最致命的。

全世界就咱们这儿最浪

比尔狗　你算是一个比较宅的人吗？

老　狼　算是。

比尔狗　你是刻意的？比如为了少接触异性。

老　狼　那不是，不是。

比尔狗　有一个问题我特想知道，在这个所谓男权社会，如果女方出轨，无论老婆还是女朋友，作为男方，你会怎么想？因为我们也问了一些男的，有男的说我就支持对方出轨。

老　狼　这个可能得遇到再说，你让我现在想，我不知道，但实际上，真正的爱情是不允许分享的，我觉得是这样。

比尔狗　上次我们访问老贺，我觉得他说的挺好的，他就说爱情一方面不容分享，但在真的爱情里应该也包含给对方自由的那一部分，你既然爱她，就应该尊重她的选择，给她选择自由的权利，不过这太难了，我看过的社会调查，在美国女性出轨的比例其实跟男性差不多。

老　狼　我的感觉啊，其实美国人比中国人保守，我在美国待过一段，我觉得他们是在十六七岁的时候特浪，两性关系比较随意，他们结婚之后，反而特别保守。可能跟他们的文化有关，还有基督教的背景，比如他们在婚礼上的誓言，那种承诺还是有约束力的。

比尔狗　我和一个德国"80后"男孩聊过这个话题，他也提到中国男性结婚后更浪，跟德国正相反。他说德国人在结婚前，可以体验各种性爱，但结婚后大家会尽最大努力去遵守婚姻的承诺，而好多中国男人结婚后才变得放开，更无所顾忌了。我感觉全世界就咱们这儿最浪，上到官僚富豪，下到农民工，各阶层，全民。你说，这是为什么呀？

老　狼　就是我们这儿没有信仰，没有承诺。

比尔狗　中国人以前是有各类民间信仰或道德约束的，比如"三从四德"什么的，但现在"三从四德"已经是个贬义词了。一百来年这些规矩、承诺全被消灭光了，现在中国人是处在一个超级信仰真空、规矩真空里，大家什么也不信了，我觉得我们这是最可怕的。

老　狼　相当乱。

比尔狗　而且，中国男权的程度还是挺高的，也没什么品质。

老　狼　对，就是你有钱就行。

比尔狗　换个角度说，你唱歌这事还是相对单纯吧？

老　狼　反正艺人嘛，他是一明星，你走到哪儿人家脑子里可能先就把你完美化了，你不是一个有血有肉的人，除非特熟的朋友之间——英雄怕见老街坊，知根知底——除了这种，你走到哪儿都有人照顾你，呵护你，身边跟着几个保姆似的，大家不把你当成一个平等的人去看待。

比尔狗　我看你还是没被这些忽悠住吧。

老　狼　我当然明白这是怎么回事，但人肯定还是会膨胀的，人就是架不住这种……

比尔狗　架不住崇拜？

老　狼　也没崇拜得那么夸张吧。

扮演爱情楷模太恶心了

比尔狗　今天跟您聊了这么会儿，感觉您跟我心中的形象不一样。

老　狼　坏了……

比尔狗　对，粉丝心目中您的形象应该不是这样，应该就那种腼腆的，纯真的，温柔的，斯文的……

老　狼　　所以前一阵有一营销号传一篇文章，号称我自己写的我的爱情故事，特纯情，特恶心，我赶紧自己发了一条微博说别听他们瞎编。我不希望自己去扮演"爱情楷模"，我觉得这太虚伪了，太恶心了，那篇文章一看就是他们臆想出来的，然后把我的故事塞进去，变成某种典范，叫《知音》体吧。

比尔狗　　媒体可能需要这样的形象，换句话说，你在演艺圈一直也算比较稳定的情况，所以他们这么臆想。

老　狼　　呃，对，再加上有那歌嘛，让人联想到校园时代的最纯洁的爱情，然后被不断放大了。

比尔狗　　您就成为一个符号了。

老　狼　　对，对。

比尔狗　　那说回你那些歌吧，你最初给人"校园民谣"歌手的印象，一直是这个标签。我个人感觉可能因为在中国，校园民谣歌手还没有能超越你们那一拨的，也许永远也超越不了了，你这个标签太强烈，一直没被其他人盖过去吧。好像你这20多年一共就出了三张专辑？

老　狼　　对，三四张吧。

比尔狗　　要是按正常逻辑的话，这人必火不了。

老　狼　　必折吧。

比尔狗　　不折肯定也冷了，你是故意的吗？

老　狼　　不是啊，前一阵王小峰还跟我说，你太奇怪了，你的歌那么少，但你一直在，而且还挺好，你看跟你同时代的那些人也出过那么多作品，现在全没音儿了……我也不知道怎么回事，就是命吧，命好。

比尔狗　我觉得还是和歌有关，和你的声音有关。

老　狼　是跟歌有关，因为正好高晓松啊、郁冬啊都是当年最拔尖的一些创作者，他们写了最拔尖的作品，然后落到我身上了，我觉得特赚，真的，特别特别赚。

比尔狗　而且这些歌永远不过时，现在"90后"也会唱。不过，也许也会被遗忘。

老　狼　对，一定会，流行的东西，消费品嘛，现在的东西太多了。

比尔狗　有这二三十年也够了。谁都有校园时光嘛，谁都有青春，1994年《校园民谣》留给人们的烙印还没褪去。《北京的冬天》以后，你应该就没有再出什么新作品了，是不是跟高晓松、郁冬这些你的合作者创作少了有关？

老　狼　反正是有好多巧合在里面。

比尔狗　你们当年是在北大唱还是清华唱？

老　狼　都去。记得北大有一年校庆，我们在那儿唱了一晚上，我记得还有人在操场上点篝火什么的，后来北大的学生全嗨了，然后我们带着姑娘喝着啤酒一直唱到天亮……那时候就是串校。

比尔狗　我记着那时候北大也有一帮唱民谣的人。

老　狼　对，其实他们也唱得特好。北大当年出过一张专辑叫《没有围墙的校园》，里面好多作品都特牛。

比尔狗　你说北大是不是太精英了，所以……

老　狼　北大学生特逗，1995年还是1996年，我去看他们的歌咏比赛，稍微有点字正腔圆的人全被哄，但是上来一个雪村这样的，底下"哗"一声，观众都倍儿开心，都叫好，使劲儿鼓掌什么的，他们喜欢歪一点的那种。

比尔狗　反流行的。

老　狼　其实雪村也特牛，他有很多特好的作品，有一首歌叫《梅》，后来被孙国庆唱了。雪村有特深情款款的一面，但他可能不想让自己表现成那样，他其实特别有才，他是北大学德语的。

现在好歌特多，但人们的注意力分散了

比尔狗　你刚刚为《捉迷藏》那个电影唱了一个主题曲？

老　狼　俩，还有一个《驴得水》，两歌碰一块了，特巧。

比尔狗　你的很多粉丝或者听众会不会认为，你上了《我是歌手》，意味着你有意再次出山？我的意思是，无论《我是歌手》还是即将上映的两部电影的主题曲，是不是说明你这两年有了一个新的状态？

老　狼　没有，唱《驴得水》是因为写歌那孩子我早就认识，他说这儿有一歌你就唱吧，我拿来听了听觉得还行，就答应了；《捉迷藏》也是因为朋友关系，就这么着，这两歌儿赶一块儿了，我本人还真没有什么回归之类的想法，我到现在也没公司，也没经纪人什么的。

比尔狗　听说你都是自己去跟人谈价钱。

老　狼　现在不用了，现在我有一助手谈，自己谈价钱还是别扭吧。

比尔狗　高晓松那首《生命中不止有眼前的苟且》给了许巍，为什么没给你唱呢？

老　狼　我之前跟谭维维在台上唱过一次，唱得巨难听，声嘶力竭的那种，当时编曲也不好，后来高晓松找许巍唱，我觉得许巍那版挺好听的。

比尔狗　许巍唱那首歌并没有声嘶力竭啊？

老　狼　后来降了一调。这歌吧，有时候你说巧合也好，或天时地利人和也好，一下被放大，它就火了，其实好多歌特别好，但没能赶上唱对的人，或编曲有问题，甚至调定得不够好，可能就湮灭了，其实好作品特别多。本来去年我想做一张专辑，就是找了一堆特别好的歌，我想找一帮人比如宋冬野、曾轶可给翻录出来，后来我参加《我是歌手》就把这事放下了。比如有一首歌特别好，叫《我的心需要被你狠狠地敲开》。那个年代淹没了好多好歌，包括《寂寞是因为思念谁》。

比尔狗　90 年代中期还真是中国流行乐包括摇滚乐的一个黄金期。

老　狼　也不是，现在好歌可能更多，而且现在很容易听到，网上什么的。

比尔狗　还是需要契机。

老　狼　对。现在好歌更多了，有各种稀奇古怪弄音乐的人。

比尔狗　我有一哥们儿就是，大学时候玩过乐队，后来忙生活，放下了。这两年一把年纪也忙的差不多了，几个老哥们儿又弄了一乐队，有首歌叫《苍耳》，我觉得就挺好听。文学的状况也一样，现在写得好的人太多了。这两年，一直有人在说"文学死了"，但是也有好作品，或者说是回光返照。

老　狼　我前一段看李娟的作品，我觉得写得特好，特喜欢，你们知道吗？

比尔狗　好像听说过，没读过。我前一段推给大家的小说《乌贼》，是河北小县城里一个女孩写的，太棒了，而且几乎就没人读过。狗子老说所有艺术形式中，音乐是最后死的，也可能是唯一一个跟人类一块灭亡的艺术形式。这是狗子对文学以及艺术前景的判断，我不知老狼你的判断或感觉是怎样的？我觉得你并不悲观，你对音乐甚至还是充满希望的。

老　狼　对，首先我觉得流行音乐发展起来比文学晚太多，基本属于刚起步，我感觉我们那个年代之后，成长起来的这拨年轻人，他们正是创作高潮的年纪，而且现在很多创作者已经看到希望了，现在你只要有一定的表现力和独特性，赶上机会就能出来，所以现在越来越多的人参与到创作和表达中，现在音乐呈现的面貌其实特别有意思。当然，真正进入主流的机会还是和以前一样，还是得靠运气。再有现在所谓的主流也没以前那么牛了，现在是一个点击的年代，我可能一边儿干活一边儿随便听着什么，半小时里我可能听一会儿民谣，听一会儿电子，再听一会儿摇滚。但以前不是这样，我记得我以前听 Sting，听保罗·西蒙，听我最喜欢的平克·弗洛依德，一个专辑能听一年，来回来去地听，整个专辑是一部作品，而不是一首歌。现在是一个金曲年代，一张专辑里你可能只记住两三首歌，其他的都忽略了。

比尔狗　所以说，你认为音乐或者说流行音乐还是有很大的拓展空间，而且会有越来越多的人参与进来？

老　狼　对。

比尔狗　参与的人越来越多，出来的人只有极少数，大多数人都死掉了。还是运气，运气只能眷顾少数人。

老　狼　不过，现在大家的心态也在慢慢转变，出不出来也不是那么重要了，可能和这个时代媒介的发达有关吧，你只要唱就会被人听到，哪怕少数人，包括我认识的好多音乐家，他们也不在乎名利，音乐变成了他的一种生活方式。我在美国时，我去一个挺高级的餐厅吃饭，餐厅里面有一爵士乐队，演奏得特别牛，他们演出场地前面有一小筐，里面放着他们自己制作的 CD，你离开时要觉得好，你往小筐里扔个十美元，拿张 CD 回去听。我说牛是指他们表演的状态，他们特享受，特别投入，每天只要能跟几个朋友去餐厅演奏，赚点吃的喝的，这就够了，我享受这种生活方式，就行了。现在中国也慢慢在向这个方向转变。

比尔狗　很多领域都在发生这种转变，比如啤酒，越来越多的个人在做精酿，比市面上的啤酒好喝多了，但它也是针对一小部分人，可能就是老来这个酒吧的那几十人甚至十来人。我为什么说文学最先完蛋，文学就不具备这个素质，你说我写东西就给这十来个人看，也没钱，我就觉得很好，很知足，我就会一直写下去？我无法想象。当然，"哪怕只有一个读者"这种话都属于那种功成名就的作家说的。当然我刚才说的是小说，诗歌又不一样，诗歌没准还能像古代似的互相唱和，而且这几年因为网络诗歌又有点抬头。所以，往细了说，就是小说先完，我指我那路小说啊。但是，我也觉得我这路也还能挣巴几年，也许还更长，我觉得我也是各种运气使然吧。

老 狼 哦，那狗子你说说。

比尔狗 一个原因就是我现在写的东西还是有人会看，甚至欣赏，你像现在二、三、四线城市里其实有大量写得好的小说作者，但没几个人知道，这样他们很可能写一两部就放弃了，干别的去了，当然这也不是什么多大的事，但好东西没人看还是很可惜的事，还不说文学界大量的混子当道……再有就是当年我刚开始发表作品的那个年代，世纪之交那几年，我觉得是文学最后的好时光，现在写得再好，也不会有当年那种反响了，就像老狼说的，大家心思分散了，这还真有点巴别塔的意思。不过，也许是好事。对了，老狼，你有音乐理想吗？

老 狼 嗯，以前有，现在没了。

比尔狗 怎么讲呢？我说"音乐理想"直白说就是我要写一首好歌。

老 狼 我以前也想过要写，怎么说呢，我是太容易被这平庸生活给打败了，就我这性格。

比尔狗 你什么性格呀？

老 狼 好逸恶劳呗。我觉得创作是一个特别痛苦的过程，你得放弃好多正常生活以及对别人的关注，你活得特自我，我不太容易做到。你看朴树那歌词，每句都特字斟句酌，包括他的生活状态，不是一般人能做到的。我特巧的是，我身边的人都特高，比如我以前想写东西的时候，一看身边，老葵、唐大年、老弛、石康，包括狗老师，人家都那么牛，我再看自己的东西算个什么呀。写歌也是，你看高晓松、郁冬，人家都是信手拈来的那种……所以我觉得我就做一个快乐生活的人不是挺好的吗，我特别满足了。

比尔狗 那就是说你是一个容易满足的人，其实你已经很拔尖了，你周围的人更拔尖，你就觉得没必要再怎样了。

老　狼 基本上是这样吧，唉，其实我都没怎么这样自我剖析过我自己。

比尔狗 享受日常生活吧。

老　狼 是吧。

比尔狗 你这么喜欢日常生活，要孩子应该更早啊？

老　狼 其实我一开始不太想要，我是觉得这世界太那什么了，包括这生老病死的事，或者说小孩磕了、碰了什么的。我就没有像我那个哥们儿那么放得下，他常说孩子都是带着剧本来的，父母甭瞎操心，这句话让我释然了好多。

比尔狗 带孩子在日常生活里还是要干不少事，他小的时候得给他擦屁股、洗澡、剪指甲，这些事你干吗？

老　狼 干啊，所以我觉得能把日常过得像个样子已经挺牛的了。

比尔狗 我觉得好多人日常生活是努着，是迫不得已这样，老狼似乎是就想这样甚至觉得很享受。

老　狼 我没那么艰苦，我一切来得太容易了吧，作为一个所谓的明星好多事比之工薪阶层就简单了，不用太为生活来源操心。而且本身北京人在物质上很容易有保障，不像北漂……

比尔狗 北京人很幸运，你一出生，很多资源已经向你倾斜了，全国的资源。比之北漂，北京人就是应该有原罪感。

没太想过是不是怕死

比尔狗　如果当年你身边没有高晓松、郁冬这样的人，你会自己尝试创作吗？

老　狼　可能也不会，很难预料，如果当年我没有处于那样的环境，估计我可能就当个小工程师什么的。当年我学的专业是理科，那个年代一般是大学学什么专业，以后就干什么工作，好多也是父母都给安排好了，你好像也无力抗争……

比尔狗　狗子一直以来以反叛自居，反叛主流价值观，老狼好像就没有这个。

老　狼　我没有。我那时候就是文艺青年，爱好文艺而已，没想过以后怎么着。我这辈子老是碰到特有意思的人，中学时代一度跟狗子和黄燎原混，大学时代跟石康混，后来跟高晓松混，我身边老有这种人。

比尔狗　所以你信命吗？这就是命啊。

老　狼　是啊，巧了。

比尔狗　那咱们聊聊死亡吧，先简单问你：你怕死吗？

老　狼　嗯，我是射手座，我觉得我天性里不是那么怕。有时候我还挺想尝试各种极端体验的，比如蹦极啊、登山啊。

比尔狗　我感觉你这方面跟多数人比可能有点不一样。

老　狼　我周围玩户外的人特别多，那年他们拉我去珠峰，在雅鲁藏布江边上，我下车撒尿，我往江里一看，里面漂着一死人，当时我挺震惊的。特逗的是，出发前一天晚上，我在北京看电视，正好看到乔戈里峰，世界第二高峰，发生巨大的山难，死了十几个登山的人，后来我在雅鲁藏布江边上看到那个死人，我心说这是不是什么征兆啊？心里直打鼓。当然我后来还是去珠峰了，我和我两个朋友一块爬，他们俩是专业登山的。我们爬到 5800 米的时候，我完全虚脱了，一点劲儿都没了，正好那儿有一营地，那俩哥们儿让我在营地歇着，他们继续爬。我一个人在营地待了一天，5800 米那个高度已经几乎没什么人了。我现在回想起来，那一天的时间流逝，我感觉特别舒服，思绪特别好，什么社会呀，人呀的杂念，都脱离了。因为我的头巨疼，所有想法都深入不进去，思绪都是飘起来的，特别飘，我感觉那一天的时间特别轻松就过去了。

比尔狗　头很疼，但也不是特别疼，对吗？

老　狼　非常疼，但疼到极致的时候，那疼好像是可以被忽略掉的。当时我活动起来已经挺困难了，每次我到帐篷口透气儿都得爬，我拆了包饼干，吃了一块就放在帐篷口，一会儿我就看见飞来了两只乌鸦，叼起那袋饼干就跑了，那是我唯一的口粮了。我那俩哥们儿要是也没下来，我是不是就得饿死在这儿了？但其实你也想不透，脑子不往下想，觉得那就这样吧，就在这儿待着吧，还好过了一天那俩哥们儿下来了。这也是我喜欢玩户外的原因吧，人在一种极端状态下，能稍微地放空自己，我不知道是不是有点像他们学佛的人，打坐到一定程度后产生的状态。

比尔狗　那是你第一次登珠峰吗？

老　狼　谈不上"登珠峰"，我就是跟着玩去了。

比尔狗　为什么想到去那儿呢？

老　狼　好奇。

比尔狗　我们正在做一本书，美国徒手攀岩排名第一的 Alex Honnold 的传记，他的伙伴们50%都死了。

老　狼　我知道他。我身边登山的人也已经死了好几个了……这帮玩极限、玩户外的，随时可能就没了，他必须得在那种极端环境下才能体会到不一样的东西。

比尔狗　老狼的热情可能在这儿，户外啊，探险啊，是在这儿吗？

老　狼　也不在，看他们那么苦，我后来有时候也不去了。我就喜欢那种远离喧嚣的感觉吧，因为在北京，在大城市，生活太紧密了，无时无刻不被打扰。狗子不是也动不动就跑到一个小城待着吗，就是稍微让自己缓缓吧。

比尔狗　你说过去年你父亲过世，让你比较真切地感受到死亡？

老　狼　对，我在医院里是拉着我爸的手看着他走的，那时候觉得自己特别无力。你眼看着各种科学手段在他身上作用，结果还是不行，生命一点儿一点儿褪去，挺让人难过的。

比尔狗　我妈去世前的治疗过程，我现在想起来特别后悔，我妈最后就是在 ICU，也就是"重症监护室"走的。大家以后千万别进 ICU，除了受罪，根本没用，各种插管，上呼吸机。后来我看了好多这方面的书，才知道大概是怎么回事。当时我既没知识，也没经验，现在 ICU 在国际上已经是一个很有争议的话题了，包括气切、呼吸机这些科技手段，大多都属于过度治疗，一是没用，更糟的是让患者更痛苦。什么时候放弃治疗也是个很难办的问题。

老　狼　一般常人还是想尽量治呗，哪怕能多活一年呢。临终时，人的求生的欲望强着呢。

比尔狗　我有一个做保险的朋友说，好多人都说我就不上保险，得了重病该咋样就咋样，但到最后几乎所有人都倾尽家产为了多延续一点时间。

老　狼　是。我去年在医院里才发现人死时特别没有尊严，这种体验特别不好。

比尔狗　不知道国外怎么样，也都没有尊严？

老　狼　我看过《入殓师》，我觉得那种方式挺好的，对死者很尊重。当时我在珠峰5800米那个营地，我看到一帮夏尔巴人，他们拎着一暖瓶，上上下下溜达，我心说这帮人干嘛呢。下山之后我才得知，我们上山的当天，有一法国人从南坡登顶，他打算从北坡滑单板滑雪冲下来，他要创这个纪录，还没有人滑单板下来过。他让那帮夏尔巴人拿着摄像机拍他，据说就拍了30秒，他人就没了，消失了。我看到的情景正是那帮夏尔巴人找他呢，等我们下了山，他们正给他开死亡证呢，那个法国人已经死了。后来我一个哥们儿写登山传奇人物还写过他，有名有姓的。我觉得这帮老外有时候挺牛的。

比尔狗　置生死于度外。

老　狼　对，至少他们对死有另外一种态度。

比尔狗　那你刚才说还是怕死？

老　狼　我没有仔细想过这个，好像我也没有特别恐惧。曾经我一哥们儿的老婆一度夜里老哭，就是想到死亡这件事，她觉得特别恐惧，有这种极端的例子。另一极端，比如登山的时候，死好像又是一件很平常的事，至今登珠峰的线路上还躺着好些尸体，现在也是这样，有的人登到半截实在不行了，就坐在那儿等死，后面的登山者经过，明明看到他还有口气，就不管，顶多安慰几句，继续爬。

比尔狗　没法儿管吧。

老　狼　对，你放弃自己登山也没用，也救不下来他。

比尔狗　也就是说很多登山者不是死于山难，而是爬不动了。

老　狼　对，精疲力竭啊，加上各种高原反应。那种体验我有过，就是一点劲都没了，往前挪一步都不可能，真的是一步都没戏。

比尔狗　在 5800 米的时候，那两只乌鸦把你的饼干叼走的时候，你有没有恐惧？

老　狼　没有恐惧，首先那个环境不会让你感到恐惧，风和日丽，身边就是冰湖，你可以取水，而且我的身体也没出现什么症状，就是没劲再往上爬了。所以饼干被叼走我也没觉得怎样，就是感觉到人和大自然搏斗的时候太无力了，一个乌鸦瞬间就把你打败了，人在 5800 米时累残了，乌鸦跟没事人似的。

　　我还有一个更极端的体验，我那年跟一个摄制组去拍《走进非洲》的纪录片，我们是从阿尔及利亚的一个城镇飞到撒哈拉沙漠中部一个更小的城镇，我们去拍史前岩画。那是一个小机场，就两架飞机。我们在候机楼里候机，当时里面大概有两百人吧，我们是第二架飞机，第一架飞机那拨人下到停机坪去上机，我们正在安检，隔着玻璃可以看到他们。我们看着那架飞机起飞，刚飞起来大概就在我脑袋顶上，就听见左上空"砰"的一声，然后冒出一团火，紧接着就冒黑烟，我们眼看着那飞机飞不上去摔了下来⋯⋯刚刚眼前那一百多人就这么没了，刚才还坐一屋里，在那儿吃吃喝喝呢⋯⋯

比尔狗 我靠，活生生的一百多人就这么死掉了。你们继续飞了吗？

老　狼 没有，机场那些人包括空姐什么的，当时就疯了，他们都是朋友和同事啊。

比尔狗 不是恐怖分子吧？

老　狼 不是，就是事故。还有一个让我特绝望的是，我们摄制组的导演，他特兴奋狂问谁拍到了，谁拍到了，说拍到了没准就得普利策奖了。我当时特崩溃，瞬间一百多条人命都没了，他们还马上挨个人采访，讲感受什么的，我说我不行，我实在说不出什么。

比尔狗 新闻记者的天职应该这样做，但他们不能兴高采烈。

老　狼 对。但我还是觉得新闻记者这个职业挺冷血的。后来飞不成，我们从机场返回驻地，沿路就能看见很长一段飞机残骸，一股烧焦的味，没有血，整个人都摔碎了。

我对精神世界的追求可能不是特多

比尔狗 我问过一些离死亡很近的朋友，他们对死亡的态度确实跟我们不太一样，他们通常好像不太怕死，而且这种经历我们听着没用，再残酷也没用，必须得亲身经历。那么老狼我换个方式问一下，假如你还有三天时间，你会怎样？你可以现在设想。

老　狼　不好想，我还是不知道，这事就得经历。

比尔狗　假如没有遇到这些极端事件，眼睁睁看着飞机坠毁等等，你考虑过死亡这事吗？或者说，过若干年，你不在这个世界上了，对于"不在"这事你想过吗？你会为此困扰吗？

老　狼　也就是这些年朋友们有时候会坐在一块儿会聊一下，毕竟人到这个岁数了吧，大家都有了一些经历，以前没想过。

比尔狗　你以前从没有被"死亡"这事困扰过？

老　狼　没有。

比尔狗　那变老呢？

老　狼　变老，这事让人有点颓。变老就有了那种被嫌弃的感觉，有时候觉得自己被时代抛弃了，不像小时候，混迪厅，招猫逗狗瞎开心那种，一变老，你会发觉自己精气神不足了……人变老首先就是没那么多激情了，没有出去混的欲望了。

比尔狗　一点都没有吗？

老　狼　真的是一点都没有了。

比尔狗　那你现在见着美女还会动心吗？

老　狼　你说动心指什么？喜欢上？爱上？这个太难了，没有了，本来挠心挠肺的那种爱情就挺珍稀的。

比尔狗　有些艺术家通过跟女人谈恋爱，或者不见得恋爱，就是和女人发生关系产生情感，通过这种方式保持乃至激发创作激情，这个感受你有吗？类似于毕加索，通过情欲激发创作。

老　狼	我做不到，我也不敢，我也没体验过。
比尔狗	这种说法更像传说。刚才问，假设你的生命还剩下三天时间，你还是无法设想？
老　狼	没法想象。去年我经过我爸过世，这几年朋友之间偶尔也聊到死亡，我谈不上有很大的恐惧，至少目前的心态是随遇而安吧，其他的到时候再说吧。
比尔狗	你想没想过走修行那个路子？或者真去信仰某个宗教，这方面需求有吗？
老　狼	没有。
比尔狗	你打坐吗？
老　狼	我没打坐，但我周围好几个朋友打坐，而且会打坐到产生某种愉悦感，没有杂念，放空自己之类的状态，我都没有体验过。
比尔狗	跟你刚才说你在珠峰 5800 米那一天的感觉有点像？
老　狼	我就是猜想，是不是像我那帮朋友描述的打坐的感觉，也许完全不是那么回事。
比尔狗	看来你这方面困惑比较少。
老　狼	怎么说呢，我觉得可能我对精神世界的追求不是特多，我大概就想这么入世地生活，把自己活成个小故事就行了。有时候你在这个混世里能体会特别多迤里歪斜的趣事和人，甚至感到精彩、传奇。有一阵我都想写个电影，《猜火车》那种。可能像唐大年他们希望自己的精神世界更清静，他们愿意去追求真理，我就想在这个浑浑噩噩的世界里度过一生……其实他想明白又能怎么着呢？哈哈，反正我也不

知道他想明白的真理是什么。

比尔狗　也许对你来说，生活本身已经很精彩了？

老　狼　哦，不，我就是碰巧了，身边这么多牛人，我其实还比较自卑。

比尔狗　我也感觉你好像有点自卑，但你这自卑从何而来呢？你从小到大，家境、事业都没的说……也有好多人说你低调。

老　狼　低调是误传吧，大家就那么一说，20 多年我才出三张专辑，我是得低调，我也高调不起来啊。自卑呢，其实也就那么一说，说到底我还是有点惶恐吧。我身边这么多优秀的人，比如唐大年学佛，而且我感觉他挺有成就的，万一我死的时候，他弄明白了而我什么都不知道……我就有点怕被别人落下的意思。

比尔狗　我也是怕被落下，所以我老想，瞎追，你好像也没有追的意思？

老　狼　没有，可能就是个性原因。比如我跟石康，以前都常跟大年玩，我们都知道他学佛，我想他爱追求就追求吧，我可能会有点小慌，也就过去了，但石康肯定不会就那么过去，他肯定想唐大年知道的事我一定得知道，较真儿的人真会这样，他们爱死磕。

比尔狗　老狼你一般是怎么处理家庭关系的呢？比如教育小孩。

老　狼　教育孩子，我有时候特别矛盾，比如说你应该给孩子做一个榜样，或者说在一些最基本的做人原则上要尽量严格，比如要诚实，但你发现，自己经常做不到，小孩特贼，他对你特别了解，而且是一种特直接的了解，有时候一点小事他都能立马就把你戳穿了，比如你说你去工作，但实际上你去跟朋友吃饭，他马上发现了，这种小事可能对小孩影响很大，我不知道。这也是当年我不是特想要孩子的一个原因，你做不到完美，甚至好多基本的规矩也做不到，但你又希望孩子成长为一个好人，这点让我觉得挺为难的。

比尔狗 你看，大家都在围着孩子转，老人越来越孤独无助，孩子们快被累残了，这个现状让我特别生气。我觉得现在人对孩子的照顾是有点过了，不是爱过头了，是爱错了方式，这个话题都有点老生常谈了，但没看到本质改善。爱护老人或说孝，这不是本能，好多原始部落以及以前不发达的某些地区，老人都是被弃掉的，像《楢山节考》里描述的那样。

　　所以大概就是，孝敬老人需要宣扬，甚至立法之类，爱孩子不用，现在需要的是减负……

老狼：歌手
时间：2016 年 10 月 21 日中午十一点到下午三点半
地点：北京菊儿胡同 7 号"好食好色"文化空间

孙柏： 当代人 "不会死" 了

比尔狗　你是哪一年出生啊？

孙　柏　1975 年。生在北京。

比尔狗　长在北京？

孙　柏　对，基本上没出去过。一路小学，中学，大学。应该说比较风平浪静的那种。读书读了 20 多年，后来在大学教书也十年了。

比尔狗　什么专业？

孙　柏　我在人大文学院，我教的是电影理论、电影史。

比尔狗　一直都算好孩子吗？现在看上去学究气比较重。

孙　柏　现在是这样了。但是我记得我高中在清华附中，高三都快毕业的时候，遇见高一时候的英语老师，他看见我说，你怎么还一副小流氓的样儿。这句话给我的印象特深，所以也不算好孩子吧。但好像没什么太出圈的事。

比尔狗　那时候，戴眼镜吗？

孙　柏　戴眼镜，我高中那会儿一直到大学都戴副李大钊式的圆眼镜。

比尔狗　那时候的学生还真的没有自主地选择李大钊民国范的眼镜。你那时穿什么样的衣服呢？

孙　柏　现在想来也挺逗的。我现在没机会回过头再翻翻照片什么的，我也不知道，但那时候我就爱穿军装。

失恋可能会成为自我认知的打开方式

比尔狗　在两性关系的经历中有没有让你寝食难安、失魂落魄、什么都干不下去的时候？

孙　柏　这个肯定有。2000 年的那次失恋，就是你刚刚说的那种失魂落魄的状态。但那种状态其实伴随着一种极度的兴奋，因为你全身的毛孔都张开了，你看什么东西都能够感受得到，你就是看一把椅子、看一个杯子，它都能跟你这种心境完全地糅在一起，你整个的心理状态和思想状态是特别亢奋的。当然也伴随着直接的身体反应，当时我就是胃疼，我也没有胃病，它就是完全要找到一个地方，从你的身体器官上去发作。那真的是一种疼痛感，剧烈的疼痛感。

比尔狗　切身的，剧烈的一种疼痛感。

孙　柏　但是它又会让你真的是比较兴奋，突然觉得这个世界在你面前完全换了一个样。

比尔狗　是兴奋吗？失恋难道让人兴奋吗？你恋爱的时候应该也兴奋，但没那么打开是吗？

孙　柏　不太一样。因为你失恋那个状态……我不知道……失恋也是恋爱的一部分吧。但一般地说，恋爱就是没有失恋那么的……

比尔狗　那么的深入，刻骨铭心？

孙　柏　对，2000 年那回，这种感觉是第一次出现，之前也谈过恋爱，也有交女朋友，但是不太一样。这次就是说，失恋了，你整个的生活突然出现一个断面，你好像一下就站在一个悬崖边上，你往下一看就头晕目眩，就这种感觉。那种刺痛感，在我跟这个女孩谈恋爱的时候，其实并没有。在我们交往的时候，我并没有觉得怎么样。反而是失恋以后好像有一个新的世界展现在我面前。

比尔狗　因为破坏力好像带来另外一个新的局面。

孙　柏　对，我觉得是。一下子就断开了，是这样的一种感受。

比尔狗　那不是应该很痛苦吗？

孙　柏　当然很痛苦。刚才你那个说法，怎么说的？什么自我的打开？

比尔狗　自我认知的打开。

孙　柏　很准确。所以其实刚才前面说到两性关系这件事的时候，我就说其实我一直有一点点困惑，就是对于这个说法本身的一个困惑。

比尔狗　你说。

孙　柏　其实，首先，两性关系好像就是男和女这个性，但好像就排除了很多，就从政治正确的那个角度上，排除了很多其他的。

比尔狗　同性是吗？

孙　柏　LGBT 的那种选择，这也是一部分。但我真正困惑的那个点是什么呢？其实是在某种意义上，我觉得，就我自己这个情况来说，我觉得它好像是一个人的事。

比尔狗　是什么?

孙　柏　是一个人的事。但是它需要一些……

比尔狗　外在时机。

孙　柏　对，需要借一个什么点，当然也不是说你有意识地为了寻找这种刺激，但它真的可能会成为自我认知的打开方式——你的这个说法很准确——是关于你自己的状态的一个改变。

比尔狗　你倒是想让人家跟你一起转变，人家已经不可能了。

孙　柏　当然。

比尔狗　但是就说自我认知这事。什么样的自我认知被打开了呢?我想体会一下，因为自我认知被打开这个我好理解，但是因为失恋，因为一个挫败的事比较难理解。

孙　柏　现在这么说，就好像逻辑特别清楚，在当时肯定是没有这么清楚的。而且即便现在这么想，也可能会掩盖很多的东西，但是姑且先这么说吧。

　　我大概上到大三，二十一二岁的时候，我就开始清算自己的精英主义，但问题是，这东西不光是你这么多年所受的教育，更是在我的家庭的这样一个氛围里面，包括我基本的生活状态，它一点一滴积累起来，渗透进来的。直到现在我也没觉得自己真就把它淘洗干净了，可能最终也是淘洗不干净的。或者，现在也没有那么的较真儿了，就非要把它淘洗干净不可。但是那种精英主义真的是一点一滴积累起来的东西，已经非常内在了，很难说是你想要把它清算掉就能清算得掉的。用当时那个女孩的话说："你总是那么的高高在上。"

比尔狗 你二十二岁的时候，为什么想到清理这些东西，这些东西让你觉得哪儿不对了？

孙　柏 怎么说呢……就是让我觉得我跟人相处当中，通过别人的反应，让我觉得这个东西好像是不对的。我举一个特别小的例子，现在还记得很清楚。我父母都是北大荒的知青，他们和兵团战友感情都很好，很多都是中学同学然后一起下乡的，回城以后也经常聚会，所以我们这些孩子也把这份儿感情接续了过来，有一次，大概是我十三四岁吧，由一个家长带着，我们这些孩子一块儿去远郊的一个地方玩儿。我妈事先就塞给我一些零花钱，当时我就要拿这个钱请小伙伴一起吃冰棍。当然那个家长就不同意了，他的意思就是，有大人在，出钱给大家买冰棍这就不是你一个孩子应该干的事儿，所以他就去买回来给我们吃，但他买回来的是稍微便宜一点的，不是我刚才答应小伙伴们的比较好的那种——我现在记不清楚那个牌子了……

比尔狗 哈根达斯。

孙　柏 对，比如说哈根达斯。然后这个孩子他爸，显然是掂量了这么多孩子怎么能让大家满意等等，但结果买的就是比较普通的、便宜一点的那种。

比尔狗 普通的，也不错了。

孙　柏 我后来回家就给我妈学了这段，我就说：好像还是有阶级的。

比尔狗 你13岁的时候说的？

孙　柏 对，当时就是这么说的。我记得我妈也要把这个想法给我胡噜平了，说"现在还哪有什么阶级啊"之类的，但这样的话并不能让我释然。就是通过这种再微小不过的事，我会觉得有所不同。到后来我跟这个女朋友，其实就存在这样的问题。她家就是普通工人家庭，她们家也不是北京的，来北京考大学，当然也就想落在北京。不能说完全是为了这个目的，但是她也确实觉得我们以后真的在一起了，她的户口就可以落在北京——当时她是有这种想法的。我们之间本来就会有这样的一种关系在，而刚好那个时候又正是我最精英化的时期，给人的"高高在上"的感觉会特别强烈，尽管那可能不是我有意要显现出来的。这跟我的家庭环境有很大关系，因为像我刚才说的，我的外公是资本家，后来在 20 世纪 80 年代以后，在北京市做过副市长，后来就是全国政协副主席了。有一次，这个女孩跟我去我们家的时候，我自己在十三四岁说过的那句话，现在一个字不差地从她的嘴里说出来："我们不是一个阶级的。"这是她的直接感受，而不是在严肃地讨论什么阶级话题。

比尔狗　就是个玩笑似的。

孙　柏　都是通过这种琐事慢慢积累出来的。

比尔狗　这跟那个打开有什么关系呢？那个自我认知。

孙　柏　我说的"自我认知"，就是对我自己身上那种精英意识的认知。

比尔狗　跟你们的恋爱内容有关系的，终于被"被压迫阶级"报复了一把。

孙　柏　对。

比尔狗　我能理解你这种了。回来接着聊那个失恋。那次失恋状态你持续了多久？

孙　柏　没有持续太久吧，半年。

比尔狗　你像我们失恋就失恋了，你还想那么多事。

孙　柏　我其实在那个之前就开始反省了。

比尔狗　那时候为什么那么痛苦？也不是说你没有分手过。

孙　柏　所以我说这是一个自己的事。

比尔狗　触动了你哪个点，你觉得特别痛苦？

孙　柏　整个来讲，她跟我刚才说的对自己精英主义的清算肯定是有关系的，在相处过程中，她不止一次说过我们不是一个阶级的这种话，但是恐怕这些都没有办法直接地讲清楚，我们为什么分手，以及这给我带来的那种巨大刺痛感。我觉得理性的分析和感情的东西可能无法完全对上。

比尔狗　我觉得能不能说，抛开阶级、抛开意识形态，抛开你们之间的这种差异，就是纯两个人之间的，其实就是你很喜欢她？

孙　柏　这么说不太好，现在回想起来，我觉得诚实地说，没有。

比尔狗　就与失恋给你带来的痛苦相比，一般人会认为爱得越深痛苦越深，但在你这里，好像没有必然的联系。就说你自我的打开，其实可能任何一个契机都可能促使你有这么一次自我认知的打开，只不过正好摊上这个事了？

孙　柏　应该这么说吧，就说自我认知的打开。我当时已经比较有意识了，因为这个东西已经完全浮现出来了。谈恋爱和失恋的这件事是在这个过程里面，它并不是一个因果关系，或者说直接的因果关系。所以它不是一个说因为这次失恋才突然让我意识到了——肯定不是这样的关系，但它一定加强了我这方面的一种认识。因为现在回过头来想，在我这儿其实形成了一个比较尴尬的循环，实际上是我的这种自我中心，把人家给赶走了的。甭管你是一个自恋狂，还是说你对自己有这样一种自我清算，在她的感受里都只是我的自我中心而已。还是用她的说法，她的确是觉得我太爱我自己了。

比尔狗 你说赶走？

孙　柏 就是没法跟你待下去了，那就拜拜——就是这样。

性是一个人的事

比尔狗 那你对婚姻是什么态度？

孙　柏 我很早的确也不想结婚的，大学的时候很确定地说我应该是不婚主义者。后来对这事儿没有那么较劲了。所以对结婚这事儿我已经不排斥了，但也没有什么想法，没有什么想象。

比尔狗 你不觉得被拴住了吗？

孙　柏 我确实没有想过说有没有拴住我，我觉得之前如果有一孩子，我可能会这么想，因为这个就不太一样了。但是婚姻会不会拴住我，我好像真没有这么想过。

比尔狗 假定这个婚姻会很长久，除了跟你夫人保持性关系，有可能会和别人发生性关系吗？

孙　柏 我现在就只能说没有，因为没法假定，不知道后面遇到什么人。

比尔狗　那你会坚持对婚姻的忠贞吗？你个人对你自己有没有这样的诉求，或者对你夫人有没有这样的诉求？再一个，从普遍的角度来看，你觉得这个社会上的婚姻是不是所有人都应该对自己的伴侣保持忠诚？

孙　柏　其实对于所谓的性忠诚这件事，我觉得这想法有点无聊，反正我不相信性忠诚，我也不坚持性忠诚。因为不论是对自己，还是对自己的老公也好，老婆也好，这样的问题好像预设本身就有点问题，就好像媳妇必须得是处女的意思，反正我没有这种观念。

比尔狗　就是不会对他人有强制性的约束，或者道德上的诉求？

孙　柏　对，而且这也不是口头上，哪怕我们签订一协议，这也完全不是可约束的。

比尔狗　那具体到你个人呢？

孙　柏　具体到我自己个人，因为现在我们关系非常的和谐，所以对我来说它不是一个问题。

比尔狗　别人就不会有诱惑吗？不会对你产生诱惑吗？万一特别有魅力的。

孙　柏　目前没有。而且你现在也没有办法知道你能不能遇到，或者说你也说不好万一哪天我遇到一个对我特别产生吸引力的女人时会发生什么——这个确实没有办法预料。我还有另外的观点，就是我真的觉得性爱和婚姻这是两件事，或者是三件事，就是说，我还是会坚持：性这个东西有的时候其实是一个人的事儿。性这个事其实它作为什么最有意思？是作为幻想最有意思，因为它的每一次实现，比如说无论是不是婚内的，或者是比较稳定的性关系，两性关系，其实都只不过是对你以为的，你想象的那样的性的一种满足和快感的替代而已。

比尔狗　你就说性是怎么一回事吧？

孙　柏　性这个事儿吧，我就特别相信这么一个说法。精神分析不是老被批评把所有的事都归结为性，干什么事想的都是性吗？但是呢，反过来说——有人提出对精神分析的一个辩护，我觉得说得挺好的——重要的不是问你干什么事为什么都老想着性，而是要问你在干那个事儿的时候想的是什么——你在性行为的时候，甭管是手淫也好、性交也好，甭管是异性还是同性还是怎么着——这时候你在想的是什么？我觉得这个其实是比较好玩儿的。因为我觉得所谓的性幻想一定是嫁接在别的事儿上，它一定是跟别的东西有关系。当然性幻想也会直接呈现出一个对象——男的女的，丰满的，瘦的，各种各样，包括性交当然也有对象。但是这个对象老像是拉来的临时演员，她只不过是帮你完成那个过程，帮你完成那个幻想中的角色。真正幻想的东西到底是什么？

就拿我自己举例，从我个人的角度，这跟我的知识分子身份有很大的关系。我对性所有的理解、感受，其实都携带着特别典型的中国文人的幻想，这个说起来好像就离题千里了，但它的确是有很深的关系。什么幻想呢？我觉得就是中国的文人有一种心态，我管它叫"史迁情结"，就是"司马迁情结"，或者说就是"被阉割幻想"。当然它会有一种展开形式，就集中表现在面对权力的自我定位和自我想象当中，比如受迫害妄想。中国知识分子的受迫害妄想，其实是一个跟权力之间的施虐受虐的游戏，它把权力完全地内在化了：一方面你会看到说他好像对权力咬牙切齿、万般痛恨、有不共戴天之仇；但是另一方面，从他的这种受迫害妄想里面可以感觉到他对权力有一种很深切的呼唤。

　　知识分子对权力的这种非常纠葛的情结，我认为是中国文化中最大的糟粕，而且真的做到了上下五千年一直传承至今。一直可以追溯到屈原那儿去。从屈原那里开始，以"香草美人"自居……

比尔狗　香草美人是屈原自居。

孙　柏　这种话有很多很多，不光是屈原。比如"士为知己者死，女为悦己者容"。古时候我们不都说三纲五常吗？君为臣纲，父为子纲，夫为妻纲，但其实这三件事儿放一块儿就比较有意思了。因为在中国古代最理想的男性形象其实是文人士大夫，就是知识分子那个形象。知识分子形象在家里边为人父为人夫，在阴阳系统里边都是占据阳的位置；但是你一旦进入仕途，最后登殿面君，你就是处在阴的位置了，就要君为臣纲了。说的更直白一点，中国古代文人，真正去认同这套理想的古代文人，包括像屈原那样的，都是文化上、心理上、精神上的阴阳人。

　　我记得小的时候，大概是6年级，开始有性的意识，也开始产生幻想。那正是我喜欢京剧的时候，特别是有一个人物，伍子胥，特别让我着迷。这个伍子胥为了劝服吴王要警惕越国，千万不能上当，看到吴王不肯听他的，最后就说，那你干脆把我杀了，然后你把我的首级挂在吴国的城门门口，我要亲眼看着吴国灭亡。这是京剧舞台上最有代表性的一个人物了，也是非常典型的文人士大夫形象。

这是被纳入权力结构和政治文化当中的一种幻想，虽然不是直接阉割的幻想，但是它被转换成了砍头的幻想、斩首的幻想，为了国家的大义，即使受权力之迫害，最终以死来证明自己的这样一种幻想。我从很早的时候就对这个东西产生了迷恋。比如我小时候最喜欢的动画片是《哪吒闹海》，因为我最爱的是哪吒为了顾全大局、不让百姓遭殃，在父亲面前自刎的那一场戏——那真是太经典了。我前阵子路过一书摊，买到了一套旧的《杨家将》的小人书，一共五本，最后一本就是《李陵碑》，我现在还特别清楚地记得杨老令公碰死在李陵碑前的画面。就是那个画面本身对我产生了强烈的吸引：前景是李陵碑，杨继业死后倒卧在碑的后边，碑石正好挡住了他的头部……我现在还特别清楚地记得，当我看到这样的忠臣故事、看到这样的一个画面，看到没有头颅的忠臣（在画面上杨继业的头颅其实是被石碑遮挡住了）时的快感。当然那个快感不会直接地转化成性的快感，但它一定是跟我最开始性心理的形成处在一个同步的过程当中。

比尔狗　小学 6 年级我也差不多有性意识，但是我那时候怎么就没往这走。主要是大点的阿姨穿丝袜特好看。你说联想到断头，跟性怎么联系？你是怎么联的？有点激动吗？

孙　柏　就是那个画面对我好像有一种特殊的吸引力，我记得当时还临摹那个画，就是会对它有一种着迷，然后这个着迷会跟你对自己的想象和你最开始时候的性幻想结合在一起——这个东西很难说清楚。

比尔狗　这是事后回想，还是当时就想到？

孙　柏　当时就会有。

比尔狗 那就是想得很深入。

孙　柏 还真不是想得深入，我现在能回忆起来的就是我着迷的状态。因为你最早对于性，对于你自己的器官和身体的性的感知，比如说你开始长体毛了，开始对包皮有刺激了，内裤紧了会造成摩擦，等等，这些东西会带出来直接的身体性的反应。但是像我刚才说的，它一定会有其他事情做支点，或者说你需要给它一个理由，在你进行性行为的时候，甭管什么样的性行为，你这时候需要一个幻想。那么这个幻想是什么？

比尔狗 断头想象，或者说阉割想象给你带来的性快感也好，或者是这种，持续到什么时候，现在还是吗？

孙　柏 不是。

比尔狗 那你对"虐恋想象"怎么看？

孙　柏 这是相关的，比如说我要看一个什么片儿，至少得是 BDSM 以上。这些都很相关，包括你说丝袜都是很相关的。当然这样说起来又会特别理性，完全成理论的分析了。就说吧，男孩都会面对阉割的威胁，淘气起来不听话了，你爸就说了给你小鸡鸡给割下来那种，会从不同的渠道在你的成长过程当中出现。为什么丝袜，包括有些人就是喜欢女式长手套？在色情网站就有丝袜这些特别的一类。其实要特别理论化地说，它实际上是满足小男孩的一种好奇心，这个好奇心就是，女孩有没有那个玩意儿？是不是真的跟我爸说的似的，你看有些小孩就因为不听话，她那里就是一道伤疤，她就没有那个东西的——这样你就害怕了，你就开始琢磨真有可能是那么回事。慢慢地我就会用一种想象来补充，就会想，其实她也有那个玩意儿，只不过她把它藏起来了，用某种方式藏起来了。丝袜就是这种替代和隐藏的一个寄托物。丝袜或者内衣，它不只是起到遮掩、隐藏的作用，它后来变成就是缺失的那个玩意儿的象征。包括慕残，在心理上也是这样，他只不过是把受阉割的部分，转移到了四肢等身体其他部位上去了，还有像日本漫画里那种把四肢完全切掉，然后禁室饲育的那种，它其实是把没有四肢的躯干本身都当成了阴茎的象征。所以这里有很多很多的变形，其中，头颅和阳具的对应关系是最明显的，尤其在中国古代的这种政治文化里面，所以"史迁情结"绝不是偶然的。但是这些只能通过这种理性化的分析才能完全了解，因为任何一种性幻想，你要是完全意识到它、知道了怎么回事的话，你恐怕就已经治好了你的焦虑，而这一幻想所能带给你的快感也就随之消失了。

比尔狗　你想得可真够深的啊。你不搞学问真荒废了。那你觉得鲁迅呢？因为我理解你那个"史迁情结"有一部分就是权力和君王，我觉得在鲁迅身上可能恰恰……

孙　柏　至少从这个方面来说，鲁迅没有。

现在的人就是"不会死"了

比尔狗　那我们最后聊聊死亡吧，你第一次意识到死亡是什么时候？

孙　柏　我外婆去世吧，1992 年，我 17 岁。那就是家里第一个比较近的亲人去世嘛。之前也有一些关于死亡的印象，小时候有一次，一个冬天，下着雪，我坐 105 路电车回珠市口那边儿，就快到我家那站了，不知道怎么车就停那儿不动了。

大家就在车上等了半天，不知道发生了什么事。后来就说前面出事故了，走不了了，大家都要下车。我下来往前走了没多远，就到了出事的那个地方。因为是雪天，那个车辙过去都是泥、雪形成的凹槽，我就看到，那个凹槽里面是一汪血，鲜红得刺眼。我没有看到那个人，事故车辆和人都已经给抬走了，但是我知道死人了。这大概是我能讲出来的第一次对死的印象。

比尔狗　　多大？

孙　柏　　我现在记不太清多大岁数，但应该是比较小的时候，刚上小学或者还要小一点。

比尔狗　　当时感触深吗？

孙　柏　　整个画面是感触很深的。

比尔狗　　你怕死吗？

孙　柏　　那要看怎么说了。在那一次之后，就是外婆的去世了。

比尔狗　　给你触动大吗？

孙　柏　　当然很大，非常大。

比尔狗　　是外婆给你带大的？

孙　柏　　对对对，因为多数时间我还是在外公外婆那边，所以触动很大。

比尔狗　　能说说吗，因为我也是外婆带大的，她在我大学的时候死的，我就没什么太大触动。

孙　柏　　那你那时候……

比尔狗　　我觉得因为她死之前遭了好多年罪，所以我想赶快死了也好。

孙　柏　　多大岁数死的？

比尔狗　　七十多岁，她大概有七八年或者小十年一直在受罪，我觉得实在是没必要，但是这也可能是自我开脱，反正至今我对亲朋好友的死都没有什么太大触动……

孙　柏　　其实那个时候，从知道她得胰腺癌到她去世也就六七个月的时间吧。所以从听说她得癌症，其实就已经知道没几个月，活不了多长了。

比尔狗　　她那时候多大岁数？

孙　柏　　69 岁。所以最后一次给她过生日，大家坐在那儿都有说有笑的，刻意给她制造一个还很愉快的气氛，但是她的那个表情、她整个人的状态，一方面当然是因为生病本身的痛苦，另一方面显然她自己心里也很明白。

比尔狗　　还是感情比较深。

孙　柏　　对。

比尔狗　　你刚才说怕死看怎么说，什么意思？

孙　柏　　嗯，看怎么说。怕死。先说怕死吧。我们 7 月份那个帐篷剧，是樱井大造自己写的剧本，他里面有一句台词写得特别好："妹妹死去了，不是灭亡，而是堂堂正正地死去了。"我觉得这句台词写得好，就在于，死和灭亡是两件事。死，我不害怕；但灭亡，我害怕。我觉得死是人最基本的一个权利吧，人应该堂堂正正地死。但问题是，现在很多人并不是作为生命的结束而死去的，而是被剥夺了死的权利，是灭亡。这里比较难做价值判断，因为灭亡往往也是不得已。比如说，你自己的死，和你横遭暴力被剥夺了生命，这肯定是不一样的，对吧？

　　我这儿连续三年都有毕业的学生因为父亲或者母亲被查出癌症，而在毕业的当口被迫要改变自己的选择。比如说原来有要考博士的，有要留在北京工作的，等等——可能都因为这个事情而改变。其中的原因都是地方上兴建环保不达标甚至根本没有环保措施的化工厂，导致人的生活环境的恶化，很多人就这样不明不白地死去了。这就不是真正意义上的死去，而是被剥夺了死的权利的灭亡。这是我非常害怕的。

比尔狗　刚刚你说害怕的是那种权利被剥夺状态下的死？

孙　柏　对。死是一种权利。有个朋友的父亲去世也是同样的原因。

比尔狗　污染？

孙　柏　对，化工厂污染。很多地方兴建了化工厂，然后附近的村子就变成了癌症村。

比尔狗　我想说的就是，你外婆的死和你说的那个癌症村无关。我觉得是说，关于你那个话剧里说那个灭亡和死，你觉得在正常情况下，你有多大程度上能够自己实行死亡这个权利，你怎么理解这个能力？

孙　柏　我觉得我们这个能力就很弱小。抛开自杀不谈，我觉得我们对于自己的死，恐怕已经很难再有能力去把握它。

比尔狗　那好，既然这么说，岂不是刚刚问你怕死吗，你说的这种行使死亡的权利很微弱，岂不是基本上来说……

孙　柏　怕死。

比尔狗	估计你还是怕死的，如果你没有能力掌握它。我其实想问的意思就是说，现在的人其实不会死，从整个的医疗到从小到大的教育。我也是第一次听到死是一种权利。
孙　柏	我觉得你说的这个特别好：现在的人就是不"会"死了。
比尔狗	从个人到社会都不会死。但是宗教是直面死亡而且应该是"会"死的，但是我们这个社会离宗教越来越远。我们的医院太不知道怎么去死了，相反农村倒是比医院知道怎么会死，虽然你可以说那是封建迷信乱七八糟或怎么着，但农村它有一套处理死亡的形式，起码面对死亡，它有一套说辞，而在城市，基本就是人死如灯灭这种，然后大家其实心底又惧怕人死如灯灭。
孙　柏	我现在说到怕死，其实并不是因为自己而怕死。我现在是看到我的儿子我会有某种恐惧。当然这不是说恐惧他会怎么样。而是说，你看现在我外公 95 岁了，我儿子一岁半，我观察他们都有一个共同的特点，我不知道是不是所有的老人或小孩都一样，就是他们对睡觉有一种恐惧。
比尔狗	小孩会吗？我没观察过。
孙　柏	我只是从对我外公的观察来说，因为有的时候需要我值夜晚上看着他：他每天夜里只睡一个多小时，就是安眠药管事儿那阵子，然后他就开始要折腾，他能用整个后半夜的时间来折腾……
比尔狗	折腾啥呀？
孙　柏	他就是要起来。我外公是有着非常顽强的生命意志的一个人。他可以坚持不懈地挣巴一夜，因为他腿脚不好所以他要想起来就必须去抓床上方悬着的那个环，够不着就借助

工具，拿痒痒挠够——他可以一整夜都重复这个动作，累了就歇一会儿，然后再继续。就这么折腾。

比尔狗　强烈的那种反抗？

孙　柏　对，可以说是。小孩呢，就说我们家的这个孩子啊，他很小，也就一个月大的时候，他就有点怕黑，看着外面天色暗了他就会焦虑、紧张，可能这只是我的推想，但是我觉得就是在人的生命体的能量还不是很强、还没有成长起来的时候，或者是它正在衰落、消亡的过程中的时候，就会产生这样的恐惧。我一想到我的儿子，我自己会害怕，其实恰恰是因为——接上刚才那个教育的话题——整个的教育我觉得就是完全在让我们走上一条灭亡之路，温水煮青蛙的那种灭亡，以缓刑的方式来执行的死刑的那种灭亡。

比尔狗　灭亡。

孙　柏　所以我觉得，虽然我们掌控自己死亡的能力已经非常微弱了，但不是说我们就不要去改变它，这个改变可能就是从非常小的地方做起，比如就从自己的孩子这儿做起，当然这也是对你自己的一个改变。你怎么能够让自己不被剥夺，不被剥夺你的死的权利，哪怕你自己这一代看不见，但是难道你会甘心让你儿子也这样吗？

比尔狗　但你刚才我怎么觉得没接上呢，你觉得你那一岁多的孩子怕黑什么的，怎么就能接到我们的教育上呢？

孙　柏　好吧，我的意思是想说：死是一种关系。这跟性恰好相反，性可以是一个人的事儿，而死只能表现为人和人的关系。因为，个人的死只是生理上的、生物学层面的死亡，而对人来说，更重要的是社会的、语言的、人与人之间关系网络层面上的死。我外婆的死，她死前的那个表情，对我影响很大，因为它在我后来的生活中造成了一个凹陷，使我深感到对外婆的这种亏欠感、负疚感。那么现在，我和自己身边的人也是处在这样一种关系中。我曾经不止一次地问好了9年最后分手的女朋友："如果我死了，你会感到难过吗?"她对我也说过类似的话。死，是人与人之间关系中的一处凹陷、一个空洞，当然这种关系并不唯一，表现形态和可能带出的问题各异。但是死只有作为这种关系性的存在才会使人有所畏惧。说回到我的小孩儿，我在看着他长大，我会越来越多地想到他以后会变成什么样，他以后面对的会是一个什么样的世界。这些说起来可能有点夸张，但我觉得，如果我们这一代看不见，但无论如何我们的孩子这一代一定会经历和见证一个巨大的变化——不光是中国的，也是整个世界的变化。

孙柏：大学老师、帐篷剧社成员
时间：2016年9月30日下午四点半到七点半
地点：北京菊儿胡同7号"好食好色"文化空间

向京：　比死亡更可怕的是虚无

人在神性指引下的时代已经过去了

比尔狗　先猜一下你的星座行吗?

向　京　猜吧。

比尔狗　我猜你是金牛。

向　京　我是白羊。

比尔狗　哦，我为什么猜你金牛，因为看你的资料，我就想起我一两个金牛座的朋友，跟你一样有工作室依赖症，比如南京的韩东，典型的金牛。

向　京　"工作室依赖症"是没办法，因为我做雕塑的性质，决定我只能在工作室里干活。

比尔狗　那你烦吗?

向　京　烦啊，我烦死雕塑了。

比尔狗　为什么呢?

向　京　因为做了 20 多年了，那肯定是烦。

比尔狗　你说烦雕塑，但是你 20 多年一直没离开这个，是不是一直有人在督着你……比如说买家，或者其他一些外部的因素。

向　京　应该没有，我的东西并不好卖。到现在这个年纪，我觉得很多东西真的很宿命，就是命运的安排，这可能跟我的性格会有关系，我好像不那么容易变。

比尔狗　您信命吗？

向　京　我信，特别信。

比尔狗　那你信算命的吗？

向　京　我不算，信命的人不算命，我有时看星座纯粹是出于对人性的好奇，我不关心流年、合盘这些神神鬼鬼的东西，我只是感兴趣星座说人怎么怎么着，星座还有星盘什么的，了解人的复杂性。

比尔狗　那你说信命是什么意思？就是相信命运？说白了就是相信什么事都是安排好的？

向　京　对。小时候，肯定很多事情要抗拒，那种抗拒感会特别强，包括我做雕塑，它其实是来自于抗拒——我并不执着于雕塑本体，只是因为很早在做这个东西的时候，有人说雕塑现在很过时呀，我听着就觉得特别接受不了，我觉得艺术不是以媒介的先进论来判断当代或者不当代，当时我非要较这个劲，这不一下就花了 20 年。

比尔狗　我的天，那最后证明了？

向　京　反正就是你工作，做作品……

比尔狗　那您不断抗拒或说反抗，反抗到今天这儿的话，在您看来有效吗？

向　京　有效没效我觉得这也不归人说了算，而且我也并不知道自己的工作到底有没有价值。当然我自己有个相信的东西，或者说我有我感兴趣的方向，比方我做雕塑，它由问题而来，媒介只是一种语言，你会在媒介这种语言的属性下、限制下去思考你面对的问题。比如说面对死的问题的时候，你拿雕塑能做什么，因为太多东西雕塑并不擅长做，可能换个媒介做更好、更适合。

比尔狗　你说雕塑不适合表达很多东西，你举点例子。

向　京　比方说"9·11"，我要去回应类似"9·11"这种突发事件，我就没那么快。

比尔狗　那您说墓地算雕塑吗？

向　京　当然算雕塑，是一种功能性的（雕塑），雕塑也有很多种类，像我做的可能属于一种个人创作性的，墓地（雕塑）可能是个定件。这个东西跟我的创作完全没办法衔接，因为它就是应别人的要求去做的东西。

比尔狗　我看到国外很多墓地，墓碑上的雕塑实际上是很精美的，甚至达到了很高的审美，像王尔德的墓，它设计得非常非常好。

向　京　以我的认知，现在的墓地雕塑从艺术性角度来讲很少有一流的艺术，它只是一种类型的雕塑，而且这种类型的雕塑，很难有一流的作品，至少在艺术史这个角度。

比尔狗　但是，我要说的是，我去梵蒂冈，它旁边有一个圣彼得大教堂，其实圣彼得大教堂它那些真正的艺术都是在墓地上的。

向　京　对，那是早期，米开朗基罗那个时代。

陈嘉映　美第奇之墓。

向　京　对，那个时候的艺术家跟我们现在说的艺术家不一样，或者说，那时候的艺术家就是食客、门客一样的，他的身份，他的处境，整个社会结构也是那样，那么大的"艺术家"他会被一个家族包养，这跟现在这个时代艺术家的整个处境完全不一样，我觉得现在不太可能有那种艺术家和那种艺术了。

比尔狗　我前一阵去意大利，印象特别深的就是雕塑给我带来的震撼，它的教堂附近都会埋着比较知名的人，然后看到那些名人墓上边雕的东西，成千上万的人，每天就看一眼，但他看一眼之后，就觉得确实有拔一下的那种感觉。

向　京　这个是我上次跟陈老师聊的话题里面特别重要的内容，就讲人在神性指引下的时代其实已经过去了，我们现在都是普通人，哈哈。我是觉得这个时代，艺术很难再达到那个高度了，不仅仅是说雕塑，这也不是一个制度的问题或什么问题，就是神的光不存在了，人做事达不到那个高度了……当代人里边我已经算是工作狂了，但是单说工作量我还不够米开朗基罗的零头，米开朗基罗太吓人了，他又做雕塑，又画画，又做建筑，还写诗，而且每件事都达到那样的高度。

比尔狗　文艺复兴时期的巨头基本上都是全能的。

向　京　那个时候可能人性的状态不一样，似乎是有神性的引领，在某种程度上人被提升了，超越了普通人性的高度。所以我觉得现在，在当下，我们只能讨论我们当代人的困境，这个困境肯定包括没有神的指引这件事。

如果死亡是一件干脆利落的事，挺让人欣慰的

比尔狗　你怕死吗？

向　京　我怕死啊。死这事确实是特别重的一件事，小的时候，我想死的事想得特别早，因为对生这事有很大的疑惑，所以就会想到死这个问题，当然我后来明白生和死其实是一件事，可以搁一块想……

比尔狗　多小？

向　京　我想死的时候可能十一二岁，我首先有一个问题，我觉得人没有选择生的权利，你生下来不是你自己决定的，我那时候就想我并不想活在这个世界上，为什么让我活在这个世界上，这个事如此不归我说了算，而且还特别要求我好好地活，而且要活一辈子……我那个时候太小了，我觉得一辈子太长了，我觉得太可怕了。所以我就想，人有没有选择死的权利？

比尔狗　很少有人会那么小，就不想活在这个世界上，你当时是遇到什么不开心的事吗？

向　京　没有，就是天性敏感吧。我不记得是 10 岁还是 11 岁，还是更大一点，反正就是很小的时候，我印象中是我还没有发育之前的事。

比尔狗　那你要这么说，既然不想活在这个世界上的话，那你应该不怕死啊？

向　京　因为你问的是现在的我，不是小时候的我，小时候我会觉得无所畏惧，而且特别渴望死，不想活着。

比尔狗	这太少见了。但你现在反而对死亡有一种恐惧了？
向　京	因为死太具体了，我现在有了很多知识，我一直在思考——当然思考也没用——人会以什么样的形式、什么样的方式死，得什么样的病，是死得很难看还是比较体面？我应该是对具体的死亡方式特别恐惧，因为我这一辈子想过太多太多死的方式，特别热衷看各种各样自杀的方法，琢磨这些方法。死这事其实没那么可怕，但是死了以后遗体那个状态让我太接受不了了。
比尔狗	我们之前聊过这个，就是说现在发明一个药丸，吞下去，无痛死，然后瞬间灰飞烟灭，你觉得这个怎么样？
向　京	真的吗？真的有这种药丸？
比尔狗	不是，这是我们帮科学家设想的，这怎么样？
向　京	古代不是有那种叫……
比尔狗	化尸粉。
向　京	古代有化尸粉，当然这样非常好，就是尽量不要是一个物质的形态，非常好。
比尔狗	如果不痛苦，不难看，那就不恐惧，可以这样说吗？
向　京	不是，当然我知道死这个事情，你没办法拒绝，你再害怕总有一天你会那么着，我只是想说……我最近这几年也一直在研究安乐死，我看过两部关于安乐死的纪录片，一部叫《选择死亡》，还有一部拍得更好，叫《如何死亡：西蒙的选择》，觉得太震撼了。我小时候肯定是一个特别矫情的人，身上的水分太多，我希望慢慢慢慢地成长，把太湿的地方去除掉，偏理性地想这些问题，因为我觉得西方人那

种理性的态度挺让人感动的，挺触动的。

比尔狗　你说他这么毫不犹豫地选择安乐死是不是这跟病太痛苦有关？

向　京　肯定是。

比尔狗　我的意思是说，假设你不得这些病，你也有药丸这种选择死亡的形式，你还怕死吗？因为你说怕死是怕这些死的方式和形式以及可能的这些痛苦。

向　京　对，我怕我没有机会，我怕我没有机会去体面地死，比方有一天突然间就自己不能控制了，面对一个临死的那种状态，我觉得这是挺可怕的，因为很具体。

比尔狗　不说运气好或运气坏吧，假设你能一直控制，就是慢慢慢慢衰老死去，你怕吗？

向　京　也挺怕的，我很怕长寿。

比尔狗　那好，咱也不长寿，就在你觉得适当的年龄……我意思就是你对死亡本身害怕吗，就是说，消失，离开这个世界。

向　京　我希望死亡是一干脆利落的事，如果它是一干脆利落的事，我一点都不觉得怎样，我甚至觉得挺让人欣慰的。

比尔狗　我们就"爱与死"访谈了很多人，女人不怕死的比男的多，男的好多就是怕死，不光是怕死的形式。

向　京　我不贪恋，我不贪恋世界上很多东西。

比尔狗　男的会贪恋，男的会更多地贪恋这个世界，你不贪恋这个世界。

向　京　也有女的，我有一个朋友双子座的，她看我生活特别有规律，特别的健康，她说你好好活着，她说她要长寿，她必须长寿，然后说老了你要陪着我一起活着，而且她形容自己说，说死的时候我十个手指头每个都得抓着人，大家表现对我的极度留恋，这样去死掉，她很留恋。

比尔狗 她太贪恋这个世界了。咱们得像向京这么生活，咱们就能解决"怕死"这问题了。

比死亡更可怕的是虚无

比尔狗 我还是解决不了，具体到我个人，我贪恋。我还是不太明白，你开始说的怕死其实是对死的那种不体面的方式以及痛苦感到惧怕。

向 京 具体，因为死太具体了。

比尔狗 但现在我们分析出来的结论实际上是你不怕死，不怕死亡本身，是吧？

向 京 我不怕那个终点。

比尔狗 为什么会不怕死呢？为什么不贪恋呢？如果你没有成为一个成功的雕塑家你会贪恋这个世界吗？

向 京 哈哈，这个跟我成不成功、是不是一个雕塑家没关系吧。我也并没有想过成为成功的雕塑家。

比尔狗 有的人他可能会通过宗教或者其他的方式来解构这个死亡，然后消除自己对死亡的恐惧，对吧，你也没有借助这种方式，就完全天然的。

向 京 没有。

比尔狗　对死亡本身没有太多可惧怕的东西，可以这么说是吗？

向　京　或者说我可能对活着这事太恐惧了，觉得死了更那个……

比尔狗　这个有意思，活着反而恐惧……

向　京　特别累，我刚才来晚了是因为去办个证，我就觉得太具体、太难了。

比尔狗　我不知道这个是不是宿命的问题，就是你说想匆匆忙忙把一生过去，为什么不像另外一些人选择比如说喝大酒、瞎混。

向　京　毁。

比尔狗　毁，对对对。

向　京　就速死是吧。

比尔狗　是吧。

向　京　怎么说呢，从这个角度也可能解释我为什么做雕塑做得这么玩儿命，可能我觉得这个是能让我说服自己活着的一个理由吧，你要干事，你刚刚讲的行动本身，当然我跟媒体说的会非常正面，很多时候媒体它也会把那个比较正面的部分给择出来。

比尔狗　其实雕塑某种意义上是在解决你活着的问题。

向　京　就是做事，行动，这个我先生会知道，我是一个物欲特别低的人，对很多事情这样也行那样也行什么都行。

比尔狗　做事？但是你不做事不也匆匆忙忙吗，没准还更匆匆忙忙呢，就是混过去。

向　京　但是我特别不爱混，因为我觉得比死亡更可怕的是虚无吧，你都活着了，但是这一辈子又特别虚无，毫无意义的那种，这个我特别接受不了，我觉得那个才真的是太可怕了，要那样我真的不知道每天该怎么办。

比尔狗　虚无，这虚无我如果没理解错的话，谁都怕吧？就是一切毫无意义那种。你在之前与别人的访谈里谈道，你的创作是在挑战虚无，你厌恶这个时代弥漫着这种虚无，你对虚无本身非常反感，甚至害怕，但为什么不害怕死亡呢？死亡难道不是一种更大的虚无吗？

向　京　我觉得虚无就是比死亡更可怕，因为我觉得死亡它就是一个，相当于是一个什么……

比尔狗　终结。

向　京　停止，结束。结束的一刻仿佛可以被赋予什么，而虚无，是巨大的占据时间的虚空，虚无的一生，那么长的一个时间段，你怎么去用掉它啊，我是无法想象……我只能靠每天使劲干活——来度过。

比尔狗　就是精神价值的一种延续或者是创造？

向　京　也不是，就是想点事，然后自己干点什么，我不是个很想闲着的女人，那种什么找个地方去发呆啊，那种生活完全不在我的字典里头。

陈嘉映　我刚刚想插一句，就是我前几天在美院做了一个报告，我当时就说到这个，我说虚无吧它不是那个空虚，就像死亡什么全没了那种，虚无是什么东西都在，但是它无论是什么没区别。

向　京　您这个说得非常准确。

陈嘉映　我说这个虚无特可怕，就是，都在……

比尔狗　那么向京，你有宗教信仰吗？

向　京　没有，我没有任何宗教信仰，但我觉得我应该是一个有宗教感的人，或者说我有很多状态，特别像一个信教的人，但是我没有任何宗教信仰。

比尔狗　是不是说对死亡天然没有那么恐惧的人，对宗教的需求也不是那么大？

向　京　我没有研究过宗教，所以我很难去判断，我只是自己觉得，宗教的前提是首先让你信一个东西，而这个让我信一个东西就很难，我觉得动自己脑子去想问题还是挺重要的吧，所以我没法轻易信任何一个现成的东西。

比尔狗　那你在生活当中有没有类似宗教这样的替代品呢？比方说雕塑艺术。

向　京　艺术可以算吧，做艺术也是跟信教效果差不多，一方面你老是在琢磨这个东西的意义和价值，它的一种永恒感或者什么的，另一方面你也时常陷入一种巨大的怀疑，可能跟信教的感觉是一样的吧。

爱情这东西不是很靠谱

比尔狗　那天我们聊过，现在很多人把爱情作为一种准宗教的东西来追求，因为在爱情当中你可以体会到刚才您说的那个巨大的怀疑和巨大的相信，都会在这个爱情过程中，是吧。爱情会吗？

向　京　我对这个问题不是特别有研究。

比尔狗 就是说爱情在你生活或者生命中占的位置不那么重？

向　京 我觉得爱情这东西，不像生啊死啊这些事那么实在和具体，爱情这事就像是一个人自己的分泌物，它只是跟你自己有关系，甚至都不见得跟你爱上的那个对象有关系，这种东西我觉得不是很靠谱，可证它有可证它无。

比尔狗 那在你的成长经历中有没有比如说失恋特痛苦的这种经历？

向　京 肯定有啊，我觉得每个人都有吧。

比尔狗 刚才你说比较早的时候就想到生死这个事，那么爱情或者说两性这事，这方面的思考早不早？

向　京 正常年纪吧，我不知道什么叫早什么叫晚，小时候就会喜欢这个喜欢那个什么的，当然那种喜欢都是瞎喜欢，什么也不懂。我始终觉得爱情这事无法定义，所以我也不知道该从哪儿去谈这事……

比尔狗 那你还会谈恋爱吗？

向　京 这东西得看能不能碰到了吧。

比尔狗 那你还希望再谈恋爱吗？

向　京 我不希望。

比尔狗 为什么呢？

向　京 麻烦呗。

比尔狗 你看，工作的人都觉得这事麻烦。老贺也这么说，老贺就是觉得这是麻烦的事，占时间。而且到了一定的岁数，这事有点重复或者什么。

向　京 谈恋爱当中很具体那些事，叽叽歪歪也太低级了，我觉得特没劲，嗯。

比尔狗　这是内心的真实想法是吗，不是一个技术性的回答吗？因为你多少是一个知名艺术家是个公众人物了，你要考虑到公众反应而选择这种回答。

向　京　其实本来我是拒绝说这个话题的，但既然都说到这儿了，就这么一说。

比尔狗　你觉得这话题低级是吗？

向　京　也不是觉得低级，因为我无法去定义这个东西，因为我觉得性这个东西，它是人性里面的一部分，但是爱情这东西我又说不上来是一个什么部分，当然是非常好的一个东西，但是我是觉得……唉，都挺麻烦的。

比尔狗　那不说爱情，就说两性关系。两性关系对你来说并不是特别困扰你的一个问题？当然你也可能也没那么多时间……

向　京　哈哈，这东西有空就有，没空就没有。

比尔狗　你是属于老没空是吗？

向　京　哈哈，对对。

比尔狗　在您生活当中有一个特别重要的事，占据了大部分时间，就比如雕塑这事吧，可能其他的就真的没有太多时间去顾及了，精神不在那儿。但同时，是不是可能因为您经历的比较多，反而不愿意去谈这个事。

向　京　哈，我怎么会经历比较多呢，或者这么说吧，感情问题上我确实是一个很被动的人，我也从来不会主动去思考这个问题。

比尔狗　不去趟这个浑水。

向　京　对对对，趟这个浑水，我觉得太麻烦了，这句话太经典了。以前小时候肯定是会有很多这种向往和分泌物吧，我老觉得这东西就是一个分泌物，就是你分泌出来了就有了。

比尔狗　就变成一种生理反应了。

向　京　我是觉得这个情感，就比方说你爱一个人，我也干过那种疯狂的事，比方上大学的时候喜欢一个男生，其实莫名其妙的也没有什么——所以我就老觉得这东西跟那个对象无关——乘地铁坐了很久，那个人住得非常远，我就坐地铁坐到他们家门口，就只是一种思念，就想他，我也不知道他在不在，我也根本没去找他，我只是想做这么一件事，就缓解一下我的思念的感觉，这应该叫爱情吧⋯⋯

比尔狗　对。

向　京　我现在肯定不会做这种事情，现在这种事对我来说首先没有任何吸引力。当然你要问当时的我，我肯定会觉得爱情是一个非常非常重要的东西，现在我会觉得这事太麻烦了，我觉得我就不分泌这种东西了。

比尔狗　这跟年龄是不是有关？

向　京　哈，跟激素有关系吧。

比尔狗　或是被雕塑给替代了。

向　京　我觉得是，这话我真心承认，我觉得所有这一切，爱情也好，性欲也好，还是说你疯狂地干活，疯狂地做一些事想很多问题，这些都是我克服对死这事的一个具体的想象，而去激发对生的一种激情，这些东西都是很激动人心的，就包括你做东西，你做创作，有时候会很痛苦，自己抹眼泪什么的。

比尔狗 有更激动人心的东西在里头。

向 京 对，从另外一个角度，也可以说它激发起我对于生这个事的一个贪恋吧，它有能让我贪恋的这种成分，所以我觉得好像是有一种替代感吧。反正现在我要想起跟谁谈个恋爱，我就觉得哦天呐，我想想就望而却步，我觉得这事太复杂、太麻烦了，因为涉及别人，我做雕塑我就自己做，最多就是跟助手什么的协调协调工作，这事相对我觉得都没难度，要跟另外一个人折腾起感情，涉及他的人生，我觉得这事太麻烦了，比刚才办证还麻烦。

比尔狗 你会从女权主义的角度去思考性的问题吗？

向 京 女权当然是个词了，但是我觉得在咱们这个文化里其实是不怎么有效的一个词，所以我不大爱用。

比尔狗 你也不认为自己是女权主义者？

向 京 我不知道啊，我不认为，当然，我一方面不认为自己是女权主义者，另一方面如果要讨论到这个问题，我的立场还是非常鲜明的，我会认为女性需要具备自己的一种主体性和一个价值实现的东西，我肯定会本着这样一种价值观，包括对自己人生观的设定也会在这样的一个基础上。

比尔狗 我不太懂，这不就是女权主义吗？或者已经接近女权的表述。你只是不这样认为自己，你不贴这个标签。

向 京 或者说，我觉得女权主义是一个非常特定的名词吧，在西方有它的一套理论，这一理论也不是非常适用于中国，我觉得在中国讨论女性问题是一件非常复杂的事，因为女性问题已经纠缠在、内化在很多其他乱七八糟的社会问题里面了，很多其他的问题会比女性问题更突出、更紧迫，而你要讨论女性这个问题的话，是很难去除掉其他的因素独立出来的，所以我不太愿意谈这个问题。可能也是我这根弦绷得有点太紧。在我这个展览上，我的策展人朱朱，他也是一个诗人，他讲到我的作品讲到那匹马的时候，他说向京在做女性形象的时候特别地警惕小心，就是不要把女性做得太美以至于变成男性色欲目光的一个对象，被客体化，但是她做这匹马的时候，她完全释放了对于女性美的一种表达。

比尔狗　对，您做的那匹马特别美，特别是眼睛里流露出来的那种柔媚的光，那个眼睛的褶皱的曲线。再一个，女权主义是不是在世俗的层面上都有点贬义的意味在里面？

向　京　我觉得在中国用"女权"这么让人心惊胆战的词汇的时候，好像简单树立了一个二元对立的冲突。因为我也并没有把男性当成一个敌人，哪怕是个假想敌，我没有试图去构成这种对立，我只是在努力建构一个主体性，女性自身的这种主体性建构是很重要的，因为你要谈到女权很容易让人觉得是要反父权，我并没有……我觉得对我来说很重要的是自我审视、自我怀疑、自我构建，这种工作更重要吧，我并没有由此而产生一种类似受迫害妄想症一样的东西，就是觉得是由于别人的迫害而导致我的一个什么缺失，我并没有……

比尔狗　当别人或者媒体介绍你，称你是女雕塑家，你什么感觉？

向　京　我原来特别反感，而且还老是说什么这是我们中国最好的女雕塑家，我就觉得你说我好有那么难吗，为什么要加个女，咱们这儿女雕塑家就没几个，我在里面成为最好又怎么样呢？

比尔狗　这真是，女雕塑家真是不多。

向　京　这像是夸奖其实简直是羞辱啊，小时候我就特别不高兴。

比尔狗　不是因为女雕塑家少你特别不喜欢这么称呼吧？

向　京　我就开玩笑，以前当别人给加"女"这个前缀的时候我会特别敏感，但是我现在可能也是疲了嘛，就觉得说就说吧，我后来阿 Q 似地宽慰自己说，别人如果叫我男性艺术家我会更难过，叫你女雕塑家就算了。

比尔狗　哈哈。那么把"女"去掉，说你是一个雕塑家呢？

向　京　我觉得这是特别尊敬的，别人叫女艺术家肯定我在心态上会介意，但是如果别人就不加这个"女"字我心里会舒服点。

比尔狗　那你介意雕塑家或艺术家这种称谓吗？

向　京　我当然更倾向于叫我艺术家，就因为我并不执着于雕塑这样的一种媒介本身吧，但基本上现在都叫我雕塑家，所以也算了，无所谓。

比尔狗　那么"艺术家"你一点不介意？

向　京　当然。

比尔狗　问这个问题是想探讨，很多人也会介意自己被称为艺术家。我知道的有些艺术家就会。

向　京　我要自己写我就会写"艺术家向京"。

比尔狗　这个命名的困境，到极端就是觉得各种命名都有点不太对，包括像"一个男人"。

向　京　对，命名是一件麻烦事，我觉得命名都得留在以后，现在都早。

比尔狗　怎么命都不太对。一旦被归为什么类的话，就有了封闭性了，但你要真这么矫情的话人家也没法说你，让人家为难。

向　京　对对对。

抗拒虚无的唯一办法就是做事

比尔狗　刚才谈到艺术的时候，你想没想过，因为我曾经想过，就是说，你干事也好从事雕塑或者说艺术也好，是一个抵抗虚无甚至死亡的一个有效手段吧，大概这意思，你想没想过，会不会有一天突然发现这是一场空？

向　京　有可能。

比尔狗　那怎么办？

向　京　那没怎么办，反正我觉得时间就是这样划过，而且你也并不预知说，你有一天会或者不会意识到这个问题。

比尔狗　我的意思是说它是否足够强大到能够抵抗这个虚无或死亡？

向　京　虚无和死亡是两回事吧，我觉得我不见得能够抵抗虚无吧，虚无对我来说那种恐惧感更强，我应该不会接受这种虚无的人生吧，真那样，那我就选择死亡。

比尔狗　因为我特早的时候看过英国毛姆的一个传记，他作为小说家一生都很成功嘛，但是他到年老的时候，他大概活了八九十岁吧，他就特别失落，到快死那几年，就觉得写了一辈子小说最后完全没意义，就特别想信个什么宗教，但来不及了，那传是那么写的，当时我感觉就是艺术这种东西是否能够真正地让你彻底投身进去永远义无反顾。

向　京　能，因为想不出有第二件事能让我彻底投身进去了。

比尔狗　因为我老想象，当然我也不信宗教，我觉得是不是有宗教信仰的人他就不会顾忌这个所谓的一场空。

向　京　当然我没有研究过宗教，我只是瞎理解就非常肤浅的理解，我觉得好像任何宗教它都预设一个所谓来世或者一个什么另外的世界吧，它以此来令我们这个空间这个世界的受苦灵魂有一种期待和慰藉，但是我不相信这东西。

比尔狗　就是宗教它怎么着都是立于不败之地是吧。

向　京　反正我只希望我就这一辈子了，干干净净的没有什么来世，结束了最好，就消失掉，灭尸粉什么的更好。

比尔狗　那……这，你不是怕虚无吗，宗教说的来世也好轮回也好，它给你一个东西，恰恰不就不虚无了吗？

向　京　死亡不代表虚无，它就是结束。我理解的生命就是一个 A 点到 B 点的路程，走完了，就是结束。我没法想象一个人要一趟一趟没完没了地走。我刚才说，我觉得宗教前提都是编这么一套东西，不管编得拙劣也好高级也好，它先让你信，我就很难信这套说辞，特别难，所以我没办法信任何宗教，我只能自己去想一些道理……我觉得宗教帮助不了我太多。

比尔狗　不是，宗教它恰恰不虚无啊，而你这个……

向　京　我倒觉得就是这种有什么来世太虚无了，我觉得生命永无终止、不断归零重启，这很扯。

比尔狗　你不信它当然就彻底太扯了，你要信它就不虚无了……

向　京　如果我们在讨论一个你不信的事怎么讨论下去？怎么去认定它是个不虚无的东西呢。

比尔狗　就是说如果你信了，它肯定就不虚无了对吧，比如那些信宗教的人，我们不信宗教的人怎么办？你说我们就得信彻底没了？

向　京　你说怎么去解决这个虚无问题是吧？

比尔狗　对，虚无，对。

向　京　就做事，对我来说就是行动，在行动中过好此生。所以我说我是宿命论者，是因为我觉得这一生这个过程是安排好给我的，就像你必须承担的一个使命一样，对我来说抗拒虚无的唯一办法就是不停地行动做事情，用所有这些事情来填满这些时间，那么任何时候当你面对死的那一刻，就是结束的那个时刻，我都觉得：哇塞，太棒了，太解脱了，这是我假想的一个情境啊，哈哈。

比尔狗　但是如果你这些……

向　京　因为死是一个必然结局嘛，对吧，你就迎向这个死亡去行动着，我觉得最好能够行动到死亡那一刻，咔一下死了，那是最好的。

比尔狗　但是我们莫名其妙地来到这个世上，干一些事，比如你做雕塑或是什么，然后你这些艺术作品早晚有一天也会灰飞烟灭，这一切有什么意义呢，你不是怕虚无比死还厉害？

向　京　不是，这个你说的都是物质层面的虚无，物质层面的毁灭。所以说我在整个做作品的过程当中，这个过程其实就是一个真正的漫长的内化过程，在这个过程中建构的这些东西，我觉得才是生命的实质，而不是我们的肉身不是我们此时此刻活着的这样一个状态，这是我自己相信的，或者说我编造出来说服自己相信的一个东西。

比尔狗　就是说这种生命实质也好，这种努力的过程也好，你认为这东西是不死的。

向　京　不是不死，是它至少对我有意义，我们在讨论个体嘛。因为我也并不相信所谓的艺术的永恒性或者不朽，我也不追求这东西，但我觉得每一个生命如果有一个存在的实质的话，一个内核的话，其余的就是你内在这个东西的外在存在形态，我们想问题，包括创作，我觉得创作是一个最好的方式。即便我以后做不动雕塑了，我可能会去写东西，去拣一个体能消耗不是很大的东西去做，因为我觉得只要你在分泌着，你在想问题，你在不停地这么工作着，就是非常好的一个办法，你靠这样的工作去确认或者说去建构这个内核的部分，而这个部分我认为才是我活着的一个真正的形态，不是其他什么。有时候，我看到很多女孩就在那儿晃里晃荡，天天的，我心里其实不喜欢嘛，但我也不能没事老批评人家，我有时候就会说生个小孩吧，因为我觉得哪怕说你去哺育一个孩子长大，全身心的。这就是我以为的一种宗教的或非常近似宗教感的状态吧，我相信的一个东西就是献身，我特别觉得生命是要献到一个什么东西上面，一件事上也好，抚养孩子也是个事嘛，不也是一个献身嘛。你全身心地投入到一个什么事情上，别把物质意义的个体看得那么重，这个是最棒的。

比尔狗　开解或者是什么？

向　京　不是开解，是制造一个东西，献身才能专注完成有价值的
建构，现代社会太强调自我意识，我觉得是消费社会的阴
谋，就你自己这么活着有什么价值，吃喝玩乐有什么意思，
我觉得没意思。

比尔狗　类似于从虚无中创造出一种价值吧。

向　京　不是，当然这东西是你相信的价值，你觉得有价值，比方
说我就会觉得照顾一个小孩长大成人特别有价值，当然我
没有小孩，我只能说如果我有小孩我就会全身心投入照顾
好他，吃喝拉撒什么的，把他抚养长大，如果命运给我安
排了这么一个孩子，我肯定会投入地去做，就像我做一个
雕塑我也会投入地去做，不见得雕塑嘛，就是碰见一什么
东西我就投入地去做，我觉得这个在我看来是赋予生命价
值的一个事，或者说就是生命里面唯一有价值的部分，其
他的部分就是多一样少一样怎么着都行，都无所谓，就不
是特别计较。

比尔狗　这叫真的有追求的人。这种价值是一种终极赋予，你不需
要通过一种外部的或者一种神性的东西来赋予这个价值。

向　京　我觉得现在这个时代没有办法说被一个神性的东西赋予什
么了，我觉得我们已经丧失了这种机会了吧，所以我觉得
只能是自己找，自己找自己相信的部分，我也不知道别人
怎么想，反正我自己就始终是这样。当然我这样的一种方
式会特别容易封闭起来，我自己有时候也会反省这一部分，
今年特明显吧，我不是扬言说以后不想做雕塑嘛，我就觉

得我的封闭性实际上也是一个非常大的问题，造成我很多认知上的狭窄性，我现在跟你们说的都是我狭窄性的一部分，所以我说我未来可能会换一个方式，比方到处去走走看看。我也不知道，我觉得就是你换一个姿势去过一段时间，也许也挺好的。我觉得这是一种功课吧，这可能始终来自于我的一种习惯，我老是自我怀疑，自我审视。也许，我还能再找着更好的方式。我也不知道。他们很多人都说，你不可能不做雕塑，你以后肯定还要回来做雕塑，我就想好吧，不管怎么样我都接受命运的安排，做什么都行，只要让我有事做就行。

比尔狗　你刚才说献身，你算全身心投入艺术吗？

向　京　比起其他事来就算投入最大的吧，我都没有什么生活。

比尔狗　那就是说还不算全身心。

向　京　那要怎样？

比尔狗　因为你刚才说了宗教感，你说的就是一种全身心投入的状态，包括养孩子什么的，你喜欢这种状态，你觉得艺术算得上全身心吗？对你来说。

向　京　差不多吧。

比尔狗　那还是不算？还是有点不严丝合缝？

向　京　我觉得，至少到目前为止，就从我 1995 年大学毕业之后到现在，前面的生活就没有这份工作，也就不算了，后面我也不知道会什么情况，我也不算了，中间这段时间，我觉得也算比较全身心的吧，因为我几乎在慢慢挤掉我生活的时间，这两年回到北京，我已经算是好的了，结识了很多朋友，但我有一天特别恐慌地发现我是一个完全没有闺密的女人，因为……

比尔狗 没有时间去结交是吧？

向　京 也不是没有时间去结交，很多人都对我挺好，但我肯定是一个非常糟糕的朋友，因为我吝啬时间去陪伴，因为闺密是需要互相倾诉什么的，别人有什么痛苦肯定想不到我，因为我不会去安慰人啊，或者是陪人家聊天，我非常讨厌买东西，所以也不会和谁一起逛街。

比尔狗 你刚才说你一直没孩子，能聊吗这个？

向　京 就错过了。

比尔狗 错过了，不是说主动不想要的。

向　京 嗯。

婚姻就是出于对人性的不信任

比尔狗 那你怎么看男性？

向　京 我怎么看男性？男性就是男性呗。就是另外一个物种。

比尔狗 区别那么大吗？物种？

向　京 我觉得有啊。哈，另外一个物种，说得夸张了，反正是跟女性会很不一样的一种人，我觉得是，大概，简单地说就这么理解的。

比尔狗 那您身边接触比较深的男性？

向　京 哈，比较深的男性，哎呀，我的父亲，我的弟弟，我的丈夫，现在可能比较密切的就是我的助手，就这些人，围绕在我身边的。我也没有什么特别特别闺密的男性朋友，我总之就是没什么闺密。

比尔狗 其实不管是男性也好，女性也好，在你看来，你是不是有点，就是已经忽略这个人的性别了……

向　京 哈，没有没有。

比尔狗 没有是吗？

向　京 没有，一点没有，我很明确地知道这个是男的，这个是女的，哈哈。

比尔狗 那你怎么看婚外恋这个事情？

向　京 你是要解答自己的问题吗？

比尔狗 算是吧，我也豁出去了反正。当然我们所有的问题都是在解答自己的问题。

向　京 哈哈，我没这个经验，所以我没法帮你解决这个难题。

比尔狗 那你谈谈你自己的看法，没这经验也没关系。

向　京 我觉得人性就是不靠谱的，否则为什么要有婚姻呢，婚姻就是出于对人性的不信任。

比尔狗 契约锁定是吧？

向　京 对，就是契约锁定。人性里面就是有一个天然的动物性的东西，它就是嗅味，到处去找那个新鲜感和吸引自己的，你肯定天然会被一些气味或者吸引你的东西吸引过去。就是出于对这种天性的恐惧吧，我们创造了婚姻这个制度，尤其这种制度对女性更有安全感吧。我不知道，我没有特别深入地研究婚姻。

比尔狗 那你觉得婚姻？

向　京 婚姻肯定是对人性的捆绑。

比尔狗 你觉得婚姻这制度好吗？

向　京 挺好的啊，要不然得多乱，这个世界。

比尔狗 你也太简明了，我觉得你采取的是一种相对简单粗暴的方式。

向　京 我对很多事情就是简单粗暴的处理。

比尔狗 然后把全身心投入到艺术里面。

向　京 但艺术还是让我思考了很多的问题。

比尔狗 所以说你有更多的精力去解决艺术问题，生活当中的问题就简单粗暴。

向　京 我是一个很怕麻烦的人，现实生活中的所有麻烦，像今天我遇到的这种办一个证什么的，对于普通老百姓大概是一个特别正常的事，我就会烦得不得了，我就会觉得特别难特别难。

比尔狗 你一开始说了一句话，是顺嘴说的，还是以前就想的——你说"信命的人不信算命"。

向　京 我当然是这么认为的呀。

比尔狗 为什么？

向　京 因为你信命，你都相信它，你干嘛还要预知它呢？算命不就为了预测一些事情吗？我不知道别人什么心理，我不算命，我接受，安排什么就接受什么。

比尔狗　你不算命是排斥还是什么？

向　京　不是，我觉得浪费时间，干嘛要去干这个。

比尔狗　你不好奇吗？

向　京　好奇有什么用呢？你怎么知道未来会发生什么？当然对于未知的事情肯定是好奇的，对于好奇我不以算命来解决。

陷入虚无那就不活了

比尔狗　你说不信算命，就是你不信有一个高人之类的，他能够……

向　京　如果真的有这样一个人存在的话，那我就屈服于他，献身于他，我不会去想要套点什么话什么的。

比尔狗　你觉得有可能有这种人吗？

向　京　我暂时还没思考这个问题，我只是觉得，这个宇宙之大，有很多奇怪的、神秘的力量吧，你也很难去预测个什么，有什么其他的能量，是我们无法想象的，我倒相信这些。但是从这个角度来讲，确实有种挺渺茫的感觉，就像我看完那个《星际穿越》，我简直差点到了一个无法挽救的地步，因为我觉得那种对于末世的想象，真是太绝望了，我说绝望就意味着，它否定了人类所做的一切，如果当真有一天，所有这些东西都消失的时候……那天我跟陈老师聊，您不是说人类文明就是建构了一个神殿，所有人世间最好的东西都放在神殿里面，供我们去膜拜，并且这是我们每个人世世代代可以享用的东西，这样一个图景的描绘，会让我特别振奋，这是一个特别正面的东西，特别激起我就像宗教般的向往那种感觉。当然你说，随着这个地球的毁灭，整个这些东西都不复存在，这神殿都不存在的话，对我来说打击太大了，太幻灭了，所以我看完《星际穿越》之后，我当时简直快崩溃了，甚至抑郁了一段时间。

比尔狗　那地球以前是没有的呀。

向　京　是，所以这就是我的狭窄性，我没有从这个角度去想问题。如果我这么想，可能就会陷入虚无，那陷入虚无之后，我可能就……

比尔狗　就不做了。

向　京　不是不做了，是就不活了，就很难再去找到一个什么理由去……当然很快我就振作了，我觉得无所谓，靠，反正你此生使命大概就是这样的。就完成这个，把你该做的做完了，你也不用想那么多。

比尔狗　这说的好像有点玄，就说毁灭也好或怎么着，你相信有一个更超越永恒的东西吗？你相信永恒吗？

向　京　永恒也是跟陈老师讨论过的一个话题，我们说有些词汇在这个时代是失效了。

陈嘉映　我觉得向京两三次、三四次地回答过这个问题了。她觉得这个时代这种东西已经绝了，没有了，也不用太假装，去信什么，就是要把"没有了"这个先接受下来，就把这个作为一个基本事实接受下来，然后再想别的。

向　京　是。很多东西哪怕它特别难以下咽，都得吞下去……反正自己制造一些什么意义吧，说服自己。

陈嘉映	"不信"，不是说她向京不信，她是说，实际上谁都不信。
向　京	对，我觉得在这个时代，谁都很难找到相信的东西。
比尔狗	那些有宗教信仰的人呢，你相信他们吗？
向　京	每个人的情况肯定不一样。
比尔狗	比如说有宗教信仰的人，他是真信，那么对他来说应该他相信永恒。
向　京	也许吧。
比尔狗	就说这个时代还是有人相信永恒的。
向　京	那也许吧。
比尔狗	我们对死亡的恐惧在某种意义上是对无意义的一种恐惧，如果哪一天，就刚才说的大湮灭发生了，但有另外一个声音告诉你，你现在做的都是无意义的，那么你会觉得这种是可怕的吗？
向　京	对呀。那我就去死呗。那就剩下死一条路了，那不挺好嘛，没有选择，更好，就简单了。
比尔狗	对你来说不需要有一个更高的存在来帮你解决这个问题？
向　京	我所能做的，就是先这么做事，这么过着，如果真的某一天有那么一个声音，姑且就叫它一个声音吧，或者就是我自己意识到，一切都毫无意义，那就像我说的就简单了嘛，我觉得无意义对我来说不是死，我觉得死不等同于无意义，我认为虚无等同于无意义，如果虚无降临，那我就去死，因为死可以结束这一切，至少结束我对虚无的恐惧。
比尔狗	那你觉得你有可能会在某一天面对这样的无意义或者说虚

无吗？

向　京　有可能，我不知道。

比尔狗　或者你觉得，只要你现在有行动，只要有行动的地方，就不会有这样的一个无意义。

向　京　不是，你行动也需要产生行动的动机、动力和激情，当有一天这东西消失的话，没有东西推动你的行动，这时候，虚无感袭来……

比尔狗　那对你来说这个动机、动力也有可能有消失的那一天，但你并不排斥？

向　京　我只能说可能，但是我希望别这么快来，因为这个东西还是挺吓人的。

比尔狗　确实挺吓人的。那嘉映，我刚才说的——有宗教信仰的人他相信永恒，能这么说吗？有这回事吧？

陈嘉映　我不知道，我也不想把这个话题接过来，我觉得，当然我们可以设想别人是什么样的，问题是你设想的是什么人，你们讲到一个更高的声音，现在呢对于向京来说，也许对我来说也是一样的，就是如果这个声音不是你说的更高的那种，它就是来自一些在这些事情上我不太信任的人在那儿信仰永恒，那不叫作这个时代在信仰永恒，而这时代中我能信的人都不信永恒，是这个意思，就是说，是还有人信，但问题是我不信它了。

比尔狗　在艺术上，你有过巨大的失落感吗？

向　京　巨大的失落感？我没有，我做艺术，好像还是获得了一种充实感，因为艺术对我个体来说真是一个非常救赎的事情……日复一日的工作，塞满了我的现实。

比尔狗 我觉得今天我们和向京聊的这个感觉，在我心里呈现出的还真的是一个……一个疯狂艺术家的那种形象……你们听我说对疯狂的界定，这种界定是正面的，就是说你把生活中的东西都给简化了，然后全身心地投入到艺术当中。

向 京 艺术家不应该是被妖魔化的一个人群，就是普通人，我的意思是说，艺术家和普通人有同样的困境，只是艺术家可能很幸运，能在自己的作品里面获得一个表述，它能物化成一个作品。艺术家这个职业，可以让你更好地去审视这些问题或者遇到的困境，因为它固化成作品呈现在那儿。你有时候自己去看这些东西，你就会觉得好清晰啊，否则的话我想，如果没有创作以及审视等等，就稀里糊涂地过下来，我自己肯定有很多东西还是无知无觉的。

比尔狗 你觉得你20多年的艺术生涯中，最疯狂的是什么时候？有没有过这种比较疯狂的创作经历？

向 京 就工作量很大的时候，2003年到2005年那段时间。

比尔狗 那种状态让你迷恋吗？

向 京 呃，我觉得不是迷恋吧，当时可能就是这个身体和心智正好到达那样一个状态，我倒不觉得那一定是一个心智的峰值，但它肯定是身体的一个峰值，2003年我35岁，状态特别好，也是由于封闭、狭窄，而自信心爆棚，就觉得我能做特牛的作品，那种状态也是一种无知无畏的状态吧。

比尔狗 大突破，对你艺术创作来说。

向 京 就是产量非常高，而且那时候雄心比产量还高。

比尔狗 我们之所以怕死，是不是我们就没好好认真活过啊？我就没有疯狂地写过小说，崔命没有疯狂地写过诗，问题就在这儿啊。是有点这意思吗，你刚才说生死是一体？

向　京 我觉得每个人的路径是不一样的，有些人可能疯狂地恋爱，对他来说是一个路径，我就是干活。

比尔狗 这算你艺术创作的一个疯狂时期。

向　京 我不觉得疯狂。

比尔狗 我是沿用你说你年轻时坐地铁，去追那个男孩，你自己用了疯狂这个词。

向　京 呃啊，我现在想，觉得荒唐吧。

比尔狗 你在个人情感生活方面，是否做过其他类似这样疯狂的事？

向　京 我只是给你们举一个例子，满足你们的好奇心。

向京：艺术家

时间：2016 年 10 月 10 日下午四点到七点

地点：北京菊儿胡同 7 号"好食好色"文化空间

嘉宾：陈嘉映

黄雯： 因为责任， 所以先锋

我觉得我还挺保守的

比尔狗　想到访谈你，简单说就是你的"先锋"姿态吧，虽然"先锋"这词前些年有点被用滥了，我们就先这么用着吧。从文字到生活，你都是一种先锋的姿态，这么说你靠谱儿吗？你应该是太符合"自带价值观"的人了，这是我们选择访谈对象的一个标准。

黄　雯　哦？自带价值观。

比尔狗　你觉得你先锋吗？

黄　雯　说不上来，就一名头吧，不知道怎么说，我觉得好像还是有点吧，哈哈。

比尔狗　你怎么会对文字有这么浓厚的兴趣呢？你看你以前做模特，一般在时尚领域挣钱比写作要容易是吧？

黄　雯　写作这事，我好像从小就这样，写这个写那个的，自己写着玩，就是当时没发表过。时尚那些只不过是一个工作而已，就是挣点钱。

比尔狗　具体说说你做过什么时尚啊？

黄　雯　我以前做过模特，也拍过很多片子，乱七八糟的。我以前还是运动员呢，我是湖北省队的。

比尔狗　　你对篮球有兴趣吗？

黄　雯　　没兴趣，都是被逼的，中国父母逼孩子真是到极致了，特别没劲。所以我20岁之前的生活就不是我自己想过的，是被别人逼着过的一种生活，所以后来进入社会以后就是挺放任自己的。

比尔狗　　我们访问过的这几个女性，几乎都这样，小时候的家庭生活都是一本血泪史。

黄　雯　　所以我步入社会以后，完全是释放自己那种，20岁之前是太压抑了。

比尔狗　　当年的压抑导致你释放了这么多年都没释放完？

黄　雯　　现在是越释放越有点困惑了。

比尔狗　　正好聊聊这个困惑。跟你同龄的比较知名的模特有谁啊？姜培琳？

黄　雯　　对，姜培琳，还有那年的冠军叫谢东娜，后来我们都是一个公司，"新丝路"的，就是这一拨人。

比尔狗　　模特这行业你知道点历史吗？我是想问，以瘦为美的这种范儿，为什么这么根深蒂固？

黄　雯　　衣服架子就得瘦，胖怎么走啊？但是每年流行趋势不一样，在细节上可能会有不同要求，但是总体来讲不可能是一个胖子在台上走来走去吧。现在流行什么那种婴儿脸，小孩那种脸，以前是高颧骨、高鼻梁，这个有时候会变，但身材还是得保持很瘦的那种，胸不能太大，要不然走起来呼哧呼哧的。

比尔狗　　不看衣服，就看胸了。

黄　雯	就是得骨感。
比尔狗	骨感这词也是很新的，就这二三十年吧，比如说六七十年代，或者再早，那时候这么瘦肯定是不好看的，再往前。
黄　雯	你这个问题好奇怪，这个是主流审美，没办法的。
比尔狗	我是想引诱你们说以瘦为美是否是对女性的一种摧残，然后让男性看，包括高跟鞋这种东西。
黄　雯	你非得这么往深讲，较这个劲的话，是这样的。那个时候对我来讲，它只是一个职业，我就没多想。
比尔狗	这其实对男的也是某种剥夺？作为男的为什么我们就喜欢瘦的？为什么就不喜欢胖的呢？我的意思就是说，喜好应该是有胖有瘦有中，为什么大家都集中在瘦上，弄得减肥几乎成了许多女孩的头等大事。
黄　雯	瘦了线条会漂亮，谁喜欢短腿的啊？黄金比例当然是最美的了，你别说女的，男的要是特胖谁喜欢啊？
比尔狗	男的好多了吧。
黄　雯	还是一样，为什么现在小鲜肉这么火啊？谁喜欢一个胖子啊？肯定都一样。赏心悦目不分男女，男人也是一样的，为什么有男模呢？都喜欢长腿欧巴嘛。你这个问题问的有点太那个了。
比尔狗	高跟鞋呢？
黄　雯	高跟鞋也是为了好看。女孩穿高跟鞋就是好看。
比尔狗	好看吗？即便好看我也觉得有点奇怪，为什么是这样子的。

比尔狗　你是在省队的时候就谈恋爱了？还是到北京做模特以后开始谈的恋爱？

黄　雯　我挺晚的。

比尔狗　把你的恋爱史从小到大给我们捋一遍。

黄　雯　哎，你们怎么对这个事这么感兴趣？

比尔狗　我们聊的就是性和死亡啊！

黄　雯　我觉得我很晚熟，我都 21 岁了还是 22 岁了，还没谈过恋爱呢。

比尔狗　你觉得你这小半辈子刻骨铭心的恋爱有过吗？

黄　雯　刻骨铭心？这词怎么讲呢？

比尔狗　让你最放不下的，让你现在想起来依然感触异样的，有吗？

黄　雯　我好像没有。我觉得我每次都挺认真的，但是我放下就放下了，我不是那种好几年纠结在这个事上，我不是这种人，可能是 B 型血吧。我其实在感情上的困惑还好，我现在是对人生很有困惑。

比尔狗　你说说你的困惑在哪儿呢？

黄　雯　不知道呀，比如人生的目标到底是什么？诸如此类的，不知道。

比尔狗　这个问题很大程度上是男性化的问题，男性会这么问自己，女性这么问自己的比较少。

黄　雯　我前些年得过一阵抑郁症，住在机场那边，住了五年，把自己给弄病了，好多人以为我失恋了，我那会儿就是自己待着待坏了，我主要闹精神危机呢，想一些别的事上去了，挺形而上的东西想得太多了，自己给搞拧巴了，后来我就搬到城里来住了。感情的东西我觉得这个事就是顺其自然，有就有，没有就无所谓，我不是不能一个人过的那种，可以一个人过。

比尔狗　就是说你不在这个事上较劲？

黄　雯　不较劲，伤就伤了，过一阵就完了，再重新开始来一次呗，当然爱的时候也挺爱的，每次都是，但是我觉得我在恋爱的时候，有时候我经常觉得有一个旁观的我在看我自己，我是属于这种人。

比尔狗　有一种天生的出离感。有些人失恋为什么那么严重，像我曾经有过两三年才慢慢走出来，就是因为在恋爱中太投入了，丧失了出离的感觉。

黄　雯　男人有时候比女人脆弱。

比尔狗　不止恋爱，好多事都这样吧。这么说我就想到佛教，讲无常什么的，就是在提示你很多东西不应该那样投入，我不知道，瞎说。

黄　雯　这个状态会有，但不会很长期的一直在投入，那累死了，我顶多是一阵儿。

比尔狗　那么关于性，你觉得你是什么时候就打开了呢？从一个家里边管得很严的、一直受压抑的女孩，变成了一个对性更加自主开放的女人？还是说你的性观念这块一直是属于偏保守的？

黄　雯　性这个东西，男人跟女人不一样，女的在身体上性成熟更早，但是她的性心理成熟得晚，男人正相反，所以你看为什么女孩年轻时都很矜持，男孩在年轻的时候欲望是很强烈的，就得去干或者发泄掉才行，女的到一定的岁数以后才慢慢开始性心理成熟，需求越来越强烈，什么女的 30 如狼 40 如虎这种，这是有科学根据的，哈哈。

比尔狗　你的情况呢？

黄　雯　我觉得差不多，就是按这种发展的，年轻的时候可装了，也是因为那时候不懂。

比尔狗　你说你 20 多岁的时候其实很装，就是比较矜持……从什么时候开始就不矜持了呢？30 岁以后？

黄　雯　也没有不矜持，就是慢慢慢慢顺其自然自我成长的一个过程，现在很多女孩的性是被压抑的，自我压抑，我是一个不爱自我压抑的人，但是我也不会说轻易去放纵，不是说我要么性压抑，要么就是性放纵，不是这种情况，我意思就是爱自己的身体，我觉得女人最早对性的探索还是应该从你自己的身体上开始的，很多女人她不知道自己的欲望是什么，可能还得靠男人去引发。

比尔狗　更细一点呢，对自己的身体的探索，对女人的欲望……

黄　雯　就比方说探索高潮啊。

男权社会，男女都有问题

比尔狗　你最鲜明的性观念是什么？

黄　雯　鲜明的性观念？我觉得就是尊重自己的性欲望，你不要以为这个话题好像是很普通，尊重自己的性欲望，这个非常难，很多人不尊重自己的欲望，很多女性她并不尊重自己这一块，很多女的没有这个意识。你看，很多做爱中的女人就不爱提要求，也不爱去跟男人说，她想要什么样子的，最后就造成男人误解以为女人喜欢这样的。所以为什么我以前还批判过毛片，因为那个毛片全是以男性视角去拍的，它让人觉得女人很享受，实际上那些体位什么的，女人根本不享受。

比尔狗　你看过纯以女性视角拍的毛片吗？

黄　雯　没有。

比尔狗　《钢琴课》算不算？那个应该是女性自己去寻找实现自己的欲望。这样的片子很少，这个可以解释为什么很多女的看毛片没感觉。

黄　雯　当然了。这个事以前都没人提过，还是我最早提过。

比尔狗　咱们的摄像以后得往这个路子上走一走，多大一个空白啊。一定得拍出女人想看的片子。

黄　雯　说白了，我们还是个男权社会。女人其实很会伪装性高潮的，女人都会有过这种，她为了让男人高兴，她伪装。

比尔狗　男的没法伪装。

黄　雯　这个不光是性的事，在整个社会男权影响控制下，女人她又被自我控制了，她自我压抑，不需要男人来怎么着，自己把自己压抑住了，这样的女人太多了。这个问题不光是男人的问题，也是女人自己的问题。

比尔狗　整个这么一个性爱的场景，就是在这么一个所谓男权背景的笼罩之下，你有时候想出离一点，很难，搞得大家都做不成爱也不行。

黄　雯　这个东西是互动，哪能光让她爽，她也得让你爽啊，是不是？你给她那么长时间前戏，她也应该感激你，她也应该给你前戏，这都是相互的，躺着跟死鱼一样享受，那不是太自私了。

比尔狗　我们这访谈跟做爱有一点类似，我们必须得照顾大家的感受，一点一点的。你要突破点什么东西，就得冒着坏事的风险，很难。

黄　雯　做爱还好吧，我觉得就是互相尊重，是个平等的过程，你要把这个东西看平等了，俩人都能两情相悦。如果一个很强势的女人，提出平等的要求，男的可能还吓着了你知道吗？因为他那种思维惯性，他就觉得他是主控的，当他碰到一个女性，想跟他平等的时候，他会害怕，他会害怕失去主导权和主控权。所以这个性，说是性，实际上折射的还是整个社会，整个道德层面，整个思想，很多领域的问题真的是这样的。

比尔狗　所谓男权社会，其实我也不懂什么是男权社会，总之这个性关系里面，男的对女的的要求是弱、贱，或者怎么样，女的要求男的就是强，诸如此类的，这东西挺根深蒂固的。搁我身上吧，假设这女的不贱，是不是还能做爱呢？我意思是在两性关系上，总得有这种所谓的贱，不可能摆架子，就是自然吧。或者说在做爱过程中动物性毕露，兽性大发什么的，哈哈。但是在性的互动当中尊重对方，就是不管对方是什么样的人。

黄　雯　我觉得这个可以分开看，就是你在人格上要尊重她，但是在行为上也存在受虐狂、施虐狂这两种东西，太强调一定要怎么样也不对，比如温柔什么的，因为每个人性趣味是不一样的。最关键的是人格上的尊重，比方他就是很贱，就喜欢贱，俩人在一块两情相悦，那就行了。

比尔狗　我就是想知道，这种美好而欢欣的性爱现在的比例多不多？

黄　雯　并不是说换一个人就不一样了，不是这么一回事，性这个东西它可能会过一段时间兴趣就淡了，但是如果再重新开发，它还会有新的兴趣，这个东西不一定来回换性伴侣。

比尔狗　这个不是在数量上。

黄　雯　在体验上面，在你的悟性，还有天分上面。

比尔狗　你是具备这样天分的人吗？

黄　雯　我不知道啊，这个东西得让别人说去。

比尔狗　刚才你说了一句话，我还不太明白，你说女的要学会尊重自己的身体、尊重自己的欲望，就是说男的不存在对自身性欲望的了解？

黄　雯　男的好一点，男权社会。当然男人肯定也有男人的问题，男人的虚荣心比较强的话，他就觉得我拥有更多的女人，那么我就特满足，你看我又把谁收了，就是一种虚荣心，实际上那女的怎么想的，你知道吗？她没准就觉得你不行，天天在那儿吹牛。

比尔狗　很多男的满足了虚荣心就足够了吧，在这一点上，男的没准特蠢。

黄　雯　实际上他内心里面到底要什么，要怎么着，他连自己都不知道，只是表面上满足了自己的虚荣心。

比尔狗　你在性方面是什么时候明白自己的？

黄　雯　这也是慢慢开发，女人都是慢慢开发自己的，不可能一下子就明白的。

比尔狗　男的不用开发是吗？

黄　雯　男的性成熟比较早嘛，或者说生理构造没什么可开发的。男女生理结构不一样，女性她是内隐的，她要探索自己的比较曲折一些，不像男的。

连自己的欲望都不了解的人，瞎结什么婚

比尔狗　一直想问，你没结过婚吧？

黄　雯　没有，没领证而已，都是谈恋爱那种，没有走入婚姻。

比尔狗　你对婚姻怎么看？你想结婚吗？

黄　雯　我对这个问题也没有特别强迫，也没有特别不想，也没有说特别想，没太想这个事。

比尔狗　不排斥婚姻？

黄　雯　不排斥，但说实话我还是有点恐婚的，可能是因为父母的影响吧，因为我太烦吵吵闹闹的那种婚姻生活，对孩子的影响什么的。还有这个责任太大了，婚姻带来这种责任感。可能就是我太想负责了，我就害怕这个事，也可能我还是太爱自由了。

比尔狗　那你想过这辈子不结婚吗？

黄　雯　也想过，不结婚就这么过着呗。当然最好有个伴，一个人多孤独。

比尔狗　我觉得现在结婚还是一个主流意识形态，基本上到 28 岁，

我说的是中国，父母得逼婚了。

黄　雯　所以那帮特早结婚的，现在都出轨了，因为没玩够呢，没玩够结什么婚啊？我觉得婚姻就应该晚一点，俩都没玩够，瞎结什么，再有孩子，再闹，再出轨，再离婚。

比尔狗　有没有考虑到，要是一直没玩够呢？

黄　雯　不可能一直没玩够，总有踏实下来的那一天。

比尔狗　你觉得你现在的状态，是玩够了还是没玩够？或者属于将近要玩够了？

黄　雯　哈哈，我现在有点玩够了，但是还有点心不甘的那种状态。

比尔狗　如果你遇见一男朋友，想跟你结婚，但不限制你玩，你喜欢玩什么他也陪着你玩，你想自己一个人的时候他也不管你。

黄　雯　那不行，没玩够的那种生活太不稳定了，你重心没有在这个上面的时候，你对自己的婚姻不负责任。

比尔狗　你还挺负责的。

黄　雯　我非常负责任。我那天发微博就是说，你连自己的欲望都不了解的时候，瞎结什么婚，你都不了解自己到底是个什么样的人。所以我觉得婚姻这个事就是你得想好了，你真的要负这个责任才能进去。你得尊重你自己的选择，很多人是什么啊，选择一个东西挺容易的，但是不愿意负这个责任，这是我特别讨厌的。你既然选择过一种很自由的生活，你就得承担自由所带给你的代价，你既然选择婚姻这个生活，那么你也得承担婚姻带给你的一系列的约束，你必须得很自觉地去承担这个，这个东西不能是谁强迫你的，逼婚这些都不靠谱儿的，这个必须得自己收了心了，自己愿意负责的时候才能选择婚姻，不能逼，逼来逼去即使结了没准过两天又出轨了什么的。

比尔狗 你觉得你什么时候可以放弃自己的自由，去接受婚姻状态去承担责任？

黄 雯 也会的，有一天会的，其实人就是一个逆反心理，如果给你特别大的自由以后，你可能会自然地自己往回收。

比尔狗 结婚存在放弃自由吗？不行再离呗。

黄 雯 谁没事为了离婚去结，有病啊。

比尔狗 不是为了离婚去结，我的意思是现在离婚跟谈恋爱分手越来越接近了。

黄 雯 我不是说不能离，如果实在没办法，离就离了，我的意思就是，你得知道自己的心理承受，就是你能承担一些责任，你对自己的人生负责任，你对另一方负责任，你有这个态度以后，你才能结婚。

比尔狗 这个挺难的。你对要孩子怎么想？

黄 雯 以前没想过，这两年得想想了，太晚就要不了了，但要不了就不要呗。我没想好，我挺害怕生孩子的，我觉得挺可怕的，我觉得我内心有时候还是个小女孩。

比尔狗 我觉得也是，跟你聊，包括从你的眉眼里面，你的心理年龄大概在 28 岁。这倒也是一个挺普遍的现象，就是说大家心理年龄，除了特社会化的人，现在很多人其实心理年龄偏小一点，就是在 28 岁左右吧，没有一个中年的心理状态，没有那种所谓中年人的责任感。像我们这些人的心态，并不是大多数人的心态，像单位领导那种，或者的哥什么的，30 就 30 岁心态，40 就 40，50 就 50，他们长多大，心理年龄就多大。有一些官僚，心理年龄更成熟，比如说 20 多岁的人，心理年龄跟 40 岁似的。官僚一般是 20 多岁就到 40 岁的心理年龄了，到 60 多岁还是 40 岁的心态，永远升官发财向上爬。

所有心理问题都和生死有关

比尔狗　死亡这事，你想过吗？或者简单地说，你怕死吗？

黄　雯　挺怕的，我前些年得抑郁症、躁郁症，可能就是因为想到生死的问题了。就把自己给吓着了，因为以前我从来不想这个问题的。后来我觉得人的一生不是这个年龄段，就是下一个年龄段，总有个阶段会想这个问题，而且想进去以后，挺难出来的，挺容易出问题的。我大概有一年的时间陷在这个问题里。

比尔狗　你怎么想生死问题的呢？

黄　雯　那一段时间不知道是因为生活压力还是一些什么事情导致的，最后身体出现各种症状，抑郁症的反应，失眠、心慌、拉肚子，半年一直腹泻，不知道是什么原因，去各种医院查，都查不出来，后来人家说你别查了，你去看看精神科吧，然后说是焦虑伴抑郁，是躁郁症那种。那段时间看了好多佛教的书，西藏的书，又回到东方哲学这里。后来想，说白了就是怕死。现在楼高一点我就不敢住，晚上睡不着觉，老盯着那个窗户看。

比尔狗　怕什么？地震？

黄　雯　　怕自己会忍不住跳下去，就是那种杂念恐怖，后来看森田疗法也专门讲到这个事，我现在尽量不坐飞机，能不坐就不坐。

比尔狗　　你有恐高症吗？

黄　雯　　我以前没有，我以前还蹦极呢。就是杂念恐怖，写东西的人，都经常有点胡思乱想。

比尔狗　　杂念恐怖？

黄　雯　　对啊，待得好好的，突然想到一个什么事上面，就进去了，自己把自己给吓得够呛。现在有时候晚上在路上，老觉得有人跟踪我，各种疑心病，就是怀疑人生了，这些东西跟死亡都是有关系的，害怕、恐惧。是谁说的，死亡跟重生是相互关联的，包括性也是一样的。你有没有做爱的时候特想死？或者你在做爱的时候特想把对方杀了……

比尔狗　　我可能想象力不灵，不过把性跟死亡连在一块的确实有，很多电影就表现的这个。

黄　雯　　很多东西一到走极端就是生死。而且人有一种赴死的冲动，每个人多少都有，要不怎么会有自杀这种行为。

比尔狗　　这次——咱们就叫它精神危机吧，这种狂躁抑郁症，这次之前 30 年，你对死亡这事你想过吗？或者怕过吗？

黄　雯　　没有，小时候没有，我就是集中在那一段时间特别强烈，各种神经质的表现、想法，进到那个死循环里面去了，想太多了就是。像咱们这种自由职业的人，挺容易把自己给搞进去的，那种特别忙的人还好。

比尔狗　　在这之前你都不知道自己怕不怕死，对吗？

黄　雯　以前没有想过这些，还蹦极呢。但是这个东西不能想，一旦想就完了，觉得特别没有安全感，哪儿都没有安全感，这个可能跟童年阴影也有关系，缺乏安全感，再加上性格孤僻，跟别人交流也不多，养成一种思维定式就在这儿瞎琢磨。

比尔狗　什么时候走出来的呢？

黄　雯　扛啊，那会儿吃药都不管用，就是死扛，那会儿我三天不睡觉，睡不着，严重失眠，第四天发高烧了，当时人家都不知道你怎么回事，我还没法解释，你说这事怎么跟人解释啊。

比尔狗　就是死扛吗？

黄　雯　就是生扛，可能到现在还没有彻底缓过来。人还是有一个自愈的功能，我特别痛苦的时候，感觉不行了的时候，你把它扛过去，它可能会好一些，因为人会遗忘，会慢慢忘掉一些东西。

比尔狗　这比失恋痛苦吗？

黄　雯　当然了！我失恋不可能这样的。我跟你说，所有的精神病和心理问题，其实都跟生死有关，诸如失恋或者失去亲人，或者是事业不成功受到打击，这些东西只是一个诱因，只是一个借口而已，根上还是生死问题，人怎么面对生死。我那会儿特严重的时候，比如说我跟这儿聊天，突然就觉得我不行了要死了，而且真的有反应，有点昏厥，或者心脏狂跳100多下，别人就说你怎么回事？我说我去趟卫生间，就是一个人待会儿去，那种反应特奇怪，这都是抑郁症的表现。

比尔狗　我们跟有的人也聊过，她也说自己经历过抑郁症，有怕死的状态，我们问过她用什么方法来开解自己的，她谈了两个方法，其中一个方法是通过性的方式排解，另一个是什么我忘了。

黄　雯　可能有那种的，但特别严重的那一年，我一次也没有做过，没性欲，特别严重的抑郁症是没有任何欲望的，吃、睡都没有欲望，性也没有。

比尔狗　你当时看那些书管点用吗？佛教？

黄　雯　管点用吧，但不是管特别大的用，就是靠自己。

比尔狗　可能身体老是那个状态它也烦了。我们访谈的男女，一般会问到"你怕死吗"？我们得到一个结论，男性普遍怕死，女性比男性不怕死。

黄　雯　谁说的？都怕。

比尔狗　我们采访的好几个女性，自己真的不是那么怕死。不过这个挺复杂的，说死亡的这个事很难聊，就是说当一个人说他怕死或者不怕死的时候，他可能不知道他在说什么。因为死这东西，如果你不知道是什么东西的话，你问他，怕也好，不怕也好，实际上没意义。但是确实相对女的回答不怕的偏多。我们这么聊没事吧，不会再把你聊病了吧？

黄　雯　没事，我现在好多了，你说女性不怕也许还有一个什么原因——可能大多数女性没有那么强的自我意识。大概我是天蝎座，就是那种自控能力挺强的，特别害怕失控，但唯一这个死是没法控制的，这是最可怕的事，别的事都可以试图去计划、去控制，死怎么弄？

　　不怕死的是什么人？有某种信仰，为了这种信仰可以不要自己的生命，但像我们这种人怎么把信仰放在自己身上？我们还在为了实现自我的价值，或者是我认为正确的东西还没有实现，我突然就不存在了，这对我来说是没有办法接受的一个事，可能是我的存在感太强，还是怎么回事。中国人普遍也没有什么信仰，所以这个问题不光是个人问题，也是社会问题，中国文化里面没有很强大的信仰。

比尔狗　如果现在有一些途径，让你能够去接触某些宗教的话，你还是会去接触的？比如佛教、基督教。

黄　雯　我老爱怀疑，我可以去了解宗教的一些东西，但老是保持一种质疑。人要真傻点就好了，像我们这种特别不愿意轻信，没有获得自己验证的事就不信它，也不知道这是优点还是缺点，有时候搞的自己也挺难受的。

比尔狗　写作呢？这算是你人生的一个支点吗？

黄　雯　哎，这个事行，我什么事都不干，我也会写，为什么？我写并不是为了出名，挣多少钱，写就是为了……你说释放也好，或者表达也好，或者从里面寻找意义也好，我觉得你只要表达出来，可能它就有意义了，所以写作这个东西是不可能丢掉的。

比尔狗　而且能带来快感。

黄　雯　有可能会带来快感，有可能会带来痛苦，这个很危险的，有些人写进去以后，把自己搞疯了的也有，所以这个度是很难掌握的。

比尔狗　那么，死亡这事属于你唯一不能控制的，也是所有人不能控制的，可能它也不是一个控制的事，你总得面对吧，怎么面对？

黄　雯　这的确是个困惑的事，有时候确实需要看一些书，宗教之类的，因为宗教主要讲的就是生死。

比尔狗　但你刚才的意思是拒绝以宗教方式来解决死亡的问题。

黄　雯　可以去借鉴这个东西，让我去全信它，我还是质疑，每个宗教里面都有一些它的道理，有道理的部分我借鉴一下就好了，不一定非得去信它。

比尔狗　你不信它，就没有办法通过它的渠道来解决生死。

黄　雯　我还是看道理吧，借鉴一下，你说那种彻底皈依，我老觉得跟邪教似的。

比尔狗　你最近在困惑什么？心情好一点吗？

黄　雯　还行。生死这种事，一阵儿一阵儿的，不能老琢磨，老琢磨就要疯了。

比尔狗　宗教那些书，什么转世、来世，西方的灵魂，这些东西你多大程度上相信？

黄　雯　不太信，我觉得人死了就是死了。灵魂这个东西，我也不是特别信，你能留给这世界点什么东西？就是你写的这点东西吧，我觉得留不下什么东西，我还挺唯物的，所以不太信宗教里面说的。

比尔狗　我们访的多数人都是你这样，但有相信的，就是有宗教信仰的，像唐大年信佛教，他是真信，不是那种简单的迷信。

黄　雯　真信的人很幸福的，不像咱们天天没有安全感。

比尔狗　我们没法信来世、转世，可能是因为我们太简单了，我相信唐大年的信没有那么简单。多数人不信，认为人死了就是什么都没有了，像你我这种，但是人死了就什么都没有了，第一这有点费解，另外主要还是恐惧，还有一种人，比如向京、曹寇，就是你要认可"人死如灯灭"这个冷冰冰的现实，认可以后，可能反而没那么恐惧了。

黄　雯　他们怎么去认可这个现实呢？

比尔狗　这个东西就是说，每个人通过不同的渠道来修到这一步，不通过宗教，也可以不恐惧死亡，我们没到他们那个地步。

黄　雯　这跟年龄段肯定有关系，你像咱们在中间那个阶段。

比尔狗　跟年龄段有关，但也不一定，你像曹寇，还算年轻吧，总之像他们这种人极少，或许就是唐大年说的他们是"彻底的存在主义者"。再一个问题，你有同性恋倾向吗？

黄　雯　没有，做过同性恋梦。我是觉得性这东西，只是生活中的一面，有时候过于强调这个也不好，比如有的女权主义者。

比尔狗　怎么叫"过于强调"？

黄　雯　就是过分表现在性上面的大胆，睡多少个男人什么的，弄得骇人听闻的，我觉得这跟女权主义没什么关系。

比尔狗　那你觉得女权主义的本质或者精髓是什么？

黄　雯　我觉得就是一个正常的人，平等的人，她可以有各种爱，很自然的那种，而不是非得跟男的较劲，打压什么的，你开心吗？你自己开心是第一位的，很多女权主义者太夸张，我觉得做戏的成分很大，炫耀，我不喜欢。

比尔狗　这些年来，如果你身边的男的表现出大男子主义，你会怎么应对？会很激烈吗？

黄　雯　我会指出来，不会很激烈，你自己内心保持人格平等并按这个去做，就是了。男女在一定的环境里相处，我并不是非得打压男权，并不是要求男的非得把大男子主义连根拔掉才行，那没必要也做不到，只要男女双方相互理解、尊重，遵循一个平等的概念就非常不错了。

黄雯：作家

时间：2016 年 11 月 25 日下午三点半到七点

地点：北京菊儿胡同 7 号"好食好色"文化空间

止庵： 真正认识 "无人不死"

真正认知 "从古至今无人不死" 这一事实

比尔狗　我们每个人对待生活和生老病死的态度都不一样。

止　庵　谈到生老病死，我昨天还和一个朋友提起，最令人痛不欲生的还是亲人的离去。1994 年，我父亲去世了，那年我 35 岁。2010 年，我母亲去世了，我 51 岁。他们两人的故去对我的打击特别大。父亲去世后，我写了一些文章，收录在《如面谈》那本书里，其中一些文章都是谈亲人的死亡。

　　从先秦的《论语》里，可以看出中国古代人最初对生死的想法，比这个要简单，也比这个要艰难。中国古代人认为人活着就是活着，死了就消失了。孔子所有的理论都是以 "生" 为基础，他认为生只有一次，死后什么事都不能做了，因为这个人不存在了，简单说就是这个观点，这个观点和我现在的想法一模一样。2010 年，我母亲去世，《惜别》是 2014 年写出来的，我花费了差不多四年时间，思考生与死，我写了好多笔记。经过一番关于生死的思考，最后我得到一个特别简单、特别平庸的结论，就是一个人死了，他就不存在了，从我们这个世界彻底消失了，但是世界还照常运行，每一个人都面临这个状况。我得出一个结论，我们痛惜的不是这个人本身，而是与他关系的决绝。一个生者和一个死者，本来他们都是生者，他们之间有一种关系，无论是爱是恨，相互之间也不可能是百分之百协调，总有一些磕磕绊绊，但是这个关系存在。其实我们所重视的是这个关系，死亡则切断彼此之间的关系。

那回过头来看，我们曾经拥有的关系是值得珍惜的，我觉得这是一个很朴素的想法，这跟当年孔门的想法是一样的，就是回过头来重视"生"，活着的时候大家应该好好相处，可惜我领悟到这点时已经晚了，我母亲已经过世了，所以白想了。

比尔狗　那……这跟唯物主义有什么区别？

止　庵　这是一个古老质朴的唯物主义，孔门强调的是在这种自然规律下，人的无可奈何以及人对生存的珍惜和重视，是人情的一种体现。两者的区别在于有人情和无人情。我讲一个我的读书心得，《庄子》这本书里的一个小故事。舜曾经问尧"天王之用心如何"，尧就回答五件事，说"不敖无告，不废穷民，苦死者，佳孺子，哀妇人"。不敖无告中的敖就是骄傲，意思是你不蔑视那种孤独无告的人，没有帮助的人。不废穷民，废就是抛弃，意思是你不抛弃穷途末路之人。佳孺子就是对小孩要好，哀妇人是说对妇女要同情。这中间夹杂一个苦死者，最初我觉得很奇怪，前后说的都是活人，中间插了一个死者，还要苦。后来我渐渐体悟到，这里讲的死者不是死了很多年的人，而是刚死的人。比方说一个人刚和我们大家在这儿坐着，突然他不在了，他座位还在这儿留着呢，这个人没有了，那我们就把他的座位多留一会儿，仿佛他还存在。对所有故者，我们都应该是这样的情感。

比尔狗　苦死者是说……

止　庵　为死者离开我们而体会到他的苦，就这个意思。"苦"是死者的心情，因为他不愿意离开我们，我们要感受到他的苦。这个道理和唯物主义的源头相同，但是走的方向正好相反。我是学医出身，这个道理对我有很大的利和不利，医生太知道生死之事了，太知道一个人处于生死之间的时刻，这个时刻之前他是活着的，这个时刻之后就死了。每位死者的死亡证明书上都有一个具体时间，大夫会记录几点几分，对于医生来说这人就是死了，但对于我们这些和死者有血缘或者朋友关系的人，在死者生前对他有牵挂的人来讲，我们希望这个时间能够延长一点，这就是人情。

比尔狗　还是有一点疑问，您刚才提到孔子和先秦那种比较朴素的生死观，人死就是消失了，那怎么理解那个时期的鬼神论以及殉葬？

止　庵　先秦不只有一家的理论，孔子对鬼神的态度是敬而远之，比如说"未能事人，焉能事鬼"。孔子有一句话最能代表他的态度，他说祭神如神在，意思是当你祭祀祖先或者祭祀某个人的时候，你要相信他存在，否则你就别干这事了，那样就变成形式主义了。祭神如神在，表示他知道或相信这个对象在。而墨子就是真的相信有鬼神，他说的话跟咱们现在说的话特别像，他说你从未见过鬼神，但是有人见着了，你不能说没见着的东西都不存在。

比尔狗　是，我有朋友也跟我说见过鬼，不止一个。

止　庵　《论语》里面有一段对话特别好玩，古代人家里长辈过世后，晚辈有三年的服丧期，这个制度到民国时才被废。孔子有一个学生叫宰我，宰我说三年太长了，会荒废好多事情，他说服丧一年就够了。孔子就问了他一句，你这么做，心安不安？宰我说，安。孔子说你若安，你就这么做，但是我心不安。我觉得孔门讲的这个"安"，是指生者完全接受死者离开的事实，他提出的三年就是接受事实的时间，让死者慢慢地离开我们的生活。

比尔狗　这些是儒家关于生死的理论，那庄子是……

止　庵　庄子又不一样，庄子的说法更好玩，他说你怎么知道人死了就是死了，我们常说人死了如何，都是站在生者的立场上说，如果我们站在死者的角度上，死者是怎么想的？庄子用另外一种方法把生死淡化，他的书里有很多类似的事例。比方说一个人死了，他的好多朋友在葬礼上悼念，突然来了一个客人在那儿唱歌，其他人都会指责他不敬，唱歌的人却说你们怎么知道死者很难受？如果他愿意死呢？如果他现在的状态比我们好呢？其实，庄子和孔子一样看重生死问题，孔子是以死为终点，回过头来强调那个"生"；庄子把"死"认为是从出生到死这整个阶段里面的一部分，他认为死者的生命可能并没有结束，还在继续，只是生者不知道。他并不是说我们和这个并不知其具体状态的死者有什么关系，就像鬼神论，庄子强调生者不知道死者的想法，你替他悲痛未必对。

　　从古至今，生死问题对各个民族来讲都是最重要的事，不同的文化和宗教对生死问题有不同的看法，现代中国人的想法已经比较混杂，包含有佛教的想法、天主教的想法、唯物主义的想法、再加上原来的想法，把这些理论糅成一团，就是现代人的想法。

比尔狗　那我们就直接问您，您怕死吗？

止　庵　我从小对死亡的畏惧感就特别严重，想到死亡我简直就不
能承受了。

比尔狗　从多小？

止　庵　很小，大概在六七岁或者七八岁的时候，我就开始想人死
之后是什么样，后来也一直在想。我觉得生死可以分成两
个部分，一种是他人之死，一种是自己的死，刚才讲的很
多例子都是他人之死。关于自己的死，我现在已经不那么
害怕了，我甚至认为三岛由纪夫自杀的行为，有他对的一
面。最终令我能够接受死亡的是，我认识到这个世界从古
至今无人不死，假如有一个人永生不死，这件事肯定是不
公平的。从古至今，无论多伟大或者多渺小的人都会死。
在这种认知下，不是我们为什么不能接受，而是我们只能
接受这个事实。

比尔狗　问题是，这是个显而易见的事实啊。

止　庵　对，这是就我认识的过程而言的，我到一定年龄才慢慢地
意识到这一事实。

比尔狗　您的意思大概是说，不仅是知道，而且要真正感受到自古
以来无人不死这么一回事，在这里，"知道"和"真正认知
到"可能有本质的不同。

止　庵　对。我第一个有意识地知道我身边的人死去，是在"文革"
时候，我家有一个很好的邻居死了，以后陆陆续续有人死
去，开始还都是上一辈的人。然后，我同辈的朋友或者自

杀或者病死，陆陆续续发生了。我的大学同学不止一个人死了，我第一个死去的大学同学，时间和我父亲是同一个时间，当时开追悼会的时候，我在这儿参加一个追悼会，然后又到那边参加另一个。另外你还可以比较，我这个年龄鲁迅已经死了两年了，我比他活得还长呢。你再往前数，钱玄同53岁死的，刘半农43岁死的，你就会发现你这个年龄其实已经死了好些人了，很多都是你佩服的人，比如李贺才活到27岁，再往前数有很多。

比尔狗　曹雪芹49岁，郁达夫49岁，太宰治39岁，还能数好多，问题是这么数管用吗？

止　庵　管用，我觉得管用。人活到一个年龄之后，咱们经常说这人够本了，什么意思？小时候，我第一次读《三国演义》，刘备的遗嘱提到"人年五十，不为夭寿"，意思是人活到50岁就不算夭寿了。《说唐》提到"二十三，罗成关"，从小先奔23岁，然后到36岁又有一个什么坎。我记得最清楚的就是刘备说的"人年五十，不为夭寿"，我都已经活到"不为夭寿"的年龄了，慢慢对这个事就看淡了。就是对生死的问题不那么执着了。

老、病让我们更能接受死亡

比尔狗　嗯，好吧。再有，不知道您身边有没有有宗教信仰的朋友？他们对生死应该完全又是另一种认知，您有没有羡慕或者说想了解他们，或者说想从宗教里汲取一些安慰？

止　庵　我读过不少宗教方面的书，有很多关于佛教轮回和天堂之说的著作。首先我能理解这些想法的由来，都来自我们对死亡的恐惧，包括对自己之死的恐惧，也包括对亲人死亡的恐惧，我们为此找到一个理由。比如说亲人死后还在别的地方继续存在，那我们就能接受死，就像推开一扇门进入另外一扇门，王尔德讲过，死如果是推一扇门的话，那是太容易的事，但事实可能是这样，也可能不是。宗教里关于生死的想法分为两种，一种理论说人死后，他的主观意识是存在的，比如天堂之说，死者在天堂里享福或者在地底下受苦，他还有自己的意识。另一种是轮回之说，是说人死后变成另一个生命，他前生的记忆可以忽略不计，轮回后是一个新的生命。

比尔狗　这就有点像毁灭的意思啊。

止　庵　是。我觉得轮回没什么意义，我们前生是一个人，转世后是另一个人。然而我们每个人只有一生的记忆，如果我真有三生记忆，轮回转世还真有点意义，如果只是一生，前生是谁都不记得，这有什么意义？

比尔狗　转世说至少有一个意义，就是这辈子多做好事，下辈子可能……

止　庵　下辈子投胎到好人家。但是你得先弄清楚，这个人转世后还有没有意识，如果没有意识，轮回就没有意义了。比较而言，基督教中天堂之说更适合普通人，所以你看现在大家几乎都不信教，但是从日常生活的用语来看，还是基督教占上风。比方说我母亲去世后有人来吊唁，会说她在另外一个地方。还有，我的好朋友史铁生过世了，别人写文章怀念，都说他在天国如何如何。我就说他要上天国了，你写文章悼念他干嘛？也许他过得比这儿好，天国又没有雾霾，什么事儿都没有，那不是好事儿吗？赶紧死了。这种想法有点极端，但我确实希望把这件事想清楚。我不喜欢含糊，他又在又不在，我因为他不在而悲痛，因为悲痛又说他存在，这么说太含糊。我愿意把这个问题想清楚，死就是一个消亡。

比尔狗 想起之前我们跟邹波对谈时，他说过不要把希望寄托在彼岸，一切都在此岸，我觉得这句话很生动，他认为把希望寄托在彼岸是软蛋的想法，我觉得和您讲的类似。

止　庵 年龄大了之后，我真是对身后的事看得越来越淡了。人接受死亡，有一个很重要的过程，就是生、老、病。好多年前，我写过一篇文章叫《谈疾病》，里面提过生老病死是一个特别好的安排，在生和死之间安排一个"老"，安排一个"病"，这个"老"和这个"病"使得你生意渐减，死意渐增，它们是一个很好的过渡。如果一个人在年轻的时候死于非命或者死于横祸，我们管这种情况叫横死，这令人很难接受。从我们身体来说，随着年龄逐渐增大，身体的各种机能，生命的体征，包括记性都慢慢地不如从前了。

比尔狗 这个我有感觉。

止　庵 精力也慢慢不如以前了。

比尔狗 我最近总得病。

止　庵 慢慢人就会感觉像是率领一帮器官经过一个长途的征程，有些器官慢慢就跟不上步了，有的人老了之后眼睛不行，有的老了之后耳朵不行，有的器官衰退了，走不动了，别的器官还在继续往前走。生病最大的意义，就是使我们不那么强烈地意识到生和死之间的截然不同，它是生死之间一个必要的过渡。慢慢地，我们会发现看病的时间多了，睡眠少了，这也注意那也注意，这茶我不能喝，我得喝水了，类似这样的事慢慢使我们发现人生的乐趣越来越少了，最终觉得生活没什么意思了。所以说，疾病和衰老对我们的积极意义，是让我们能够逐渐地远离我们的青春，远离最好的生命，逐渐接受一个坏的生命，以至于失去生命。

比尔狗　所以大家现在得敞开了过啊。

止　庵　谈到这里，我想讲一下关于古往今来的自杀者，我始终对自杀者怀有很大的敬意，我们不应该去批评他们，一个人最重要的是生命，他连这都不要了，别人无法评论，也无可弥补，他自己为自己负责任。像狗子刚才提到的太宰治，太宰治和三岛由纪夫自杀的性质不一样。太宰治就是不想活了，整个世界我都不想要了，死后什么都不管不顾了。我当时做《大方》时，把他最后的作品翻译成《GoodBye》，就是再见的意思。当时太宰治预计要写一百回，他写到第13回的时候，外面一片好评，一致认为这是他最高的杰作，可是他写到13回，就决定不活了。对太宰治来说，你越说我是杰作，我就越不写了。我还去过他自杀的地方，叫玉川上水，是东京的饮水渠之一，他死在那儿以后，一个礼拜才被人发现，东京人喝了一个礼拜泡着他尸体的水，他的尸体被捞出来之后已经完全腐烂了，他生前总去的一个饭馆在他死后马上就倒闭了，因为没人肯来了。太宰治不怕给身后的人添麻烦，以后的事情他都不考虑了。

　　三岛和他完全相反，三岛在死之前把所有事情安排妥当，自杀前一天给编辑写了信，请他第二天上午十点钟到他家里取稿，说明这是小说的最后一章了，日期就是他自杀当天。我越来越能理解三岛的一个说法，他说男人最怕的就是衰老而死，这讲起来简直不能忍受，他特别畏惧这个事情，他必须在一个时间点自行了断，这个时间点就是45岁。

　　三岛最后的小说《丰饶之海》，是他一生中最重要的作品，比前三部要短，有很多情节都是一笔带过，为什么？他提前定好了结束的时间，死前这书写不完，匆匆忙忙结束了我也得死。我开始特别不理解，但是这么多年我慢慢越来越能理解，我们每个人有一个基本生存的条件，对三岛来讲这个条件就是百分之百，一点都不能损害。随着我们年龄渐增，这个条件也越来越递减，今天眼睛不好了，减10%，胃口不好再减5%，后天睡眠不好了又再减多少，最后退到退无可退了，身体的基础大部分都垮塌了，最后可能连意识都没有了，我们还在撑着，坚持活着。医院能看见很多这样的人，这个人什么都不行了，只剩一口气，还坚持活着。对三岛来讲1%都不能损失，只要你能承受1%的损失，就可以承受陆续的损失，最后你就变成一副破败的躯体。我越来越能理解他。我承认我没有那么大勇气。一个人几近丧失殆尽的时候，还有没有必要活着？这就涉及安乐死这个话题，这是一个很大的难题。这是世界性难题……

婚姻幸福不是人生最重要的事

比尔狗　　您怎么看待爱情，您给下个定义的话是怎么样的？

止　庵　　我们在这个世界上最重要的关系是由血缘所维系的关系，

跟父母的关系，跟兄长的关系，跟子女的关系。比方说小津安二郎的电影里只讲血缘关系，这是他最重要的命题。尤其是纵向的血缘关系，就是父母跟子女的关系。他根本不写兄弟之情，这个横向不重要，他认为纵向关系最重要。我自己觉得，爱情是血缘关系以外的一种需求，除了血缘关系还需要一种关系，除了本能之外还需要一种关系，可能最开始不是始于本能，而是始于人可能需要更多一种关系，我想爱情最开始萌动的时候可能是从这儿开始的。

比尔狗 您说始于本能是指？

止　庵 不是始于性，然后达到性。如果一个人上来就始于性，那这人估计有问题了，得抓起来了，我认为是这样。开始是寂寞、孤独，需要有一个人陪伴。

比尔狗 听 60 年代的人说过，从确定关系到牵手恨不得得半年。

止　庵 我们那个年龄段的人，在性方面，一开始基本只是需要有一种新的相对亲近和温暖的人际关系。

比尔狗 您就不认为它是从性生发出来的？

止　庵 可能有吧，就是对一个人的好感。男女之情跟交朋友还不一样，朋友长得不是太难看就行了吧，男女之间就还需要有一个审美观。

比尔狗 那假设您给爱情下一个定义呢？

止　庵 我觉得就是血缘关系以外的，跟血缘关系同样重要的一种关系。

比尔狗 那朋友关系呢？

止　庵　如果拿朋友关系跟恋爱关系相比，相对来说朋友关系比恋爱关系安全，朋友关系严格来说不可能特别强，如果特别强一般都交不久，朋友关系都比较淡，但是它存在，它是一种支持。这种支持就是患难见真交，平常时候不觉得，等你有问题了就该知道找谁了。恋爱关系跟这个有区别的，应该是比这更热烈才能发展到建立家庭的地步。我们年轻的时候，一个最重要的标志就是俩人能使一个牙刷刷牙，这就是叫作恋爱，可能不卫生，但这个就是叫不叫恋爱的标准。

　　　　爱情关系需要特别精心的维护。我举一个例子，多年前我有一个朋友要结婚了，我跟他说这个婚姻就像一个巨大的玻璃鱼缸，特别薄，婚姻中的两个人要一起托着，其实就等于这么一个关系。你一撒手它就碎了、破了，所以要用心维护。我自己以前不太注意这个事。

比尔狗　这个比喻是您说的是吧？真好。

止　庵　是我说的。我在第一次婚姻里，不太注意这个，年轻的时候总有任性使气的地方。婚姻需要一定的条件，否则无法维系，它是一个很奢侈的东西。我觉得人活在世界上要体面，不能为什么事所累，包括为爱情所累。只有血缘关系可以为之所累，因为那不叫累，那是人应该做的。爱情是个奢侈品，你只能好好维护它，但是如果为了维护它而寻死觅活，我肯定就不干了。

比尔狗　而且您也确实没干过？

止　庵　我也没干过，我一生就没有做过这个。

比尔狗　比如说您年轻的时候喜欢上一个女孩，到一定程度就能打住?

止　庵　不是，我是一件事如果办不成就不成了，那就算了，那怎么办？没有说像现在求爱不成改成相恨，我觉得不成就不成了。以前，我谈恋爱不成的事确实有，不成就不成了。我会找不成的原因，都是因为自己。我后来读《红与黑》，里面也提到恋爱不成是因为你各种条件差，比方说你贫困、默默无闻或者什么，那你就改变这条件呗，你努力使自己自强，先把这些改了，就是男儿当自强。我年轻时候喜欢别人，也确实是因为类似这样的原因不成。不成就反求诸己吧，过去以后那心气也过去了。那责任还是在我吧，比方说我这个人，当时确实是很穷，也没有出息，我很长时间都是这个状态。

比尔狗　那个年代大家都差不多吧。

止　庵　都差不多，但是女的都需要更好一点的吧，人总得往上走。以前有一个人到我们家来吃饭，说你们家真够破的，当时正下着大雨，我一想哎呀赶紧把人给送走吧。好多年以后我又碰上这人，我说当年听了你说的话，我觉得确实必须得改变我自己的生活。以前我觉得这不是个事儿，我要觉得是个事儿，早就赶紧考虑买个房或什么的。那会儿，我们家是挺破的，我家老屋在城里，又小又破。我搬到望京的时候是 1997 年，1997 年以前我一直睡我城里那个老屋的沙发，每天就是一个沙发打开。

比尔狗　沙发床?

止　庵　不是，就是两个沙发凳子打开，宽度是 80 公分。搬到望京后，我才在床上睡觉。以前我觉得这不是特别重要的事，无所谓，我这样也能睡觉。我记得特别清楚，沙发旁边有一个把手，这样被子就不会掉在地上，一个把手大概也就这么宽。

比尔狗　那您觉得婚姻这种制度是一个好制度吗？

止　庵　我可以说一下我父母，我不愿意多说，只是简单地说一下。我父母以前关系不好，我小时候家庭生活不太幸福，我从家庭中得到的正面影响不是很多。但是我听说有人过得挺幸福的。你要是问我什么叫作幸福，我其实也说不太上来，我觉得大概相安无事就算幸福，否则什么叫幸福呢？

比尔狗　那就算幸福吗？

止　庵　我大概是这么一个想法，但我始终认为这不是人最重要的一件事。婚姻、幸福、家庭我认为这都不是人最重要的一件事，你说什么是更重要的事？也没什么更重要的事，但是我觉得至少这些不是最重要的事。

比尔狗　但是您还没回答对婚姻制度的看法。

止　庵　婚姻制度，我从小就有一种逆反心理，凡是已经有的事我都反对，我第一次结婚的时候，婚礼都没办，后来我都想不清楚是哪一天结的。

比尔狗　您是被迫结婚的吗？

止　庵　不是，我是自愿结的。我现在也记不住结婚的具体日期，连哪个月也记不住。但是我想这种事还是应该记住。什么意思？我活到现在，我觉得从古至今大多数人都干的事，还都是有道理的，包括婚姻。比方说我没要小孩，但是你现在让我回过头去倒退几十年，我可能就会要一个孩子，就是这么一个道理。就是说，我觉得一个事大家都这么干，一辈一辈这么干，比方说结婚是从有人类社会就开始有了的形式，那我认为它就有存在的必要。这个必要的原因，就是因为大家都这么做。具体说到婚姻，我认为是不是要有婚姻这个形式，就另当别论了。婚姻这个形式背后有两个特别大的诉求，或者说目的性。第一个目的是种族的延续，因为有孩子，你不结婚这孩子是非户口子女，孩子将来可能会面临各方面指责；第二就是财产转移，因为你的财产需要跟谁共有，他的跟你共有。如果这两个需求都不存在的话，那婚姻有和没有其实不是特别重要；但如果这两种情况还存在，那婚姻还是应该有。我说的是婚姻这个形式，就是上民政局那儿登记的形式。

比尔狗　婚姻是否可以没有呢？

止　庵　每个人不一样，我说的是就我而言。我可以再说一句话，我始终觉得，比方说我结婚，我得考虑结婚以后比以前不能差，如果更差我就不干了，就这么很简单一件事。我从30岁左右读了《庄子》以后，就基本是这种人生观了，就是如果这事干了之后还不如不干，那我就不干了，就这么简单一个道理。好多事可以不做，做了的话不能说做完之后更差，比方说结婚之后还不如不结婚，你的生活水平比原来还低，你本来生活还行，一结婚了反而不行，那你这个婚就别结了。这就是我一个简单的质朴的人生观。

比尔狗　您没要小孩，是主动选择？是为了做学问而放弃的？

止　庵　不是。我自己作为孩子不是很愉快，我一直认为如果你有一个孩子你就要对他负责，你得教育他。你想这社会，和我们上一辈人比，我们这一辈人已经艰难很多了，再推想下一辈，我要再带一孩子，将来这孩子得多不幸?！1989年，我到公司的时候，我就是一个大学本科，我在那儿学历已经最好了，等那十来年过了一半的时候，就已经有博士后了。现在社会对一个人得有多大的要求?！比如说我小时候连床都没有，就睡在一个沙发上，一直睡到二十七八岁，不是二十七八岁，到1997年，我都30多岁了，我还睡在沙发上，当时我没觉得这是个事，可是现在谁能接受这个事实?

比尔狗　您还是主动不要的?

止　庵　对，就是说我负不了这责任。

比尔狗　还有一个问题我们每次都问，对您来说可能有点荒唐。

止　庵　您说。

比尔狗　您还会谈恋爱吗?

止　庵　这个真的没法回答，不是说我怕回答这个问题，我确实不知道。

比尔狗　还是有不确定性?

止　庵　不是，谁知道以后还会干嘛? 你说还会不会谈恋爱? 我可以很轻松地说，我不会了，但是我觉得不能那么说。你如果非让我处心积虑地去谈一个恋爱，我可能也不会。因为我觉得恋爱对我来讲，不是最重要的事，如果为了这个事使得我整个的生活和状态比原来更麻烦了，我可能就觉得这犯不上了。

比尔狗　就是说，如果您此生不再谈恋爱了，您一点遗憾也没有?

止　庵　这么说吧，前两天一朋友跟我说今年去了南极和北极，这对我都是世界之外的事物了，虽然我都没去过，但我也不想再去了。再以读书为例，好像有些书这辈子注定就看不了了，虽然就在手边，但就是不想看了。

比尔狗 什么书？能举个例子吗？

止 庵 比如说我特别想把海德格尔的《存在与时间》再看一遍，我年轻时看得不是很懂，但现在我确实觉得我没有精力再把这本书读一遍了。萨特的《存在与虚无》我是不想再看了，但这本《存在与时间》我就特想再瞧一遍，可我确实觉得没有这力气了。那怎么办？只能失之交臂了，也没有来世，所以这辈子可能跟它就是遥遥相望的状态了。那我觉得爱情的事也大致相当于这种情况，假定这辈子不谈恋爱也就这样了，不谈也就不谈了，你没去的地儿、没吃的饭多了，没参加过的活动也多了，但没赶上就没赶上吧，过去了，我觉得大概就这么一个事。人真的不能往回看，往回看你会发现错过的事太多了。你说错过不行，那怎么办？总不能把人给逼死，错过就错过了吧。我就举这么一个例子，钱锺书他女儿跟我有点亲戚关系，我每个礼拜都去找她玩，她老问你怎么不找我爸签名，我说不找，我说你爸不会把我的书给弄坏吧。然后她说不会，我就拿一本简装的《围城》，我还有一本精装，我心想精装的留在家里，拿简装的给他签吧。现在我每天看这本简装书，心说当时为什么不找他签精装的？当时我想这精装书万一给碰一下怎么办？这种事都是挺傻的事，但是它已经发生了，你只能接受这个事实。

包括爱情在内，可能你说我回顾平生最遗憾的事，就是没有特别轰轰烈烈、要死要活地谈一回恋爱，确实没有，实话实说我确实没有。我说的不是没谈过恋爱，而是没有像电影里的恋爱，像《魂断蓝桥》那样的，这种恋爱没谈过。但这是个遗憾吗？作为人生体验或许也是一种遗憾，那我也不愣找。

比尔狗 我觉得您可能也不会觉得这是一个遗憾吧？您可能会觉得这已经不重要了。

止　庵 可能是吧。

比尔狗 失之交臂了。

止　庵 那就算了吧。

比尔狗 你要这么说，其实轰轰烈烈的恋爱自古以来并不多，可能也就这百来年特别强调爱情什么的。

止　庵 那陆游跟唐琬呢？

比尔狗 陆游和唐琬是。

人生做好一件事就很不容易了

比尔狗 您是 1959 年生人？

止　庵 我是 1959 年 1 月份，1 月 16 号，摩羯座，不是个很有意思的人。

比尔狗 摩羯座什么特点？好像是实力派，比较内敛、比较稳重，特别勤勉。

止　庵 人没有太大乐趣，埋头工作这种。

比尔狗 但我昨天又看了潘小松写的《止庵印象》，在他的印象中您是一个特别有趣的人。

止　庵　也许他觉得有趣吧。幽默感需要一个彼此熟悉的条件，人熟悉了才会产生幽默感，纪伯伦说幽默是一种分寸，而且要建立在有兴致的基础上。我不是特别愿意结识新朋友。

比尔狗　烟酒呢？

止　庵　我从没抽过烟，以前喝酒，但是我自己没有喝酒的兴趣，自己在家从来没有喝过一滴酒。

比尔狗　在外面喝吗？

止　庵　现在我会说不会喝酒，年轻的时候，我在公司上班，有应酬必须要喝酒，我也能喝，不是说不能。

比尔狗　喝醉过吗？

止　庵　喝醉过，喝到八两以上白酒醉的。但是，我并没有从中得到过享受。

比尔狗　哦。

止　庵　我从未体会微醺的状态，我通常都是突然一下就醉了。

比尔狗　哦。

止　庵　比方说日本当地特产的一种清酒，我也能喝这么大一瓶，没有问题。

比尔狗　您能喝出好坏吗？甭管哪个。

止　庵　能，白酒能喝出酱香型、曲香型，能分清北方的酒和南方的酒，日本的清酒也能喝出来，我连度数都能喝出来，但是我没有瘾。

比尔狗 您还是分得比较清，像我们这种有酒瘾的人，有时候把酒当作某种精神追求了。

止　庵 我是享受这种状态，但是我从来没有自己一个人喝过酒。

比尔狗 愁闷的时候怎么排解呢？文字就可以了吗？

止　庵 不需要什么排解，直接睡觉就完了。

比尔狗 人真需要排解的时候，酒都没用。您大概是什么时候开始脱离体制的？

止　庵 原来我在《健康报》当编辑记者，1989 年去了一个外企，然后就一直到了现在。

比尔狗 那您在外企干了两年之后，就……

止　庵 没有，我干了 11 年。

比尔狗 那直接到 2000 年以后了？

止　庵 2000 年整，当时我有一个意愿是在 40 岁退休，但离职的时候有很多需要交接的事，所以就拖了一年，在 41 岁的时候离开了那家外企。在这之前两三年，我买了一套房子，生活中没有大的需求，只需要日常花销。我对生活的要求不是特别高，但也不是特别低，我不能凑合，也没有过分的奢求。

比尔狗 您的家庭能简单说一下吗？

止　庵 我结过两次婚，第一次是 1984 年到 1989 年，1989 年就离婚了。第二次是 2003 年到现在，中间有一段时间没有固定的伴侣，大概就是这样。

比尔狗 没有为了爱情死去活来过？

止　庵　从来没有，最多最多给人写首情诗。

比尔狗　换句话说，就是您没失恋过？

止　庵　我现在都记不太清了，可能也有过，但是特别强烈的情感，确实没有。我不愿意把我的生活弄得很狼狈、很复杂，我也不愿意做那种代价特大的事，比方说陷入三角恋或者婚外恋，我总觉得不太值当。

比尔狗　听您这么一聊，觉得您对生死已经能淡然处之了。

止　庵　没，没。

比尔狗　可能也不叫看淡，反正给人这样一种感觉，您好像对情感或者人际关系都是很淡然的态度……对了，您是有意图的，还是就凭一种兴趣爱好去接触《庄子》的？

止　庵　有意图，当时我已经读了好些书，但这些书还没完整看过一遍。80 年代在报社没什么事干，我给自己定了一个计划，比如说把先秦的书全给看了，结果这些事确实做完了。这事不费劲，没有多大体量，先秦的书搁一块儿也没有多大的量。然后就一本本接着读。《庄子》是最难读的，需要看好多注释，才能弄明白。读完这个之后，我觉得别的书基本上都跟白话文一样了，《论语》就可以直接看了，《庄子》能看明白了其他书就都明白了，因为他的文字是最艰深的。当时，我有四五个月没上班，在家待着，然后每天就跟上班一样，把书摊在床上和桌上一行一行看，这儿看一行，那儿看一行，对着注释看，拿一根笔记，哪句话到底是什么意思，这样我花了四个月把每一句都看明白了，之后继续看。到 1996 年我又开始到公司上班，每天下班就写笔记，这么大本子写了好几本，我一下班就在那儿写。转过年来就有出版社要出书，我又整理了一年就出版了这本书。这事大概就弄明白了。

我喜欢把一件事想清楚了，到底是怎么回事。包括刚才谈到生死的话题，其实没那么严重。我喜欢把自己放到一个极端的立场或者一个彻底的境地。比方说生死的时候，狗子也问到关于宗教的问题，其实我愿意相信这个东西，相信这个东西对自己很方便，比如说轮回也好，天堂也好，我相信这东西对自己有很大的帮助。但是我是学医出身，所以我比较难接受这种唯物主义以外的东西。我也不愿意在半途去想一个事。比如说其实所有这些想法都涉及死者是否存在的问题，假如这死者存在就是存在，不存在就是不存在，这个必须讲清楚。也许存在也许不存在，如果是这种状态，我们所有的思考就都不成立了。因为只有他不存在了你才悲痛，他要存在你就不用悲痛，不能说他不存在所以你悲痛，然后又因为你悲痛所以他存在，这个道理是不通的。所以我宁可把自己放到彻底的地方去想这件事，虽然这个彻底对自己来说可能是一个很残酷的境地，一个绝望的境地，但是我愿意在这儿把这事想清楚了。生既然只有一次，大家不必像原来那样克己，那么去要求自己，应该对自己宽松一点，对别人也可以稍微宽容一点。

比尔狗 那也会有很多人走入及时行乐这条道。

止　庵 对，中国古代也有这种情况。《列子》这部伪书是魏晋时候的作品，其中《列子·杨朱篇》讲了这么一个事情，说生只有一回，死也只有一回。你生的时候活成尧舜，你死了也就是枯骨。生则尧舜，死则枯骨。生是不同的，死了都一样的，所以为什么不好好活？如果按我的想法应该推到这个地方去。这个我完全能接受，而且杨朱讲的"及时行乐"就是庄子说的"率性而为"，不是按照一个规范去生活。真正有意义的还是按自己的意愿去生活。这个想法我完全能理解，而且我觉得人最终就应该往这个方向去。但是每个人的"乐"本身有所不同，如果是按照大家制定的规则去行这个乐，换句话说，可能是最薄弱的事。

比尔狗　您是如何给自己定位的？读书人、作家、出版人还是什么的？

止　庵　没什么定位，我从小有一个想法，一个特别简单的想法，这可能和我是摩羯座有关系，我觉得弄一件事情最好不沾手，要沾手就应该变成这个领域的内行。

比尔狗　感觉您对知识似乎有一种强迫症似的需求。

止　庵　不是。这是一个常识，比方说黄酒是怎么造的，以前我爱喝黄酒，后来喝了清酒之后，我就拿清酒跟黄酒比较。然后，我弄明白了，一个是糖分太高，一个是纯度不高，后来知道清酒是拿一粒米一粒米磨掉90%，剩下3%的东西去做的。

比尔狗　您刚才说了即使喝高了也没有一个渐进的过程。

止　庵　可以给大家说点喝酒的故事。我以前喝酒有体会。一次是我在公司上班时，我到太原出差，然后跟一个朋友，俩人喝一斤白酒，是当地的山西汾酒，这个汾酒特别硬，咱们这地方的二锅头都属于班门弄斧了，除了有力度，没什么别的意思。我大概喝了八两多，他喝了一两多。喝完之后，我就上医院办事去了，一推门我就吐了，吐医院里了，特别失礼。然后来了一个之前认识的人，把我送到火车站，我买好了软卧的车票，上了火车。那会儿软卧票还不太容易买。我那个车厢里有一对老夫妇，早上我醒来看这俩人在外面坐着，因为我满身酒味，这俩人在外面坐了一夜。我觉得这件事特别失礼。后来过了没多久，我在公司又喝了一次酒，突然我就不省人事了，喝的是洋酒跟红酒掺的。后来同事给我送回家，第二天早上我上班去，我和那个同事说这酒特别好，我回家看我这领带都不脏。他说你都吐我身上了。

我就想起小时候，我爸一朋友总到我家去喝酒，每回喝酒就醉，每回醉每回吐，他每次都说我是爱干净的人，我不能吐在你们家，但每次说完后他还非拉着大衣柜往里吐，四五个人拽都拽不住，说这儿不是门，门在那儿。他说不行，你不用管我，老吐我们家的大衣柜里。后来我一想这属于失德，我就下决心从此不喝酒了。

比尔狗 您现在是戒酒状态?

止　庵 不是，我是说喝酒没意思。第一我本来就没有乐趣，都是陪人喝。我以前在报社的时候，领导出门带我去，就是让我替他喝，我喝完我这杯再喝他那杯。

比尔狗 那话说回来，如果您后来没有弃医从文，您是不是会有所遗憾?

止　庵 也没什么遗憾，我要当大夫可能现在也是挺好的一个大夫。

比尔狗 那物质上可能会比现在更好些。

止　庵 不，我不能做这种设想。我觉得人应该尽力，既然做这事就做好，我不太喜欢似是而非。我一直有这么一个想法，要么这件事不沾，沾了就认真做。这世上有好多事我都不知道，比方说我从来没有做过一个投资的事。但我想这方面我应该能干好，就是需要你投入全部精力。我有朋友买一股票搁那儿搁半年、一年也不看，我说你要炒股你就得天天在这儿盯着，否则这有什么意义。我就是因为能力不够，就认真做事，剩下的事情来不及做了。我觉得人一辈子能做好一件事就不错了，我越来越有这个感觉。

止庵：学者、作家、出版人

时间：2016 年 12 月 3 日下午四点到七点

地点：北京望京 SOHO

张弛： 你们凭什么问这些问题？

你们是想表现得比其他人更深刻吗？

比尔狗 那咱们先从死亡开始聊？

张　弛 我先问问你们，你们为什么对这个话题感兴趣？我感觉你们像一堆从坟墓里飞出来的苍蝇，逮住谁就问关于死亡的问题。

比尔狗 死亡是人生最重要的一件事。

张　弛 死亡是人生最重要的事，但是人只知道一件事情就够了：每个人生来都会死，大家只要知道这件事就可以了。

比尔狗 死有不同的死法，有坦然而死，有害怕而死。

张　弛 所以我说死亡这个话题是不能分享的，但是这种访谈的最后结果就是分享。死亡能分享吗？不能分享。比如说啊，我家里死了只猫，你也把你家猫弄死了，咱们俩坐下来谈。

比尔狗 关于分享，一个人只能活他自己的一生，每个人活的都不一样，每个人活的都是他自己。但是我们经常谈的所有事都是在交流你怎么活，我怎么活。同理啊，也可以聊聊怎么死。

张　弛 他们就是为了看别人笑话。

比尔狗　你的意思就是活是可以分享、可以交流的，而死亡不行。

张　弛　如果说看笑话是一种分享，那我觉得就是呗。比如说，人们要是交流，很少交流快乐，一般都是交流痛苦的体验。比如说如果一个人恋爱了，他是不会跟别人交流的，他早就自己一个人享受了。他失恋了，他就会找最亲近的人诉苦，这种倾诉也是一种交流，但是这种倾诉达不到交流的目的，最终只能让别人看自己的笑话。

比尔狗　但他还是要倾诉。

张　弛　对，倾诉后自己会舒服点。

比尔狗　咱们就直接问吧，你怕死吗？

张　弛　实际上我不怕死，因为我觉得现代人每天都生活在地狱之门的门口。如果哪天地狱之门突然向咱们洞开了，咱们即刻进入地狱，这一点也不奇怪，这是第一。第二，我平时喜欢做一些考古类收藏，通过学习这方面知识，我发现古人对待死比现代人更通达，古人不把死当成事，甚至连"视死如归"这个词对古人来讲都是多余的。第三，从现代生活来说，有很多生不如死的东西在折磨人，所以我觉得死不算什么。

比尔狗　你怎么从考古和收藏的知识里，看出来古人不把死当一回事？

张　弛　不管是古书记载还是好多出土的文物都证明，古人把死当成生的一部分。我觉得人怕死是近代的事情，古人很少有怕死的心态，你看不出他们有那种恐惧。古人的恐惧，实际上是他们对地狱的恐惧。对地狱的恐惧，首先是活人的想象，当然怕死也是活人怕死。但是，他们那种活人的想象跟什么有关？跟死亡、跟古人的宇宙观有关。实际上，古人不是认为死亡有多可怕，而是怕死者的灵魂被打扰。在汉代，古人送葬的时候，有人戴着面具在前头去驱赶拦路鬼。古人下葬的时候，人们会在他墓穴中的四个角落放上面具，这也是怕鬼魂去骚扰死者的灵魂。古人是怕这个。相对死人而言，他们更怕恶鬼。比如说，古代有驱鬼仪式，当时有一种面具叫"傩"，春季有春季的驱"傩"，秋季有秋季的驱"傩"。鬼魂不光是针对个人的，而是针对整个社稷而言的。到了后来，人们慢慢地不在朝廷里搞这种仪式了，为什么呢？因为子不语怪力乱神，儒家理论逐渐变成一种主流的学说了。儒家的学说虽然也吸收了中古和上古的理论，但后来越来越变异，在这种情况下，人们就开始敬鬼神而远之了，实际上过去古人和鬼神是相生相伴的，至少，我认为有这样一个过程。

比尔狗 咱先拉回来，说现代人。

张　弛 现代人怕死是不熟悉死，远离死亡的结果就是不熟悉它，对死陌生了，恐惧是陌生造成的。

比尔狗 刚才问你怕不怕死，你回答了三条，我觉得后两条挺靠谱，一个是人活着有时候生不如死，一个是古人把死不当一回事。第一条，你说地狱之门会随时打开，为什么不是天堂之门呢？地狱之门打开难道不可怕吗？

张　弛 当然可怕了，但是它离咱们非常近，这有点像年轻人买iPhone，天黑他们就在苹果专卖店门口排队，店门一开，排队的人自然就涌进去了，就是这么一种状况。地狱之门，咱们都见过呀，比如自然灾难、火山爆发、地震，或者意外的恶性事件，这都是地狱之门。天堂之门，我就没有见过。

比尔狗 我觉得天堂之门不太靠谱儿，地狱之门离我们还远。

张　弛 比起天堂之门，地狱之门更近。

比尔狗 有了这种紧迫感，你还觉得死亡不可怕?

张　弛 主要是怕没用，你说你怕打针，可以不打，可以吃药。你怕坐牢，可以不去犯法。但是，你再怎么怕死，也会死。

比尔狗 这是不是和现代人的物质生活太好有关系? 再一个，你刚才说古人不怕死，你是不是在某种程度上以古人的方式或者意义去生活?

张　弛 我也不是说现代人生活得好才怕死，我觉得死亡是人最超脱的那一刻。我看了一些关于濒死体验的书和资料，这些都是从濒死体验中活回来了的人讲述的，我觉得很可信。资料上说人在濒死的时候，就是灵魂出窍那一刻，他们绝对是超脱的，几乎所有人都没感觉到痛苦。还有很多人，为了让自己窒息而产生性快感，用东西勒着自己的脖子，想不到玩大发了，真死了，他们在死的那一刻肯定是 High 的。如果我也用那种死法，用东西勒到窒息那种，要死的时候，我肯定会兴奋到射精，射出我最后的精液。

比尔狗 你说的不怕死和古人的不怕死是不是同一个意思，你是否会有意识去还原古人的生活理念、生活方式?

张　弛 我还是讲清楚这件事情吧，我也不知道自己像不像古人。我平时的爱好就是喜欢逛一些古墓，去博物馆看那些出土文物。我自己房间里的东西，80% 以上都是出土的随葬品，我觉得我要是睡觉睡到一半死了，那些文物就又变成随葬品了。你细想一下，这些东西都是死人留下来的，可以说跟死亡直接有关，比如说祭祀的东西，随葬的东西……久而久之，我跟这些东西就相处习惯了，我就不去想死的事了。既然死亡是一个事实，而且是不可避免的，你反复思考它也没有意义。你想它干嘛呀？包括你问这些问题，你是怎么着？你是能解决这个问题，还是要表现你比其他人更深刻、比其他人更与众不同呢？没有意义。之前，我问过你，为什么是你们在做这件事，是你们在问这些问题？你们凭什么问这些问题？

比尔狗　我们的问题是生死与爱情，我们小组有一部分人关心两性，有一部分人关心生死。

张　弛　我是问，你们为什么老要执着于问"死亡"这件事，是想显得你们深刻，还是想与众不同？

比尔狗　第一，我们访谈这么多人，发现所有人都怕死，这是可以理解的，所有人害怕死亡的原因差不多大同小异。但是，人不怕死的理由却是独特的，这个无法理解。在访谈的人里，大概有几个不怕死，不知道他们之间能不能互相理解，其中有几个女性说自己不怕死。

张　弛　女人为什么不怕死？因为女人做爱的时候，高潮就是欲仙欲死。

比尔狗　男人也会欲仙欲死，不过男人更短暂。

张　弛　男人在快感的同时会伴随着痛苦，他在欲仙欲死之后，会立即跌入一个巨大的虚空，一下子从高潮跌入到谷底，女人则不同，女人持续时间很长。

比尔狗　你刚才问，我们为什么谈死这个事，因为死亡一直是我们最困惑的问题。在访谈了一年多以后，现在确实感觉自己有点哗众取宠的意思：你们都不谈，但如何面对死亡，如何思考死亡，这种话题还是有一点点用，对我来说，主要还是看自己怎么做。我们对谈时，不仅仅是谈死亡这个话题，而是如何面对生老病死这一系列问题，也就是问对方如何看待人生的过程。

张　弛　你们提问的方法太笨了，而且你们的思路也比较窄。我前一段时间看一个电视节目"志怪电影回顾"，古代志怪的作品比较多，比如《山海经》。"志怪"也是基于死亡创造出来的，因为"怪物"是轻易死不了的，它有好几条命，即便死了之后，它也可以复生。"志怪"也是对抗死亡的，实际上我看这些东西也是表达对死亡的一种态度，一种超越死亡的方式。电影里也有善恶，也有一点男女之情，也有一些打斗。实际上，它的内核是对死亡的超越，是对人的有限生命的无限开发，我认为这是"志怪"的意义。你们为什么不从这个角度去看待死亡呢？比如说，我到柜台拿一把刀把你脑袋砍下来了，你一下子又长出六个脑袋。

比尔狗　这我肯定不信。

张　弛　你可以对任何东西展开想象，你为什么不能对死亡进行想象呢？你为什么不能对人的生命进行想象呢？

比尔狗　我们这一代人潜意识里都希望自己能长生不死，觉得死了什么都没有了，这个想法挺根深蒂固的，所有的想象，说到底其实也就是想象，我们不会真的相信那些东西，比如天堂。我们骨子里还是唯物主义那套理论，深入骨髓了。

张　弛　唯物主义是死胡同。

比尔狗 是死胡同，但是它也把"志怪"和宗教信仰这类东西，给彻底粉碎了，没法用它们来做人生的依托。不用说古人，一百多年前，鲁迅的原配朱安，听说鲁迅跟许广平生了一个儿子，朱安特别高兴，因为她死后有人给她烧纸了，她就特踏实。朱安没文化，但她基本解决了死亡的问题。我们现在没有这样的背景了，面对死亡，科学不仅解决不了，而且几乎完全把人带到一个绝境……有一次你说聊死亡，其实跟聊吃是一个意思，这个能具体说说吗？

张 弛 我就是打一个比方，但死亡还是有点不太一样，死亡是一个事实，上次我们也说过，它发生了，它就存在，它不发生就不存在，就是这样的。比如说家里的宠物去世了，这事发生了，就是存在的，如果它还活着，你老跟它说死啊死的，没意义。我觉得死亡是一个事实，不是一个话题。当然也可以作为一个话题，但意义不大。你要通过谈论，能够解决这个问题也行，你能解决吗？你解决不了。

恋爱美食美景，这些其实都是负担

比尔狗 现代科技理论把我们传统解决死亡的路径堵死了，过去人们通过宗教或某种传统的想象来依托，像老弛你是通过有趣的想象来消解对死亡的困惑，与之相关的一个问题是，亲人离开这个话题能谈吗？

张 弛 这也算是死亡的话题吗？

比尔狗 算是。

张 弛 能谈。

比尔狗 对于亲人的离世，你大概需要多长时间才能走出来？

张　弛 我母亲去年 10 月份去世的，她过世后第二天我就去找狗子他们了，这种虚空，是死亡带来的，但是和死亡这个事实也没什么关系。你能不能接受亲人的死亡，取决于你和他有没有感情。比如说，你恨你的亲人，他死了，对你来说，就没什么困扰，你甚至还高兴。但如果你跟他关系好，你就会难过。这不是死亡问题，是情感问题。但是，有人把情感跟死亡混为一谈。比如我们说人死了，不说死了，说出远门了。实际上出远门即生离和死别还真是一样的。台湾有一个诗人叫痖弦，他 17 岁参军，1949 年就到台湾去了，那时候连最基本的通信都没有，后来他妈死了。再后来，痖弦的亲人和他说，他妈妈是想他想死的，就是这样的。感情和死亡是两回事，但有时候就会变成一回事。实际上我希望还是两回事，但大多数时候分不开。

比尔狗 其实好多人怕死是和贪生联系在一起的，觉得人死以后就无法享受了。

张　弛 我觉得生活中没有什么享受，大多都是负担。表面看谈恋爱是享受，吃好吃的是享受，或者看美景是享受，实际上这些都是负担。人死了之后，我觉得这些负担就没了。比如说吃东西，还要找地方去吃，还要请人，还要花钱，喝大了第二天还难受，说了错话后悔，还得跟人道歉，所有这些过程都是负担。拿我来说，有时候，我到东边去吃饭，约的时候还高高兴兴的，车走到半道了，而且在道路通畅的情况下，我突然就想下车，不想去了。做事业也是这样的。有一次我拍了电影，人家邀请我参加电影节，我好不容易把材料弄齐了，还把材料翻译成英文、日文、法文等等。然后我拿着一大包东西到邮局去，走到过街天桥的时候，我就想把那些东西从桥上扔下去。如果我把它扔下去这事就完了，如果我寄出去了，就得等回音，他们邀请我了，我还要坐飞机，对我来说，我还要克服飞行恐惧，这个东西很难克服的，但又必须克服。之后，我还要准备一些钱，可能还要再去疏通一些关系，接下来还有宣传和发行的问题，还有无休止的、无止境的事情在后头等着你。那时候我就想马上终止，立即终止。如果我把它终止了，对这件事而言就是死了，不光人有死亡，你做一件事情做到半截，你突然不做了，对这件事情来说，就是死了。

比尔狗　喝大酒的时候，你有没有想死的感觉——我就这样了，再见了，告别了。

张　弛　有过。我觉得我和狗子有一点是一样的，我们都有向死而生的态度。这个东西说起来容易，实际上和很多人不一样。大多数人生活在这个世上是趋利避害的，我和狗子是相反的，我这样一说你们就明白了，喝大酒只是其中之一。

比尔狗　哦？

张　弛　实际上很多利害、舒不舒服，不要分得那么清楚。有些东西是打包给你的，你不能说你要什么、不要什么。就跟吃饭一样，人家给你一套餐，你不能说我吃素，不吃肉，你顶多把肉挑出去，仅此而已。

做坏人实际上就是一种牺牲

比尔狗　谈谈宗教吧，你老婆和唐大年都信佛教，你对宗教、佛教有什么看法？

张　弛　我今天拿回家一个阿难的头，我老婆就特别不高兴，她说这个头是充血的，因为它是被人从它的身体上割下来的，我把它拿到家里不好。我老婆说这种东西尽量不要往家里拿，如果往家里拿的话，应该放在一个专门的地方，要供着，不管是佛像也好，还是经书也好，都要供着。她嫌我随随便便地把阿难的头放地上了，而且是放在狗窝旁边。所以，家里有两个人，一个信教，一个不信教，会产生特别多的矛盾。有一次我在卫生间读净空法师的书，她也不高兴，她认为这种书不应该拿到卫生间。所以，我觉得我的种种磨难，首先是我老婆造成的，她老在我旁边说这些话，我的内心就蒙上阴影了。

比尔狗　你多少也读过一点佛书，你觉得怎么样？有启发吗？多吗？

张　弛　还可以吧。反正前一段时间吃饭，杨立峰就劝我读《楞严经》。我很少到寺庙去，偶尔去也是为了参观，我很少去烧香，我听过他们唱，从头到尾唱各种各样的佛号。我准备读读这个《楞严经》。读《楞严经》可能有点跟读菜谱似的，有一种快感。它那种提高，不是说要你花多少智力，而是在不知不觉中你个人就能够得到提升。另外，我经常读《心经》。有一次高斯洋问唐大年，为什么这么多人读《心经》。唐大年的意思是，《心经》一个是简单，一个是各种经的集大成。简单来说的确是这样的。我也读《金刚经》，《金刚经》有的时候是我的枕边书。其实读《金刚经》挺纠结的。《金刚经》讲的实际上是一种方法，就是讲既是又不是，讲所有的东西都是什么又不是什么。究竟如何去理解，实际上就靠你的悟性了。

比尔狗　北京的寺庙你逛得最多的是哪个？

张　弛　大觉寺去得多，去喝茶，晚上睡一觉。有的时候去雍和宫，因为雍和宫比较近，过去去得多，现在也不去了。现在我基本上不去寺庙了，去了我也不进去。我最近这两三年去得比较多的是天宁寺，天宁寺里面的塔特别棒，绕天宁寺一圈，你能看出古代佛塔艺术造像的整个技术和工艺。当然除了这些佛教知识外，还有一些东西是很有意思的。有一次，我到那看佛像的时候，突然有一个女的，按理说，转佛塔应该是从左往右转，那女的却是逆着转，而且满头大汗，手里还拿着一串珠子，噜噜噜地走。我就想这个人肯定是家里出了什么严重的事情，她想用逆着转佛塔的方法把运气给转回来。

比尔狗　有这种说法吗？

张　弛　当时我觉得是，因为她非常虔诚，流着大汗，急匆匆地走，而且嘴里还在念。她肯定不是走错了方向，这个我可以肯定，她应该是家里遇到什么特别的事，这是我当时的感觉。一般人讲逆着走是不好的，是会带来坏运气的。

比尔狗　你在寺庙，一般有香火的地方会去拜吗？会许愿吗？

张　弛　不会拜，但会许愿，许愿的时候我一般会念恶咒——别人好一点，自己下地狱。这有点像方济各教，方济各教讲究自己被驱逐，被天堂、被神给逐走，给别人带来拯救。实际上我觉得佛教也有这种自我驱逐，甚至自我毁灭的东西，比如说阿难就是这样的。我觉得人应该有下地狱的勇气。

比尔狗　我们一般都许个平安，祝别人好、祝自己好。

张　弛　祝别人好肯定是。但是佛教很多人怕这个，佛教是没有力量的东西。有一次跟一些信佛教的人在一起吃饭，我说我跟我们家狗相处得特别好，我说我下辈子也希望成为狗，这也是喝酒的时候说的话，他们马上制止我，说你不能这样想，你这样等于是发心，等于是发愿。你发愿以后，你下辈子可能因为你这个念想，就真变成狗了。但是，我不怕这个，变成狗就变成狗了呗。因为我见到的狗都很幸福，至少我养的狗很幸福。

比尔狗　有人测过宠物的幸福指数，是挺高的。说到宠物，现在有宠物的墓地吗？

张　弛　有。我们家有一只狗死了，但没有埋在墓地，埋在香山旁边，那附近还可以，有五塔寺，还有两个京剧名伶的墓，我那狗现在晚上还能听戏呢。那座山头整个周边都特别好。

比尔狗　是偷偷埋的吗？

张　弛　不是偷偷的，因为那山是野山，没人管理。

比尔狗　很多人没有自己的子女，他们跟宠物之间可能还胜似这种关系，那么如何寄托对逝去的宠物的哀思，我觉得这事其实挺重要。

张　弛　哀思是没法寄托的，只能扛着。你埋的话，也有哀思，火化也有哀思，把它扔在水里也有哀思，不是说你把它处理好了就没有哀思。

比尔狗　你安葬狗是因为和狗的情感很深，想寄托一种哀思，还是确实希望它有某种转世或者来生呢？

张　弛　都有一点，首先它是得了瘤，特别痛苦，瘤破了，出血了。刚开始打止痛针是有用的，后来没有用了，然后我就说安乐死吧。医院说如果你们想火化的话，宠物诊所可以帮着火化，800 块钱。后来我一想，这跟 800 块钱也没有关系，我们在给它安乐死之前就跟它说过怎样安葬它。因为它病了很长时间，病了将近一年。我们先找了一个树洞，八一湖旁边有一棵树，那棵树有个特别大的一个洞，非常深。我说把它放在树里，上头填上一些锯末，然后再用水泥给封上。后来怕别人把水泥给撬开，因为毕竟那个地方比较热闹，在马路旁边，我就说在山里找个偏僻的地方埋吧。后来找的那座山是个野山，短期内不会被开发，就在香山的后头，如果将来真被开发了，那也没办法，估计那个时候灵魂早已经转到别的地方去了吧。

比尔狗　你对宗教或者迷信这块，是否多少抱有一种宁可信其有不可信其无的态度呢？

张　弛　宗教这个东西我是敬而远之。第一是敬，第二是远，就是不沾。我读佛经的时候，当时有人就劝我也信教、信佛什么之类的，然后我就犹豫。实际上我最信的时候也就进了一条腿，等于一条腿踏进去了。我特别怕。不管是宗教还是别的，我都怕两条腿一起进去，我所有的事情，再信的事情，都是一条腿在里头，一条腿在外头。因为我是一个没有安全感的人，而且我是一个不喜欢被别的东西控制的人。比如说坐飞机，因为双脚都离地了，我下不来，我就会感到害怕，所以只要有可能，我就宁可选择火车作为交通工具，因为中间有停靠站，我想下来的时候，基本上熬熬就能够下来。

比尔狗　就是让自己有一个可选择的空间，不会让自己处于无可选择的状况。

张　弛　对。

比尔狗 那你这个恐惧和死有关系吗？

张　弛 没有关系。比如说，我自己从小就怕被别人关在黑屋里，这是不由自主的。死，我不怕。我怕死了以后把我放到棺材里去，想出去的时候出不去，这是最可怕的。所以，我要死了，我要的棺材，里面一定要有一个按钮，就是说，我想出去的话，我自己就能出去，或者活着的人知道我想出去了，然后就赶紧把我救过来。很多人都像我这样，爱迪生就是这样的，爱迪生活着的时候就怕被别人火化了，他怕他睡着的时候别人以为他死了。所以，他床头经常摆一个纸条，上面写着"我只是看上去死了"。

比尔狗 是否在你的内心，其实可能还是怕死，只是在某种哲学或心理意义上不怕死，也就是说你用理性的方式解构了对死亡的恐惧，但潜意识还是怕死的？

张　弛 有可能。但我这人对问题往往不太深究，你可以深究。这种事情，生活本身就是得过且过的事，我一般不喜欢深究，不喜欢刨根问底。因为第一，真相是可怕的；第二，更可怕的是，实际上可能没有真相。

比尔狗 换个话题，你年轻的时候有一阵子想当一个坏人是吗？

张　弛 对，那时候人都想当坏人。看电影，因为坏人吃得好、喝得好，还可以和女特务、女流氓整天混在一起。好人那时候苦哈哈的，最后还要牺牲，上绞刑架。后来我想，实际上做坏人才是一种真正的牺牲。所谓好人，是把自己的那种恶念控制得比较好的那种人，或者他不当众作恶。小时候我特别简单，现在我也学会了，不给别人机会了。小的时候，我想当作恶的人，实际上是想满足大家，让其他人做好人。实际上大家希望六个人在一起，有一个人公开地坏一下，我这样其实也是满足其他人的内心。这个东西就是宗教，我过去就是这样的。

比尔狗　怎么讲这就是宗教呀，没明白呀？

张　弛　在《圣经》里，有一段故事，当大家准备往妓女身上扔石头的时候，耶稣当时说了一句话，你们谁没有罪就可以往她身上扔石头，后来人们谁也不说话就走开了，其实就是说你们谁不是这样的人。比如说我是有问题的人，实际上就是那些想扔石头的人。只不过我跳出来了，做了一些事情，给别人站在道德的高度去谴责我的机会而已，我一点不觉得我有问题，我也一点不觉得那些人是好人。我现在不给别人扔石头的机会，别人也没有机会扔我了。我现在做人做事天衣无缝了。

比尔狗　这样的话就没有以前那样"高尚"了。

张　弛　因为我现在要做事情，要换角色了。

比尔狗　说白了就是圆滑了一些。

张　弛　我要做事情，我现在在西局，我有生意上的考虑，不允许我有公开的大瑕疵。

比尔狗　那比如说跟狗子这种最亲近的人在一块而不是考虑做生意的时候呢？

张　弛　那时候完全是自我的。其实我喝了酒，我知道我喝了要吐，但是大家希望我把酒喝下去，我就把那酒喝下去，但是我现在肯定不会喝了。

比尔狗　是一种控制吗？

张　弛　我喝酒只是一个比方，就是说我现在不作恶人了。不管怎么说，我现在也不愿意付做错事或者坏事的代价了，有时候那种代价是很大的。你不可能用一生的时间去以自己的错误取悦别人，你不能为了自己的欲望或者为了取悦别人而去付出代价。

跑到墓地里干那事，这算是轰轰烈烈吗？

比尔狗　现在聊一下两性关系。家里有信佛的，会给你带来困扰吗？会影响你的两性关系或者性生活吗？

张　弛　会影响。有时候我老婆老鸭说，你在外面这么折腾，喝酒什么的，多亏我在家里念经，你才没事，而且不但没事，有时候还有若干福报。她说功劳要归她。如果我要是真的遇到了一些麻烦事，比如说生病什么的，走路摔跟头了，她就会说我之前谤过佛。

比尔狗　那你还会谈恋爱吗？

张　弛　会。有时候还挺渴望谈恋爱。

比尔狗　你还渴望爱情，你觉得爱情是一件美好的事？

张　弛　对。我到 80 岁、90 岁可能都会有这种需要。

比尔狗　跟性无关的爱情？

张　弛　也不是有关无关，我觉得有关最好，我要是有这种能力最好。其实，我觉得爱情和性也是不可分的，而且我也不觉得爱情有多么高尚。其实人谈恋爱，实际上还是有一种被爱的需要，还有一点剩余的精力，证明他有能力去爱。

| 比尔狗 | 有次我们比尔狗小组内部聊，一般上岁数的男性都比较喜欢找年轻的女孩，这也是对自己尚有生命力的一种表达，不知道您认同吗？ |

| 张　弛 | 我也不认同。老中青我都喜欢。那种活力，不只是年轻人有，其实人的身体只是一座房子，是一个居所。就是说，看你这个居所里能够住下来什么东西，是天使还是魔鬼。人其实不管年轻也好，老年也好，其实就是一具皮囊，年轻人也是皮囊，只不过是外表比较顺滑、比较光鲜而已。 |

| 比尔狗 | 你谈感情不嫌累吗？有的人会认为谈感情太累了，太浪费精力了。 |

| 张　弛 | 是的，肯定累。感情是危险的。但是我觉得生活本身就是一种冒险，情感也是冒险，它带来很多未知的东西，比如它可能导致家庭破裂，或者导致其他的风险，比如说某个女的不能跟你在一起了，她可能就人格分裂了，甚至作出一些极端的举动。 |

| 比尔狗 | 或者人家抛弃你了，你也会很痛苦？ |

| 张　弛 | 对，半截，突然被抛弃了，这都是有可能的。 |

| 比尔狗 | 那你对婚姻这个事怎么看呢？ |

| 张　弛 | 什么叫婚姻？ |

| 比尔狗 | 就是结婚。 |

| 张　弛 | 我就结过一次婚。我的婚姻能持续到现在，就是不把任何事情都跟婚姻联系在一起。我之前和炳老师（李炳青）说过，比如我和李老鸭好，是李老鸭好，不是婚姻好。如果我和李老鸭吵架了，分手了，我觉得可能就是她这个人操 |

蛋，或者是我这个人操蛋，而不是婚姻操蛋。就因为这种态度吧，我从来没有觉得婚姻好过，也没有觉得婚姻坏过，所以我没有赞美过婚姻，也没有想过摆脱婚姻。

比尔狗 还是很和谐。有没有觉得被束缚？

张 弛 束缚有。比如我喜欢其他人了，我想跟另外一个人生活在一起的时候，这时候婚姻是束缚的。但是生活束缚多了，不光是婚姻有束缚呀。有的东西，比如说我们的身体本身就是一个束缚，你的心脏出问题了，心脏不出问题的时候你是不知道自己有心脏的，心脏有病了，你才知道有一颗心脏在。我生活中也不知道有婚姻，除了有一张结婚证。当我想摆脱婚姻或者婚姻出问题了的时候，我才知道有这么一档子事。

比尔狗 你想过离婚吗？

张 弛 我们俩都想过，一个人生活。几年前，快 40 岁的时候特别想。我们 30 多岁结的婚。那个时候就想，如果不离婚的话，以后可能就没有机会过别的生活了，我们觉得生活有很多很多种可能，用一句俗话说，人不应该在一棵树上吊死。后来又过了几年就不想了，觉得婚姻也没有什么束缚，其实该干的事情也没有耽误。有一次是李老鸭，她很少主动跟我提，但是有一次我在外面喝酒，从白天喝到晚上回家，她做了一桌子菜等我，她特别生气，然后就说咱们离婚吧。我当时可能急了，摔了两件东西。我说早要离婚你不离，到了我们已经懒得再重新面对这个问题的时候你又提出来了。后来她也不再提了。我觉得结婚顶多就是一个居家度日，而不是两个人一定要爱到轰轰烈烈。爱到轰轰烈烈的一定是情人关系，一定不是婚姻关系。所谓情人关系，就是把最好的部分留给对方。我觉得这是我对情人的定义。所以，我希望以后还能有情人。

比尔狗 如果以后有情人的话，你还会想离婚吗？看情况，还是坚定不离？

张　弛 看情况吧。现在离婚通常都有好多具体问题，我们家没有，家长也没有问题。主要的问题是现在还有两只狗，狗跟我们关系都特别好，我们也没有孩子，狗在的时候我们俩还真的很难割舍。

比尔狗 一人一只不行吗？分不开？我觉得因为狗的原因不离婚，更像是一个不离婚的借口。

张　弛 对，如果非离不可的话，我觉得也可以不要狗。就看别的感情力量大不大。

比尔狗 那个别的感情就像一场灾难，能这样说吗？

张　弛 也不是，关键是男人和女人的婚姻观不一样。男人的婚姻观是，你不管有没有新车，男人要离婚不一定跟其他女的有关系，不一定跟情人有关系，他受够她了，就想离婚。而女人不一样，女人是有了新车才会离婚，这是不一样的。我深以为然。虽然，新车不一定比旧车好开，可能更不省油，可能半路还抛锚呢。

比尔狗 轰轰烈烈的爱情，这种关系会持久吗？

张　弛 现在要有也不会轰轰烈烈了。

比尔狗 假设有这种情人关系的话。

张　弛 现在互相在微信里点个赞之类的就不错了。其实最好的关系，说白了，不是轰轰烈烈的关系，而是一种暧昧的关系，那种暧昧的关系，实际上是一种舒服的关系。就是不把那层窗户纸给捅破了。

比尔狗　你在结婚以后或者以前有过轰轰烈烈的感情吗？

张　弛　有过，每次都特别轰轰烈烈。

比尔狗　能否具体讲一下呢？不用讲人，只讲哪些行为算轰轰烈烈的，有哪些表现。

张　弛　就是特别轰轰烈烈，搞得路人皆知，到处打报告说我喜欢谁了。

比尔狗　这是语言上的。其他行为上的呢？比如送个古董什么的。

张　弛　有。比方说我上大学的时候，大冬天的，我们到八宝山，就躺在墓穴里，因为有的墓穴是挖完了，棺材还没有放下去，我们就跑到那里做爱去。这是在 80 年代初的时候。你觉得这算是轰轰烈烈吗？这类事太多了，就是出格了。

比尔狗　你有没有尝试把这些经历写下来或者拍成电影？

张　弛　没有，我写东西都是写高尚的东西。实际上我跟有些人不一样，好多人喜欢写这一类的东西，乱交、看毛片之类的。你看我的东西，从来不写这些，我喜欢用纯净的文字写纯净的生活。

比尔狗　失过恋吗？

张　弛　有呀。

比尔狗　有从失恋当中解脱的妙方吗？

张　弛　妙方就是迅速喜欢上另外一个人。

比尔狗　可以这么说，轰轰烈烈的爱，好的时候好得不得了，但坏的时候，结束的时候，有没有轰轰烈烈结束的那种呢？

张　弛　要说轰轰烈烈，跳楼就是轰轰烈烈。

比尔狗　发生过类似极端的情况吗？

张　弛　发生过，狗子知道，多轰轰烈烈呀……失恋这种事就是这样。过去也觉得这事最难过，要死要活，没出路，窒息，觉得对方是唯一的，是最不能没有的，非她不可。我后来说解脱的方法，就是迅速喜欢上另一个，然后屏蔽这个人的所有信息，拉黑，把那部分开关给关掉，当这个人不存在，生扛，同时迅速喜欢上另外一个。

比尔狗　究竟怎么才能结束一段纠缠不清的感情，这的确是个很重要的问题。

张　弛　这种事它总有结束的那一天。你想不想结束，它都会结束的。这个事情也不是你想结束就能结束的。每个事情，每一段恋情，它都会有它的终点，都会以一种意想不到的方式结束。

比尔狗　跟人说死有 18000 种法门似的。

张　弛　对，这种东西不用想，该结束了就一定会结束。想延续都不可能。

比尔狗　有一个问题，当你处于失恋或其他强烈的情感冲突时，你是如何保持或者看待自己的？有的人会把自己以前的尊严全部放弃，为了挽回感情，什么事都干得出来。

张　弛　我很少碰到这样的情况，第一，你不能太投入了；第二，你不能许诺她什么东西；第三，你不要让她改变自己太多，比如离家出走，或者把孩子寄存到别的地方去，或者让她流离失所，远走异国他乡。只要这些事情不发生，你们的关系就基本上是可控的了。

比尔狗　当女性对你来说有压倒性优势的时候……

张　弛　我不跟压倒我的女的在一起。

比尔狗　还是和不安全感有关？

张　弛　有关。

比尔狗　如果你跟另一个朋友同时喜欢上一个女生，你会怎么做？

张　弛　能抢就抢，抢不了就让，肯定不会头破血流。

比尔狗　还是会抢一下？

张　弛　对，要先抢一下。但关键要看那女的，这是最关键的。其实两个男的关系处不好，主要是女孩子不懂事造成的。如果女的懂事的话，不会让两个哥们儿因为她而闹别扭。

比尔狗　抢先没用，得让，人就是贱。

张　弛　往往让的那个男的，反而是女的最喜欢的。

比尔狗　伪君子得手了……对了，酒和性之间，你觉得有冲突吗？

张　弛　当然有关系了，酒后乱性是一个。主要是酒精能作用于身体和神经吧。首先是刺激神经，让神经兴奋，但让身体某一部分兴奋的同时，另一部分可能也受抑制了。

比尔狗　你对于酒的喜爱和对于性的爱好，分不分先后呢？

张　弛　我对酒不喜爱，我平时在家里头不喝酒，我就是出来喝。我喜欢和朋友在一起热闹，我喜欢喝是因为喜欢热闹。不喝酒，尴尬。

比尔狗　你和狗子不一样。记得狗子说过宁可喜欢酒也不喜欢性。

张　弛　我现在是宁可和朋友也不愿意和女孩子在一起。和女孩子在一起，就腻了，尤其是没有共同语言的情况下。和女的单独在一起，我就待半个小时，顶多一个小时就够了，之后肯定来赴酒局，如果能一起来就一起来，不能来我就自己。后来我想，这个可能就是我跟狗子不一样的地方，要狗子的话可能就跟那女的走了，重色轻友的人。我不是，要我选朋友还是女人，我肯定选朋友，这是肯定的。

张弛：作家

时间：2017 年 11 月 25 日下午三点到七点

地点：中国科技会馆一层咖啡厅

嘉宾：李炳青

陈嘉映： 还原到最后， 爱情和死亡就没啥了

掏心窝子

比尔狗 爱与死，这两个话题，其实在 2012 年曾经跟嘉映聊过，后来收在《空谈》这本书里，所以，这次访谈嘉映比较特殊的一点就是，我们是第二次聊这两个话题，其他访谈对象都是第一次。单就好奇心来说，我基本没什么了。

陈嘉映 我更少了。

比尔狗 这两个问题，应该是不对等的吧？换句话说，是不是爱情、两性关系比死亡更轻或者更不根本？

陈嘉映 我不知道你是从哪个角度来比，但从一个角度我觉得能同意，就是爱情还是有人能不经历吧，死亡好像悬。

比尔狗 死亡怎么叫悬？这事你还留有余地？

陈嘉映 嗯，除非你相信灵魂不死。

比尔狗 相信灵魂不死？那是怎样一种"不经历死亡"呢？

陈嘉映 也没什么啦，反正咱们几个都不相信灵魂不死。

比尔狗 哦……我觉得跟嘉映聊还有一个不一样的，就是，我怎么觉得有时候会犯怵啊，但是不聊又不甘心。是不是因为多数的被访谈者，感觉对这两个问题的认识大家都差不多，甚至有些我觉得我们比对方还明白。但在嘉映这儿就老

感觉是他更明白，他更高……所以有这种犯怵，是这样吗？

陈嘉映　呃呃，我觉得有一条有可能是这样，狗子这人他喜欢那种特别私人化的，就是掏心窝子的那种聊天，我觉得像这种采访也好，对谈也好，我就不会那样，我设定的就不可能是那种掏心窝子式的，这可能是会犯怵的一部分的原因？你可能会觉得这种聊天方式陌生。

比尔狗　那么就是说你只会在思辨或者是抽象的层面上来说事，而不会是我这种，虽然你也举例子。

陈嘉映　你也可以说在思辨或抽象的层面上说事，不过还是跟个人的经验都连着的，但是对经验的表述是不一样的，咱们聊写小说的时候也说过，写一篇小说，有的人他差不多就在写他自己的体验，写他自己这个人，有的人编一个故事，你不是特别看得出他那个人是什么样，我觉得区别在这儿，倒不在思辨还是不思辨，是吗？

比尔狗　那你为什么不会掏心窝子地聊呢？是跟人多少有关系吗？

陈嘉映　当然有关系啦，哈哈。

比尔狗　是不是人少点就……

陈嘉映　那也分什么人，分什么场合呗。就这么说吧，有的人他的确比较容易掏心窝子嘛，像我这种，就不怎么容易掏心窝子。

比尔狗　那么，比如说您对别人更带有情感意味的表达，或者说掏心窝子，有可能是在什么样的情况下？

陈嘉映　有各种各样的情况，但是总的来说不是太多。我觉得是那样，人和人之间的影响和触动的方式不是太一样。对我来说，我个人对掏心窝子本身不是那么特别着迷，因为我 16 岁插队到内蒙古去，那时候只要晚上一喝酒，普遍老乡全掏心窝子，老的少的，当然都是男的，掏的那个哭天抹泪的，我觉得那种场面……一般吧，所以可能就养成某种机制吧，就是人和人的影响吧，我就不觉得掏心窝子是个好办法，是这么说。

比尔狗　那么哲学，跟所谓掏心窝子的那种交流，二者之间是冲突的吗？

陈嘉映　我觉得有点冲突。我觉得要跟文学比，哲学要更不掏心窝子一点，但是文学也是千千万万种，我觉得掏心窝子的文学在狗子他们这一圈是比较突出的，出了这个圈，大多数的文学也不是这种掏心窝子的方式，比如说卡夫卡，你不知道他掏的是啥。

比尔狗　好吧，咱们就先说两性关系吧，围绕它先说一通，看看能说哪儿去。我先解决一个疑问，这是 2012 年咱们聊两性关系的时候涉及的，当时我们聊到一夫一妻制，你说这是有某种基因遗传的因素造成的，还有就是自古以来的，人类为了养育后代，女性通常就是 hold 住一个男人，而男人往往又需要更多女性，一夫一妻制是互相平衡制约的结果。但后来我看赫拉利那本《人类简史》，他提到在远古的时候，男女关系以及养育后代的方式很多，并不见得都是这种男人要养一个女人由她来带孩子，也有互相换着来那种。

陈嘉映　有，摩梭族特出名就是因为这个。

比尔狗　但是摩梭族那不是少数吗，赫拉利那书里说也不见得少。

陈嘉映 那不知道，哪个多哪个少，这可能得研究，但是据我所知，我说一夫一妻制它是有缘故的是指生物学家从基因的角度来分析嘛，是有一定的生理基础的，但是人类行为一般来说都是生理和文化的一个交织，出现一夫一妻制那么统一的模式，是二者交织在一起形成的，在人类社会中，男性有更多的或者被认为应该有更多的性自由，或者事实上有更多的性自由，除了他的这种欲望外，就是生物学家提供的这部分，当然也是跟男权社会有关系，也不只是生物学的基础，可能也有些文化政治的因素吧。赫拉利的那一段，我书读过，但是忘了，我不记得他讲的是一个普遍的情况。

比尔狗 反正就是说，因为我一直对于这种婚姻制度，这种一夫一妻，就是极端反对吧，想不明白为什么要这样。当年聊到这些，因为这些东西我不知道——生物学以及远古人类生活的研究，那么既然这种制度由来有自，既然有缘故，那可能在这儿是我错了，太由着性子了，太想为所欲为了，这种婚姻制度这么存在，既然它有它的合理性，不说自我克制吧，至少我们也得多少尊重一点，当然后来随着年龄，随着处境的变化，两性关系这方面也不是特别的纠结了。但是即便如此，这个问题还是没有解决，就是我觉得这一夫一妻制还是不合理，至少造成了很多问题吧。但是你要换一个角度说，如果没有这种婚姻制度的保障可能就乱了，问题更大了，是这个道理吗？

陈嘉映 狗子可是真够理性的，自己有外遇没外遇这事，还要弄明白这个生物学理论和社会学理论，我还第一回见到这么一人呢，哈哈。我觉得那些理论，对于有理论兴趣的就去琢磨它为什么男性会有这样的倾向，女性有那样的倾向，为什么会有婚姻，然后为什么婚姻现在不如以前稳固了，这些我觉得都是理论问题，我个人觉得跟我们自己怎么做都关系不大，因为那些理论都太远了，跟我们生活没关系，没直接关系。跟我们关系近的也有好多道理，用社会学的话说叫中间理论，就是中间会有一些理论、道理，我们的行为是会跟这些道理和理论连接着的，不会跟那些大的理论连着。为什么不会？就是你刚才说的，就说好吧，你不喜欢婚姻制度，但是它有好多道理是吧，比如说为了社会稳定，那肯定的呀，肯定有这个道理。但是这个道理丝毫不能说服我要按照婚姻制度出牌啊，有这道理吗？没有吧，因为这道理它太远了，为了社会稳定（可能国家领导人会这么想），那跟我有啥相关的，社会稳定不稳定，我该出轨我出我的，反正也不会因为我一个人出轨，中国就不稳定是吧。大家都出轨是不稳定。康德倒是这么想。

比尔狗 康德的意思就是我出轨，社会就不稳定了。

陈嘉映 因为康德是一个道德主义者，他是这么说的，他说一个事情你做还是不做，是按这个标准来决定的——就是你要想，如果全世界的人都这么做，你愿意不愿意。比如说你撒谎，甚至带善意的撒谎，你没有想害人的撒谎，他说那也不行，因为全世界的人说话都在撒谎，那以后我们谁都不知道谁在说什么了，那就天下大乱了，所以就不行。

比尔狗 你刚才说那个中间道理、中间理论，是指的什么？

陈嘉映 我指的就是跟这些大的理论多少有点联系，但是它没有那么远。举个例子吧，比如说我特别想要两性关系的自由，但是我的这个女朋友也好，太太也好或者身边的环境也好，他们老是批评我或者是指责我或者怎么样，说你这就是不对。

比尔狗　不负责任。

陈嘉映　不负责任，对，我觉得"不负责任"这例子就挺好的，它有它的道理啊，然后你说……

比尔狗　怎么叫负责任？

陈嘉映　对，你说我就是要一个自由的生活，人应该争取自己的自由，这大家都承认是吧。那么他又说了，那好，你争取自由就别跟我结婚，你跟我结婚是你已经做了点承诺了对吧。

比尔狗　争取自由你不能在伤害别人的基础上。

陈嘉映　对，这也是一个道理，或者说孩子是无辜的，这也是一个常用的吧，咱们俩都是成年人……总而言之，这些就是我说的中间理论，这些跟大理论有点联系，但是怎么联系我也不说了，就是，并不是中间没道理可讲，是有好多道理可讲，但是一般来说讲不到那些大理论那儿去。所以你刚才直接就从什么生物学、社会学大理论汲取生活的指示，你这真是高度理性主义啊，就像我用马克思主义、共产主义指导我明天该跟哪个姑娘谈恋爱，这个是够理性主义的，哈哈。

比尔狗　那么知道那些大道理好还是不好呢？有没有点用，还是说也许好，也许不好？

陈嘉映　对咱们个人生活，我觉得没什么太大的用，但是看你是干什么的，比如说你是个民政部的顾问，你最好就得知道点这个婚姻到底怎么回事，从古至今，都有哪些婚姻制度，都有哪些养老制度，它们都有什么道理，然后要修改《婚姻法》了，或者要修改《养老法》了，当然这肯定是有用的。对咱们个人我不觉得特别有用。

破坏者

比尔狗 我想问一个私人的问题，您有没有干过不负责任的事？

陈嘉映 多了。

比尔狗 哈哈，最不负责任的是什么？掏心窝子吧，当然你可以拒绝回答。

陈嘉映 你是指男女关系上？

比尔狗 两性关系或者亲密关系、朋友关系都可以。

陈嘉映 这个……大概不能说，这说不了，这太糟了。

比尔狗 糟到不能说的程度了，人人都干过糟心的事，陈老师也不例外。那么，您在十六七岁就已经开始接触哲学了，对一些道德规范或者是一些所谓的真理，这块已经有一个自己的思考，不管是不是已经掌握了那样的规范，但是可能还是无法阻挡自己去干一些荒唐的事、糟心的事或者是其他什么样的事。

陈嘉映 你这个说法可能得反着来说，就是那些最遵守道德规范的人，是那些非知识分子，非知识人，非哲学家，非反思者……基本上是这样的。一般来说，绝大多数的哲学家在生前都被认为是道德败坏的，从苏格拉底被处死，是因为他不但败坏了自己，还败坏了雅典的青年，从尼采被当作一个坏蛋透顶的这么一个人……因为这个道德规范，就是我信这个东西，他才会去这么做，甚至就是说我就生在这个规范里头，我简直就是不可能做成另外一个样子，其他的连想都不会去想。

　　而这个哲学家至少在一般的想法里面正好是相反的，他什么都敢想，大家都觉得千真万确的道德，结果他说，哎，这有道理吗这事？那不坏了嘛。所以一般在历史上都会把哲学家看成是社会道德潜在的破坏分子来处理的。

比尔狗　他会反思一些所谓的社会通行的道德。

陈嘉映　对，很大程度上一定是这样，否则如果他反思那些鸡毛蒜皮的事，那些大家都很怀疑的事，也就说不上他有什么特别的了。

比尔狗　从这个意义来说，您觉得在中国，从古典到现代，这样的哲学家多吗？

陈嘉映　我讲哲学的时候，脑子里想的只是西方哲学，我不把你们叫"中国哲学"的这个叫"哲学"，我就说中国思想家吧，他跟西方思想家和哲学家的那个基本任务就不太一样，西方思想家主要是去自由思想，因此他就很可能扰乱社会秩序什么的，但中国思想家特别在魏晋以后，基本上一上来就给自己设好了任务，他就是非礼勿视非礼勿听，等等，要维护这个社会秩序，是这个样子的，他跟西方的哲学家出发点就不太一样。

比尔狗　那说到这一点的话，通观您的一些哲学工作或者哲学思考，您会把自己界定为一个破坏者吗？

陈嘉映　嗯，在相当程度上，肯定是的了。但是这个要稍微具体一点说，我跟我的学生们有时候会说，当然态度是很温和地说，但是我的观点可以说是很极端吧，很多人相信的事情我是不相信的，我至少持怀疑态度和保留态度。但是这一点每个人又有不同的表现，有的人就是想什么我就说什么，我说的时候我还得看着这个听话的人是什么人，如果他是个孩子，可能有些话我不会对他说。

比尔狗　有个言说的责任在里面。

陈嘉映　对，言说的责任，我是比较注重言说的责任的，对。

比尔狗　我还是想就刚才我的问题追问一下，刚才您说在以前的生活当中做过一些荒唐的事……

陈嘉映　我现在也在做，将来也还会做，我不是说少年的时候少不更事做了一些错事。

比尔狗　那您认为您的哲学思考是否给自己这样的行为找到了合理的成分或者合理的依据？

陈嘉映　嗯，是啊……

比尔狗　或者跟您的思考是冲突的，有没有这种可能性？

陈嘉映　当然有了，那当然有了。

比尔狗　那咱们说一个词，刚才说的中间理论的那个"责任"，您如何理解责任？

陈嘉映　这个责任是大词啦，涵盖特别宽了。但是就咱们日常聊天来说，我觉得呢相对大多数的人来说，我是个高度重视责任的人，为此，我能够牺牲很多很多比如说对自由的追求等等。比如说我跟狗子，狗子不是一个不负责任的人，但他特别想自由自在，他会想我干嘛要整天负责任。跟狗子比，我更重责任，这当然好，可好多好事就错过去啦。我不知道，反正我老是把责任看得比较重吧，包括小事儿，比如说话靠谱，比如我说两点钟来，我就会两点来，这就是责任啊，就是这样。当然也有做不到的，我昨天晚上答应我女儿八点半到，后来没到，这也是有的。

比尔狗　那么，做荒唐事的时候某种意义也是在负责任，是吗？做一个我认为的我自己，就是对我自己负责任，我要忠于我自己，这也是一种责任是吗？

陈嘉映　你说你忠于你自己，也可能有这话，但是对自己负责任这话，我不是说毫无意义，但是用于诡辩的时候更多一点，用于让人明白的时候更少一点。说对自己负责，负责任和不负责任就几乎没有界限了，我就怎么说都行。

比尔狗　因为责任分两方面，一方面是对自我的责任，另一方面是对他人的责任。

陈嘉映　举个对自我负责任的例子我听听。

比尔狗　咱就还是说两性关系，比如我是一个在婚姻内的人，但是我遇到了一个跟我聊得非常好的异性。

陈嘉映　不光聊得好，接着说。

比尔狗　形象也好，气质也好，各方面，所以出于我自己的一个本能反应甚至性的冲动，我必须忠于它，我可能就有去牵她手的冲动……

陈嘉映　不光牵手，你也可能上床。

比尔狗　对。

陈嘉映　然后上完床你说，虽然我没有对我的太太负责任，没有对这女孩负责任，没有对社会负责任，但是我对我自己负责任了，是吧？

比尔狗 ……

陈嘉映 所以我说，像这话一般我们听起来，就是一个为自己狡辩的一个话，除此之外好像就没太大的意义了吧。当我有任何一个欲望的时候，我都可以放纵欲望，然后我说，啊！你看，我终于对我的欲望负责任了。

比尔狗 所以，您说您是一个特别负责任的人，守时，说话靠谱儿，我是想问是在哪个意义上负责任？

陈嘉映 当然，当然，我不说嘛，责任是大词，说不清，但是也有一个日常意思，这日常意思一般来说就是对他人负责任或者对社会负责任，对自我、对自己负责任可能在一个特别深刻或者玄妙的意义上成立，但是 99% 就是一个借口，一个说法，是这样。

比尔狗 接着问一个例行的问题，就是你还会谈恋爱吗？

陈嘉映 这说不好啊，我此时此刻想着是没什么机会了，嘿嘿。

比尔狗 在我们访谈的里面，男的通常都这么说，但是一般都没有后面的一句话。

陈嘉映 这跟年龄也得有点关系吧，要是 30 岁，他可能是一个想法。

最硬的东西

比尔狗 几年前关于死亡跟嘉映谈过一次，那时候我就问你，你怕死吗，你当时的回答，那《空谈》里面都有，我估计你现在的回答也差不多。

陈嘉映 对，我这几年变化不是那么大，哈哈，在我这把年纪不太容易变化很大啦。

比尔狗 对，当时嘉映的回答是怕不怕死得两说，就是既怕又不怕，有点像大年，但是又跟大年不一样。接下来当时你有一句话，你说，对于死亡，相对于大多数人来说，你算相当的不怕。你是从何这么比较的呢？

陈嘉映 嗯，你要说在一个那种层面上，比如说我在街当中站着，一辆汽车飞驰而来，我肯定闪是吧，在那意义上怕，这肯定是人都怕，除了极端个别的。但你说跟大多数人比，当然我也没怎么太比过，就是一般来说，我觉得我比一般人肯冒险一点，至少以前是。

比尔狗 能举例吗？

陈嘉映 举例挺多，比如人说这山不能爬，特别陡，有悬崖什么的，我可能觉得还行。

比尔狗 这个就叫胆大吧。

陈嘉映 对，胆大跟怕死……总而言之，大多数人觉得有生命危险的事，怪吓人的，这事不能干，我可能就不太在乎，比如像非典来了，我没觉得太什么，这是不是跟怕死不怕死稍微接近一点？这算不算也是比别人少怕死一点？当然你说你那么干肯定就死了，那我肯定不去，那就像汽车来了我会躲一样。我上次肯定说过，怕死我不知道能分几层，但是至少可以分两层，一层就是汽车来了你躲不躲，另一层是自己可能要死掉的时候，会不会全身瘫软。当然真来了是什么样子，咱们也不知道，但是我觉得在这一点上我可能要好一点。

比尔狗　非典的这个例子很好。

陈嘉映　或者我想象我在船上、在飞机上，说不行了，要失事了，我猜想，我不会是特别惊慌失措，我觉得不太会。这个意义上，我自己这么想啊，不是特别害怕死亡临头。我倒是比较怕这个，就是，等到死亡真临头的时候，你没有那个生命力来镇定住了，那这是比较可怕的。

比尔狗　那这种生命力也好，这种力量也好，这是你后天修来的还是与生俱来的，还是都有？

陈嘉映　我觉得都有，但是后天修的肯定占一部分，或者说对自己的培养吧，这个倒是有关的。

比尔狗　在死亡临头的时候，能够有更大的一种生命力，让自己能够镇静下来，是因为自己获得了对死亡的某种领悟，还是说就是想让自己死的时候更体面一些，这两种是因为哪一种？

陈嘉映　我个人觉得两种都有。

比尔狗　换句话说可能你比较担心的就是死亡的方式，过于痛苦或者是过于狼狈，可能这是担心的。

陈嘉映　对，那是更担心的，相对来说死本身还不是那么让我担心。这可能也跟整个一个人的行为方式有点关系，我对不得不然的事不是特别抗拒。我比较顺着，该怎么着就这么着，不是做很多挣扎的那种人，嘿嘿。

比尔狗　我们之前访谈孙柏时，说到当代人"不会死"了，怎么说呢，如果把死亡作为一个权利的话，这个权利是在被剥夺的一个过程，就是我们现在的死法、死亡的那个尊严感这一块儿问题很严重。

陈嘉映　对，这个也不光是我们，到处都在谈论这个问题，我推荐给好些人的那本书——《最好的告别》，它从好多角度，主要从医学的角度在说这个事。

比尔狗　还有那个王一方，也在写文章说这些，当代医疗与死亡的关系，等等。

陈嘉映　王一方，我觉得他基本的一些想法，我挺同意的。

比尔狗　在这儿简单地说一下这些基本想法。

陈嘉映　基本想法，像刚才说的，一个是，死亡反正是一个不可避免的结局，所以人到了晚年，尤其到了重病的时候，无论社会还是他本人，应该都不是以怎么来抗拒死亡当作他最主要的任务，而是在面临着不可避免的结局的时候，我们怎么来接受这个结局，大概这样子。我相信，甚至想说，这个想法，有可能大多数人都是这么感觉的，可能程度不一样，但都不是特别赞成现在的这个医疗制度，把人的生命在毫无质量的情况下，不但毫无质量，而且是极为痛苦和狼狈的情况下，能延长一天就延长一天——赞成这样做的人应该是不多，反正大家聊起来是这样。但是有几种情况也要想到，可能你真的身处其中的时候，你的想法可能会不一样，我们现在觉得不要那样，但是真正你躺到那儿的时候，也许你就是想着能耗一天就耗一天，这就有一个矛盾，到底是应该听我现在的，还是听我那时候的？这是一个问题，这也是大家正在想办法解决的问题。这是一方面。

　　另外一方面现在谈的也很多，就是当代医疗制度背后的这个所谓权力结构正在造就大家都不愿意看到的局面。

比尔狗　权力结构？

陈嘉映　医疗机构和医疗机构背后的这些权力啊、金钱啊，所有的这些运作机制吧。它是那样的，如果一个现象，明显的大家都不喜欢，但它却一直在维持甚至不断地强化，这样的事情是最值得琢磨的，大家都不喜欢，它居然还在强化，还在加深，那它就有什么值得探讨的原因了吧。

比尔狗　大家都不喜欢？但是我现在经历的是这样，现在我爸正在医院呢，那医院的干部病房，至少有一半是毫无尊严、狼狈，甚至痛苦的老年人。刚才你说大家都在谈这个，但我看那些保姆、护工，他们谈论的就不一样，老百姓还是觉得多活一会儿是一会儿。是不是这样谈论这些事的还是知识分子居多呢？

陈嘉映　我不知道了，我也不认识几个人，用你的话当然是跟知识人谈的时候多。但是我也听那些跟老百姓打交道的人，反正他们不是那么说的，说老百姓就是能耗一会儿就耗一会儿那种。

比尔狗　我刚经历的，我爸那病房前两天死一老人，他那儿子肯定也是个干部什么的，那孩子就让医生抢救，各种措施，电击什么的，说还有一个妹妹在路上正在赶来，就这个理由，那老头就多遭了半宿罪，就这种。

陈嘉映　儿女坚持要抢救，这个情况也挺多的，其中有一种可能，如果他不那样去抢救，他就将受到指责。所以这事牵扯好多方面吧，比如受到指责这类。那么，写文章的人能做的就是慢慢地推动这种观念的改变，让大家能够更倾向于不指责类似停止抢救这样的事，甚至赞成这样的事。好多人就是在写这个，包括王一方，包括刚才讲到的印度医生写的《最好的告别》，写书不可能起别的作用，就是希望慢慢地改变社会的观念，社会的观念变了，我这么处理就不是特别怕亲戚说什么，因为亲戚就不再是那样的想法了。

比尔狗 五年前我们聊死亡时曾谈到长生不老，那时纯是"假设"地聊，现在，人工智能来了，据说 30 年还是 50 年之后，人工智能可以让人长生不老，或叫永生。这事从科学上我也不是特别清楚怎么个永生法，你要知道可以说点。主要我想问你，如果人工智能可以让你永生，这事就摆在你面前，你会怎么弄呢？

陈嘉映 当然我首先不太相信它能永生，但是不管这个，我会怎么想？先讲一个最外在的想法，这个最外在的想法是如果我们这代人都老不死，那当然就有一个问题，就是下代还生不生？

比尔狗 生啊，可以去外星啊。

陈嘉映 这个我也没看到前途，移出地球这事我是断然不信的，但不管它。第一个就是如果那样那地球上的人越来越多，我现在都已经嫌它人多了，我有一个亲戚他特别恨人多，他说嘛，要是全世界的人同意抓阄，二分之一抓到就自杀，他就不抓阄了，就站在自杀那一边，他情愿以死去换大家同意一半人自杀，哈哈，现在人太多了。我这么说吧，人怕死想长生不老，这个先不说了，但是的确有这么个问题，就是，这生命你得自然地想，生老病死……人工智能让我们永生了，全世界变成一敬老院，一帮老头老太太，哼哼唧唧，你小孩生出来的快乐就没有了，孩子成长的快乐就没有了，没有少先队员了，你说这世界吧，真变成那样……不是我说想不想长生不老，怕不怕死，你要把这些图景都想进来，我就觉得还是死了吧，还是自然点吧。到点儿差不多了，见的也差不多见过了，该吃的也吃了，差不多就行了，我是这么想的。

比尔狗　那在哲学意义上，您也是一直思考所谓终极问题的人，死亡这个事情在您的终极思考里面涵盖着吗？

陈嘉映　嗯，我也没想出什么比刚才聊的更多的，死亡，至少在这个意义上，哲学不哲学也没什么太大关系。

比尔狗　有一种技术手段是那样一种永生方式，不是你的肉体永生，是你的意识永生，然后把您的记忆、意识存在一个 U 盘或者一个什么，可以永远存在。这种方式您觉得？

陈嘉映　我更不愿意，我要永生我也得吃点喝点吧，哈哈，意识永生这玩意儿……

比尔狗　人工智能可以把喝酒的快乐注入到意识里面，还有吃的快乐，性快感，等等，跟真的一样，要这样呢？

陈嘉映　这是挺著名的一个思想实验吧，"钵中之脑"，把人的脑取下来，放到一个营养液容器里头，然后插上无数多的电极，就说让他觉得自己还在踢足球，还在流汗，踢完球之后喝酒之类的，我不知道这个钵中之脑能不能成立，这是一个哲学上很热的问题，不讨论它。我就说，如果要是让我变成一个钵中之脑，那我还是死了算了。

比尔狗　我觉得那个想法至少对我来说还是有点诱惑性的，就是意识永生，哪怕痛苦也伴随着，但还能活着，活着就有意义，好像对大多数人，永生，第一感就跟秦始皇一样的，自古以来，可能人类至少帝王什么的都有这念头。但是人又必死，这又是确实的，谁都知道，所以我们以各种方式想克服它，不行就回避吧。嘉映经常说的一句话，"你得把硬的东西先咽下去再说"，包括人必死这种东西。人必死这东西是不是就是硬的东西？

陈嘉映　当然，当然，人必有一死这事儿是最硬的东西吧，反正以前的人一直是这么认为的，比如说希腊人就把人叫"有死者"，Mortal，他们用"有死"来定义人，用 Immortal 来定义神——希腊的神不像希伯来的神那样高高在上，希腊的神吃喝玩乐干坏事，但他跟咱们人不一样，他是不死的。那海德格的书也写着，这个世上最确定的事就是人有一死。现在有的人在设想这个"不死"，或者是永生，可能有点诱惑力，但这事倒还真是经不住细想。就我一个人跟秦始皇似的，我永生，我长生不老，我一起玩的哥们儿姐们儿都没了，这个感觉就像鲁迅说的，故友云散尽，我亦等轻尘，等你身边的人都没了，都是跟一代一代的陌生人玩，你那么老，人家都是年轻人，你也没有同辈了，跟年轻人打交道是好，是高兴，但那是因为你现在是有同辈的人，你光剩一老头，全是年轻人那就不行。那要是大家都一起永生，也是挺烦的，是吧。

死亡观

比尔狗　知道您前一段去南极，看到冰川企鹅等景色吧，我想问，就说您的生命在这个时候就结束了，您会有遗憾吗？

陈嘉映　的确，很多人都说看到那种美景就愿意死在那里，我也会。对，我经常会。

比尔狗　抛开南极壮观的自然景色，此时此刻，就是那种假如你还有三天时间，生命就结束了，您对您的生活还有没有遗憾？

陈嘉映　我这完全就是瞎想着说啊，我觉得真的到了那时候，我可能就不会再从遗憾的角度感受我的生活了。我现在在这么想啊，我觉得如果说三天之后就完蛋了，我觉得我不会再去想这个遗憾，我估计我会反过来想，我可能更会想到曾经有过的这么一个生命，还是挺感恩的吧。我可能更多会从这个角度来想。我这么说的时候当然是瞎想，但是如果那个说法也算数的话，我有两个遥远的支持。一个支持就是说曾经有过那种比如说从山崖上掉下来，或者沉到水里这种所谓的濒死体验的人，他完全没有那种有什么遗憾之类的，都觉得非常美好，高度美好，比平常美好多了。然后另外的一个遥远的支持就是，好多人在死之前所说的，所表现出来的，我举一个例子吧，像维特根斯坦，他最后一句话是，告诉他们，我过了 wonderful 的一生。但是你知道维特根斯坦活的时候，永远特别痛苦，永远特别纠结，但显然从我的角度来讲我就挺能理解的，其实就是，又是都挺好的……

比尔狗　这大概没人统计过，如果真有人统计的话，可能多数人如果还剩三天，恐怕还是恐惧啊、遗憾啊什么的，很少有人说是感恩吧。

陈嘉映　反正那些濒死体验的书吧，基本都是我说的这路子。

比尔狗　我怀疑那是心灵鸡汤吧。反正这个问题要问我的话，要我现在想，我觉得我做不到感恩或者是什么，我恐怕情绪会很低落，然后就开喝吧，我大概是这种状况。

陈嘉映　你也够本了，你喝了多少了，你给社会做了多少贡献，你从社会拿到了多少，你算算。

比尔狗　我怎么不这么想呢，我怎么觉得是不是还得再喝啊，或者你们再让我多做点儿贡献啊。

陈嘉映　这感觉我真是不太一样，就觉得还挺好啊。

比尔狗　您对您自己这一生，到目前为止还是很满意的，是不是可以这么说？或者假定您没有成为一个知名的、著名的哲学家，没有获得这样的成就，您还这样吗？

陈嘉映　我不知道获得了多少成就，我就当了一个教授，满世界满街都是教授。你觉得你还能做事，但没时间了，肯定是遗憾多于你的满足吧，这是可能的。举一个比较具体的例子，因为我也干不了别的，只是写书，出了一本书之后，我不会去读，想的全是它的缺点，哪个没做好。所以我有时候还会挺惊喜的，过了几年不得不读或者是节选其中一段干吗的时候，我一读，哈哈，也没那么差，然后就挺高兴的，嘿嘿。

比尔狗　您好像没回答或者我没问明白，这样吧，从另一个角度问下，您写过一本书《何为良好生活》，您觉得自己这一生还算是过上了一种良好生活？这是一个；另外的一个就是，您对良好生活的思考是一个纯哲学意义的思考，还是说是一个世俗意义的良好生活。

陈嘉映　它有点世俗，但也不是完全的世俗。怎么说呢？良好生活肯定得包含点德性、灵性这些东西，这算不算不是彻底世俗呢？因为彻底世俗对我来说，它不可能是良好生活吧，我不知道啊，就是什么是彻底世俗呢？比如我说挣了点钱，甚至我养了一家，然后把孩子送到 MIT 去读书了，别的啥也没追求过，啥也没感受过，这要是你所谓的世俗生活，在我觉得是挺没劲的生活，他都对，我也认识一两个这样的人，就是他处处都比你强，他的生活也处处比你好，而且人家正正派派的也不偷不抢的，什么都特别好，但他没劲啊。你可能没见过这种人，见过吗？

比尔狗 见过。

陈嘉映 见过，OK，没劲，这就不能是我想象的良好生活。因为你想象的良好生活毕竟活得还有个意思吧。

比尔狗 有点智慧。

陈嘉映 智慧也罢，什么也罢。

比尔狗 卖菜的也行，我不是看不起人家。

陈嘉映 所以，这良好生活，它不可能完全是世俗的，当然不必是一种宗教生活。

比尔狗 那您对您自己？

陈嘉映 照希腊人的想法，命运多舛，一个人在盖棺之前，不知道他的一生算不算良好生活。这是从别人的眼光来看你的生活是不是良好生活。从我自己来看呢，大概不会用一套指标来衡量，你想的是些具体的事儿，哪里做得不够好，很多遗憾。依我的理解，良好生活不是一套静态的指标，你达到了，我没达到，他超额完成了。每个人，只要你还在生活，你总是动态地看待自己，用歌德的话说，一连串越来越纯净的努力，等你说，请停留一下，生活就结束了。

比尔狗　您认为作为当事人这是无法回答的？

陈嘉映　对，当事人的考虑是具体的、动态的。

比尔狗　那么，可以说您对您的生活其实还是满意的？

陈嘉映　这两说着，在没什么可抱怨的意义上我可能挺满意的，但你有很多遗憾，有忧虑，说不上满意。你还活着，你还在生活实践当中，你还没说：请停留一下。

比尔狗　回到刚才那个死亡，不管怎么说，像你这样没有宗教信仰，对死亡又抱有上面那种态度的人毕竟是少数，我不知道是否可以用"达观"来形容这种态度，反正我觉得多数人还是怕死，对死亡更多地是一种回避的态度，好多人要么不谈这个，也有一些人好像看开了，跟我同龄的朋友里面有这种，就是说人活一世、草木一秋，我总怀疑他就是这么一说。我就是想问，大多数人的这种怕死算正常的分寸吗？或者说死亡这个铁定的事实就是那么难以下咽吗？

陈嘉映　大多数人？我也不知道大多数人具体怎么想，他可能不是像我这样感受的或者去想的，但是你说他们那么的觉得这就难以下咽……我不是特别觉得。我不知道，这可能还真是得掏心窝子的时候你才能知道他真正的想法。举一个比较近的例子，这次去南极在船上的时候，一个姐们儿让我张罗一个"50后"的聚会，大家都是六七十岁了吧，我们二十来个人一桌，我们也会聊一点，不是像你这么赤裸裸地聊这个，就是聊怎么度余年吧，刘小汉、我、邬博士我们三个是那种只要能干活咱就干活，干到干不动了，小车不倒只管推，推不动了就拉倒，就那种的，有的人想的是趁着有生之年旅行，等等，感觉上大家都觉得活到这把年纪了，就是差不多了，就是该的了，然后还有几年该干事的干事，该玩的玩，挺好。你们可能年轻，可能到我这把年纪就是这样。而且我一向有这种感觉，就是在一个稳定的社会文化里面，死没有那么吓人，这是因为有人信宗教是吧，信佛的、信基督教的、信伊斯兰教的，他不是不怕死，你也不能说那个自杀式袭击者不怕死，这我根本不相信，反正汽车来了都躲，但是他们的确达不到你说的那个严重程度，我亲身知道的就挺多的，就是这些有信仰的人，我还知道在那个传统社会里头，你子孙满堂你老了，那就想想后事啊什么的，真的没那么恐惧……现在我觉得很大程度是因为社会变了……所以我挺赞成上次狗子那个话的，就是他用了个"死亡观"这个词，他老问当代人有没有死亡观，三观里是没这观吧，我觉得以后应该谈四观，建设四观，这跟习主席商量商量，这的确是可能三观出了问题，或四观出了问题。

没有空洞的"爱和死"

比尔狗 所以我们现在这种社会，不是传统社会，造成了大家更怕死这种。

陈嘉映 我觉得主要还是这样，你说爱情和死亡这两个事，这个爱情你把它像剥笋似的，都剥完了，最后有那么一个什么东西，你叫作男女关系或者叫作爱情，我觉得第一它也没什么可说的了，也许就是上床这事了，那死亡也是这样，就是你把别的都剥掉了，那死亡也就是最后咽气那一下。我现在倒回来说几句爱情。

我 70 年代从农村回到城里的时候，朋友们也会聊爱情什么的，我说这城里人怎么谈爱情呢？因为爱情这事我觉得就是骑着马，在山里头跑，或者草原什么的，那叫爱情，这在水泥房子里头，那叫什么，那叫爱情吗？办公室里头，你算计我，我计算你的，这怎么叫爱情呢？当然我那想法不对。我的意思是说，这爱情都是看你整个环境，自然环境、社会环境、文化环境，所以我们有一千本、一万本的爱情小说还有人在读，这是俄罗斯的爱情，山楂树的爱情或者是什么，它就不一样。这爱情，你脱离了它的那个环境，就干巴巴的，没什么可说的。

我突然想起柳如是和钱谦益的爱情，它的动人之处……你要把它一层层剥开来还原出来，就是一个 50 多岁老头，一个 20 几岁的姑娘，一个是妓女，一个是名满天下的名士，这就没意思了吧？但是他们正好生活在明清易代之际，然后他们面对的都是这种问题——降清还是不降清，他们都对古典诗词文化浸润得那么深，诗歌唱和的时候，你说那叫爱情诗吗，都是国恨家仇，当然里面有点爱情。所以陈寅恪那么一个老学究肯用十年时间，实际上还不止，给柳如是立那么一个传，那样的一种爱情是那么的不可重复。要是没有丰富的时代，没有深厚的性情，就写写你爱我我爱你，那就跟白开水一样，都差不多，大概是那意思。

总而言之，我的想法就是你要把一切都剥离开来说死亡啊爱情啊，我觉得大家都说的差不多，不同的可能要说具体的那个爱情和具体的死亡，我刚才说爱情小说有一千本、一万本，当然死亡也是一样的，谁去死，在什么情况下去死，他的那种态度。如果不是就着环境来说，的确没有太多可说的。我曾经给人讲过我少年时候的爱情经历，比如给一个学生讲，一开始你想简单讲几句吧，出不了五句，你就要开始讲，当时的社会啥样的，当时我们都怎么想事的，否则人家就完全不知道你怎么会这么想，这么做，女方怎么会那么做，完全就不可索解了。爱情镶嵌在那个环境里，所以它才不但有意义，而且有特别丰富的意义。

比尔狗　特别让您触动的爱情是发生在什么时候？

陈嘉映　那一般来说是越早的爱情触动越大吧，这真是没办法。

比尔狗　恋爱，如果没有性，您会感到遗憾吗？

陈嘉映　我当然会感到遗憾。

比尔狗　那您对柏拉图的精神恋爱，您是怎么看？确切吗这个？

陈嘉映　不太确切吧，柏拉图没有在咱们的意思上讲过精神恋爱，实际上，希腊人也基本上没有我们现在这种爱情，我们这种爱情就是最近几百年的事，甚至就是百八十年的事。

末人社会？

比尔狗　上回跟向京聊的时候，您也在，留下两个问题没明白，在这儿问一下。第一个就是，那次说到有一些词现在已经失效了，比如说"永恒"，为什么这些词会失效，还有一些什么类似的词吗？

陈嘉映　曾经我跟向京在一次对谈的时候，谈到过一个词是现在非常典型的一个失效的词或者是一个观念，就是"纪念碑"。以前它是人间一个最大的事，比如说金字塔，法老一辈子就是建个金字塔，国王征服了哪儿，就在哪儿立一个方尖碑，他说我征服了哪里哪里。那个时候人对世界的看法呢，我这也有一半是瞎说，那时候人对世界的看法是往上看的，下面的都不重要，生生死死，你爱了死了，没人说这个，没人在意这个。重要的是生着的时候建功立业，他也不是为人民谋福利，他有一个天人之际，他跟上天的某种东西连上了，建了那些纪念碑，供人仰望。

这个观念现在没有了，当然纪念碑还可以建，但旁边哪座居民楼都比它高，你从居民楼往下看纪念碑？以前这个人类含辛茹苦，像蝼蚁一样过着，只要法老建起金字塔，他好像也分享了这份荣耀，跟咱们现在人不一样。

比尔狗 "永恒"这个词的失效，实际上你指的是这个词里面的精神？

陈嘉映 对。

比尔狗 还有上次说到"虚无"，你说了一句，你说虚无它可怕就在于它不是什么都没有了，彻底没有了，而是没区别了，但都在那里呢。这个能多说说吗？

陈嘉映 我也不知道怎么说，但是我有一个感受，这感受挺古怪的，我看了一部电影叫《海边的曼彻斯特》，我想可能我把电影完全理解错了，完全看错了，我现在就说我这错的感受，就是那电影写的就是那种状态，就是一切都 make no difference，这里无法说太多细节，我整个印象那就是尼采说的"末人社会"，不再有任何事情让我们感到有兴趣，在整个片子里头，没有一个镜头让你觉得：哇！真有意思。这个人真有意思，这件事真有意思，这句话真有意思，没有。爱或不爱，No difference，死或不死，No difference。所有人都那样，没有一个人打起精神来。你看这片子，没有什么社会批判，社会是个好社会，警察也不恶，惩罚也不重，里头没什么坏人，都挺好的，所有人都挺好的。一切都在那儿，但是……跟刚才说的纪念碑是相反的，我们现在这个平等社会或平民社会，我们都挺不接受等级，嗨，跟那个没关系，说到别的地儿了。

比尔狗　有关系，接着说。

陈嘉映　我们现在都挺不接受等级社会的，我也不是说要重建等级社会，但是你知道这个等级社会，它其实才像是一个社会——在这个意义上——就是上等级的那些人，至少在比较好的历史时期，他对自己的身份有一种意识，所以他就会对自己有一种要求，他不能落入低俗，他不能作出那种低贱的事。比如说泰坦尼克，都是有身份的人，我不能说妇女还没下船，我下去坐船，这是不可想象的，是吧，你就是说大革命把我拉到断头台上了，我也得体体面面的穿件像样的衣服上去，因为我是一个上等人。那么作为下等人，如果这社会有流动，他看到上等人真不错，我得好好努力，或者我多挣点钱，或者我多学点东西，我就成了上等人，如果这个社会流动性差，可能就是纪念碑式的想法，说我是一只蝼蚁，但是法老有金字塔，我们所有的埃及人就也跟着荣耀。

比尔狗　您接着说。

陈嘉映　我也说完了。我意思是说，这至少是尼采所担心的末人社会的一种状况，就说当你真的把等级社会取消了之后，你以为你看到的是一个什么平等的、大家都有权利的欣欣向荣的社会，尼采说不是的，等你把这个等级都取消了，把差别都取消了，就是一个末人社会，就是 last man。我当时看《海边的曼彻斯特》，我知道我可能一开始就看错了，后来我就不会换别的角度去看了，我觉得这不就是尼采说的末人社会吗，就是活着好没劲，但是还是活着呗。

比尔狗　就特颓，所有人都颓。

陈嘉映　但他也不是那种颓废，王尔德那种颓废，他不是。

比尔狗　这样的社会为什么不能快乐、充实呢？

陈嘉映　按尼采的说法不就是没等级了吗……

比尔狗　没等级怎么就不能快乐充实？

陈嘉映　没等级了，就像熵不断增加，到了热寂，每个人都是一个等距离的、等价值的，你没有什么可奋斗的、可追求的，没有什么更高的品德，大家都挺好的。哈哈，所有的势能都转化成热能了。

比尔狗　那要按你这意思，我们身边这样虚无的人多吗？

陈嘉映　我说的不是个人，我说的是社会状态。就是当社会进入这种熵极高的状态的时候，什么反抗啊，什么追求啊，什么你说的那种"虚无"的人，颓废的人，就都没有了。在这个意义上，我们平常说的那人特虚无，这"虚无"还有点意思。

比尔狗　在所谓末人社会里面，我们还有可能去寻求那种所谓的良好生活吗？

陈嘉映　我这至少有一半是瞎说的啊，但如果我说的是对的，当然就无所谓良好生活了，良好生活是因为有人或者有相当一批人在追求良好生活，如果大家都是那样的，没有什么变化的欲求，什么都无所谓……

比尔狗　现在有这种社会吗?

陈嘉映　没有吧,还没有。

比尔狗　从刚才咱们交谈的感觉来说,您更愿意通过一些"媒介"去表达您的意思,我的意思就是说您在日常有没有更直接地表达您的想法,比如说亲人之间,比如说跟您女儿,会更直接?

陈嘉映　有点直接,我不知道别人怎么样,就是对女儿,我觉得也不大会掏心窝子之类的。怎么说呢,回来说柳如是那时候,她用情非常之深,无论是对中国文化传统还是对陈子龙啊、钱谦益啊,她的情都很深,但是诗文表达呀什么的你从来没见柳如是掏心窝子。用你的话说,媒介,文化传统是最合适的媒介。

　　现在流行的感人方式多半不是我喜欢的,电视里的寻亲什么,这东西不适合放在大庭广众之下,这东西你最好回家去……你说感动这个世界,这世界真的就那么需要感动吗?西方国家没有那么多煽情节目,但是等到一出什么事的时候,你看西方人都干了啥,你看我们充满了感动的中国人都干了啥。我们实在是有点那个……没有真实货色,就拿这种你感动我,我感动你来填补空虚吧。

比尔狗　这算不算您的一个情结呢?感动中国我们也不爱看,但是我所认为的那种掏心窝子,更多地指的是一种真实,就是您如何真实地面对人与人之间的情感,人与人之间的关系,是直接去表达出您的观点和想法,还是说通过一个媒介来表达,简单地说就是,您是不是有非常强烈的精英意识?

陈嘉映　我不否认我有挺强烈的精英意识，但是不是跟这件事有那么直接的关系，我不知道。但是我回应你的是那样的，你正好说到精英意识，其实我不愿意把我那意识叫精英意识，我是希望我们人与人的关系，各种各样的关系，我们跟世界的关系，我的确是希望它能够更……我提到柳如是的意思是说，不一定那么直通通的，大概是有这意思。你说起掏心窝子，当然我不像狗子一年喝高300次，但我有时喝得有点高也还是挺体会那个掏心窝子的，你说那个真，我知道那是真的，你敬一杯，我敬一杯，一小时之后喝到那个程度，我就觉得人都很可爱，特亲，他也觉得我很可爱，特亲，那个真情就迸发出来了，So what？我没说这是虚伪的，说我喝完酒之后变虚伪了，一点都不是那意思。我说的意思是，如果我们觉得这种真情才是最值钱的真情——这是我最怀疑的地方，我有点觉得柳如是那个真情虽然说不是掏心窝子，但那个真情更值钱，就是这个感觉。但是我觉得我们现在的社会有点忘了那种东西——真情可以是那样的。其实这也不是什么精英的想法，并不是说好像我们农民就特别好掏心窝子，不一定的，他有他表达感情的方式，就像福克纳的小说是吧，你看福克纳小说，谁掏心窝子呀，连话都不说。现在这种掏心窝子，我看倒是一种城市人特殊的文化形态。我不是说我对，但是至少我觉得可以把这个意思说出来，大家能够换一个角度看一下。

陈嘉映：首都师范大学哲学教授
时间：2017 年 12 月 23 日下午三点到七点
地点：颐和园听鹂馆

后记

　　从 2016 年夏天开始，我们小组就 "爱情与死亡" 这个话题进行了一系列访谈，访谈对象的选择只有一个标准，就是要对我们的话题做过严肃思考并有独到见解，简单些说叫 "自带价值观"。这个标准其实没有想象中好把握，但总比没有标准强吧。

　　访谈对象都是 "文化人"，访谈地点在北京，这些不是我们有意为之，是现实条件限制使然。

　　我们的访谈一共进行了 16 场，因客观原因本书收入了其中 13 场。在此，特别感谢艺术家哀危、作家张云亭、《易经》学者董易林的大力支持。

　　关于 "爱与死" 的话题，我们还会继续谈下去，但更多的，无疑是 "学与做"，这也是这一系列访谈带给我们小组的心得和收获。

　　最后，感谢搜狐文化频道以及于一爽，感谢 《法治周末》 以及宋学鹏，感谢中国社会科学出版社以及李炳青，他们让我们的劳动得以与更多的朋友分享。

比尔狗

2018 年夏